采《さい》月《げつ》宮《ぐう》の入れ替わり妃

祈月すい

角川文庫
24579

目次

采月宮の入れ替わり妃
人物紹介

梓春（采妃）
《ししゅん　（さいひ）》

下級門兵だったが、刺客に襲われ意識を失う。気づけば魂が采妃の身体に宿ってしまっていた。情に厚く楽観的な性格。

桜煌《おうこう》

即位して間もない遥伽国皇帝。美しいと噂されているが、その顔を見た者はいない。意外な趣味を持つ。

夏月《かげつ》

梓春の親友で、ともに門を守っていた同僚。容姿端麗で聡明。梓春を心配して捜している。

冬莉《とうり》

若くして太史令という重責を担うが、神出鬼没で謎めいている。果たしてその正体とは……。

用語

太史令《たいしれい》

いわゆる宮廷占師。国家の重大事項や災害などについて占い、政治を円滑にする役割を担う。当代の太史令は歴代の中でも腕が良いと評判。

星読選帝《ほしよみせんてい》

何らかの理由で皇太子が決まらない場合に、太史令が占術を使って星を読み、次の皇帝を選定すること。桜煌の選定はこれには該当しない。

イラスト／武田ほたる

玲瓏殿

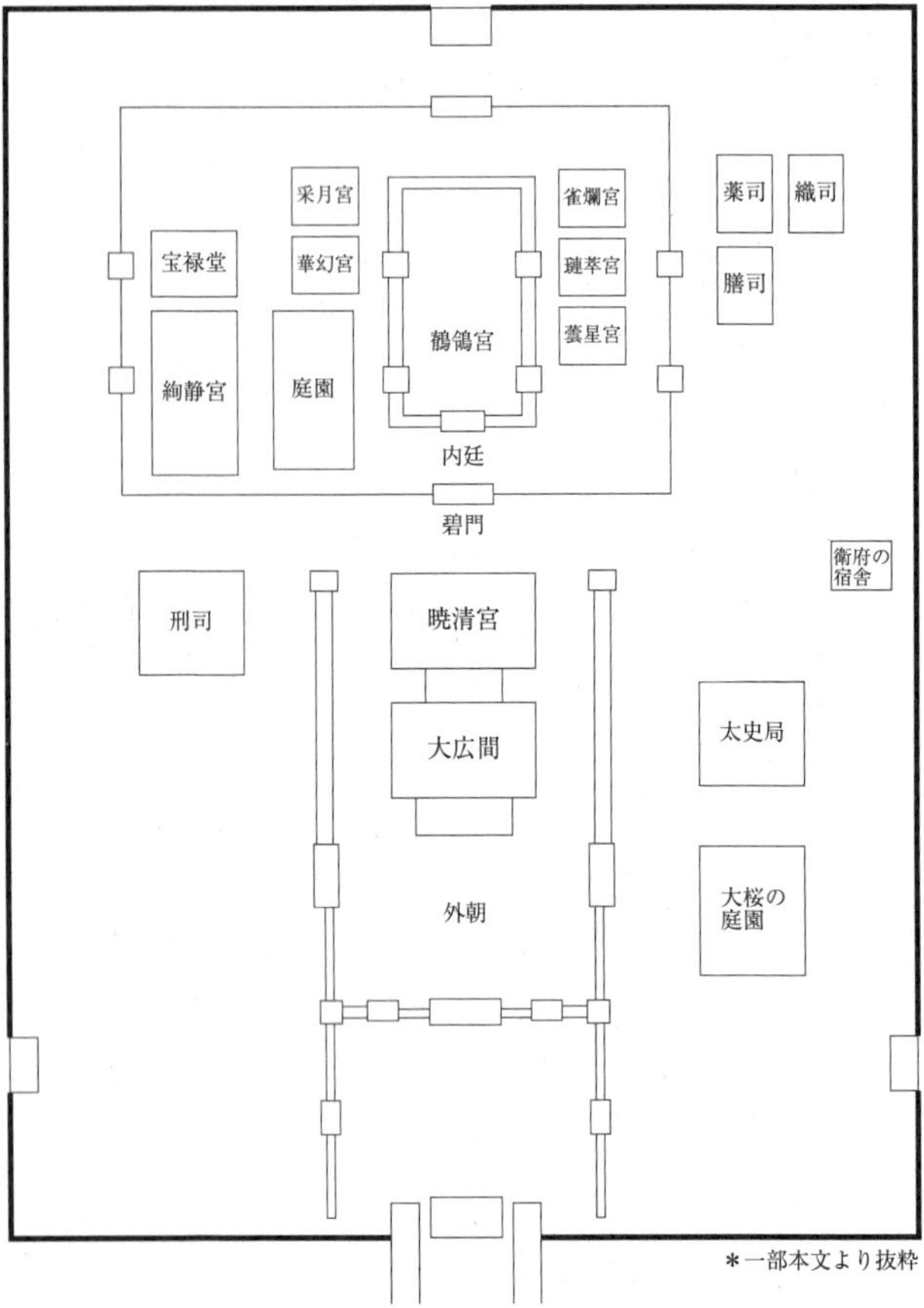

＊一部本文より抜粋

序章

――どうなってるんだ……。

梓春《ししゅん》が目覚めると、まったく見覚えのない、煌《きら》びやかな寝台の天蓋《てんがい》が視界に入った。肌寒さを感じないのは、首の辺りまで覆われた肌触りのいい掛布団のおかげだろう。お香が焚《た》かれているのか、微《かす》かに甘い香りが漂っている。

――ここはどこだ？

顔を横に倒して房室《へや》の中を見ると、豪奢《ごうしゃ》な家具が並んでいた。ひと目で上等のものだと分かる卓や棚には、陶磁の茶器や花生けが飾られ、絨毯《じゅうたん》も華麗である。格子窓から差し込む陽の光が、房室全体を上品に照らし出していた。

――まるで、女子の房室じゃないか。

質素な衛兵の宿舎とはまったく異なる広い房室。梓春はそこではたと気がつく。まさか不貞を……と最悪の事態が頭に浮かぶが、それをかき消すように頭《かぶり》を振る。

――いやいやいや、それはないだろう！

梓春はこの二十年を清廉潔白に、天子に身を捧《ささ》げることを誓って生きてきたのだ。

だがしかし、昨夜の自分の行動が思い出せないのも紛れもない事実であった。

昨日はいつものように門番として見張りをしていたはずだ。しかし、その後ちゃんと宿舎へ戻ったのだろうか。その辺りの記憶がどうにも曖昧《あいまい》である。

まずは、誤解を招かないように一刻も早くここを出て、状況を摑《つか》まねばならない。

いいや、身の潔白を確信するまで、逃げてはいけないのではないか。

梓春にはこの状況での最適解が分からない。

責任、追放、死刑……などの恐ろしい言葉が頭の中に渦巻いている。

「うっ……」

とりあえず、このまま寝ていてはいけない……と起き上がろうとするが、身体が鉛のように重く、上半身を起こすだけで精一杯であった。

全身がだるい。熱を出してしまったのだろうか。頭痛もするし、何か変な感じが――。

ガシャン！

突然、何かが割れる音がして、反射的にそちらを見る。

すると、房室の入口で、若い娘が啞然《あぜん》とした様子でこちらを凝視していた。その足元には粉々に割れた器が散らばり、中の液体が飛び散って絨毯に染みをつくっている。

歳は十五、六歳だろうか。娘は桃色の衣を纏《まと》い、左右の髪をお団子に結っている。切り揃えられた前髪と、小花の髪飾りが可愛らしい。

身なりからして宮女だろうか。衣の刺繡《ししゅう》など装飾は簡素だが、布地は上等だ。

この房室の主《あるじ》はこの娘か。いや、娘が持つには豪華すぎる。

ということは、ここは娘の主人の房室ということだ。

――はて、これは本当にまずいかもしれない。

梓春の背中を嫌な汗が伝う。

たとえ何もしていなくとも、貴人の住居で夜を明かしたと知れれば、どんな罰が待ち受けていることか。梓春は身分の低い下級官吏であるから、おそらく死罪は免れない。

そう考えた途端に、斬首刑や絞首刑など恐ろしい想像をしてしまう。

「ち、違うんだ！　これは…………ん？」

梓春は娘に向かって必死に弁明しようとするが、口から出た声がどうもおかしい。

――やっぱり、風邪でも引いたか？

梓春が喉元《のどもと》を押さえていると、扉の前で立ち尽くしていた娘は泣き出して、洟《はな》をすすりながら、散乱した器の破片に目もくれず、一目散にこちらへ駆けてきた。

「……よかった、もうお目覚めにならないかと……」

「へっ？」

娘は梓春の膝元《ひざもと》で顔を伏せる。何かとても恐ろしい言葉が聞こえた気がする。

何が起きているというのだ。見知らぬ娘が梓春に縋《すが》りついて泣いているという、通常では有り得ない展開に目眩《めまい》がする。

どうやら、悪事を働いてしまったわけではなさそうだが、訳が分からない。

「なあ……ここはどこなんだ？」

梓春は疑問を口に出してみるが、先程から感じる強い違和感に顔が引き攣《つ》る。明らかに声色が高い。いや、高いというよりも声そのものが違う。

問われた娘はぽかんとした後、涙を拭《ぬぐ》いながら答える。

「そんなの、采月宮《さいげつ》に決まってるじゃないですか。もう、采《さい》妃様ったら」

「ああ、采月宮か、さい……はは……は？」

ふふっと安心しきった表情を浮かべる娘をよそに、梓春は虚空を見つめる。

──采月宮に、采妃……そうか、夢か。夢だな！

梓春は直ぐに夢との判断《パオズ》を下して、ぐいっと頬を引っ張ってみるが、明らかに梓春のものとは違う、柔らかい包子のような感触と鈍い痛みが返ってきた。

「嘘だろう⁉」

梓春は頭を抱えた。心の叫びが声に出てしまったようで、「采妃様……？」と娘の心配する声が聞こえ、さらに追い打ちをかけられる。

采月宮とは、後宮にある采妃の住まう宮のこと。采妃とは、皇帝の五人の妃《きさき》・五妃《ごひ》のうちの一人だ。

梓春の膝元で泣いている娘は、先程こちらに向かって「采妃様」と呼びかけた。二度も言うのだから、聞き間違いではないだろう。

梓春は動転し、ふらふらとよろけながら、なんとか寝台から立ち上がる。

　すると、娘はその場で呆然《ぼうぜん》と梓春を見上げ、困惑の吐息を漏らす。

　娘に構う余裕などない梓春は、逸《はや》る気持ちを抑えて、寝台の近くに置かれた姿見と向かい合った。

　鏡面は否応《いやおう》なくその姿を反射する。嫌な予感は的中していた。

「えっ……えぇっ!?」

　姿見越しの自分を見て梓春は瞠目《どうもく》し、驚愕《きょうがく》の声を漏らす。

　目の前にいるのは、梓春ではなかった。口から出る声だって女子の可憐《かれん》なものなのだ。

　手入れの行き届いた長く柔らかな髪と、ぷっくりと赤らんだ丸い頰、亜麻色の大きな瞳《ひとみ》。柔らかそうな唇には紅がさしてある。

　身に纏う、淡い菫《すみれ》色をした薄手の襦裙《じゅくん》には細やかな金の刺繡が施されていた。

　なんて美しい人なのだろう……と、梓春は姿見に映る姿に思わず見惚《みと》れてしまう。

　その容姿は、衛兵服の骨張った梓春のものとは似ても似つかない。

　──本当に女になってしまったのか……!?

　恐る恐る自分の胸元に手を伸ばすと、そこにはたしかな膨らみが存在した。梓春は呆然と、下ろしていたもう片方の手も胸に添える。

「あ、ある！　ちゃんと柔らかい……」

　手を動かした時に伝わるその柔らかな感触に、梓春は顔が赤く火照るのを感じた。

　──なんてこった……！

梓春はその場に倒れてしまいそうだった。違和感は胸元だけではないのだ。

まさか……と思い、そろりと下に手を伸ばしてみても、そこは空虚だった。明らかに、あるはずのものがなくなっているのだ。

「やっぱりないっ！」

赤くなった顔が、今度は青ざめていく。なんという虚《むな》しさだろうか。性別が変わり、女体になってしまったという言い知れない困惑が梓春を襲う。

女体どころか、娘の発言からするに、この身体は後宮の妃である采妃のものだ。

「なんで、俺が采妃に……⁉」

絵物語でしか見た事がないような現象が、自分の身に降り掛かっている。到底信じられないが、幾ら頬をつねっても痛覚は非常に冴《さ》えていた。

姿見の中の采妃の顔は青白く、口角がぴくぴくと引き攣っている。

梓春は不可解な状況を打破しようと、記憶を辿《たど》る。

すると、昨日の出来事が徐々に思い出されてきた。あの恐ろしい悪夢が。

采妃と入れ替わったこの状況には、昨夜の事件が関わっているに違いない――。

第一章　采月宮の采妃

春風が吹く、ある晴天の日。梓春はいつものように門兵として番を務めていた。

「退屈だ、生まれ変わりたい……」

梓春は苦々しいため息を零《こぼ》す。

遥伽《ようか》国の果てしなく広い宮殿、玲瓏殿《れいろうでん》に仕えて早五年。十五歳の時に宮中に出仕し、以降は碧門《へきもん》の門兵として役目を果たしてきた。

官職を与えられたのはいいが、まだまだ下っ端で一日中立っているだけ。庶民の出でありながら後宮近くの門兵というのは大抜擢《だいばってき》だが、如何《いかん》せん退屈なのだ。

玲瓏殿の警備は非常に強固であるため、外部からの侵入は滅多にない。奥に配置された門兵の役目は、主に門を通る人やモノの検問と宮殿内の騒ぎへの対応である。

検問は規定に沿って行うが、下級門兵は深入りできない。騒動への対処は上官がほとんど済ませてしまうので、梓春まで仕事が回ってくることはほとんどなかった。

梓春はちらりと碧門の奥を覗《のぞ》く。

この後宮《おく》で、日々贅沢《ぜいたく》な暮らしができる妃にでも生まれ変わってみたいものだ。彼女たちは煌《きら》びやかな衣を纏い、観劇や管弦の演奏、読物を自由にできる。梓春が大好きな点心だって食べ放題だろう。

「退屈って、何言ってんだバカ。そんなこと言ってないで真面目に仕事をしたらどうだ」

「仕事って言ったってなぁ」

隣に立っている同僚——夏月《かげつ》が窘《たしな》めてくる。彼はつい三月ほど前に、梓春と同じ後宮門兵として配属された男だ。

梓春と同い歳である夏月は聡明《そうめい》で、涼しげな紫の目をし、上品な雰囲気を纏《まと》っている。夏月が入ってきた当初、梓春は張り切って先輩面をしていたが、相性が良く、間もなく打ち解けた。今ではすっかり親友のような間柄である。

しかし、夏月の経歴は謎だ。梓春が尋ねても、「秘密だ」と言って教えてくれない。

「昨夜の采妃の件を知らないのか？　不謹慎な発言をお偉方に聞かれたら、首が飛ぶぞ」

夏月は眉根《まゆね》を寄せて言う。

「采妃……？」

采妃といえば国内でも有数の名家のご令嬢だ。病弱で采月宮に籠《こも》りっきりだとか。

昨夜のことは知らなかったが、不謹慎ということは彼女の身に何かあったのだろう。

「どうしたんだ。病か？」

梓春が尋ねると、夏月は苦い顔をして首を横に振る。

「いいや、毒だそうだ。幸い命は取り留めたが、一向に意識が戻らないらしい」

「なっ、毒だって？」

陰謀渦巻く宮中において、毒に限らず様々な手法で妃や高官を狙う事件は少なくない。大抵は私利私欲のため、都合の悪い相手を消そうとする人間の仕業である。

「後宮とは恐ろしい場所だな……今の御世《みよ》になってからは初めてだが、何年か前にも同じような事件があったというではないか」

過去に見聞きした後宮の事件を思い出し、女の諍《いさか》いは恐ろしいとつくづく思う。妃の死には、同じ妃や宮女が関与していることが多いのだとか。地位のためか、寵愛《ちょうあい》の競い合いのためか。

「おい！　前を見ろ」

夏月が梓春の思考を遮るようにして、肩を叩《たた》いてくる。

その瞬間、周囲に重たい音が響き、梓春はハッと顔を上げる。皇帝の帰還を伝達するため、近衛《このえ》兵が銅鑼《どら》を鳴らしたのだ。

仰々しい鳳輦《ほうれん》（鳳凰《ほうおう》を輿《こし》の屋根に飾った天子の乗り物）が門へと向かってくる。四方に帳《とばり》が下ろされ、中を覗くことはできない。その両側には多数の近衛兵が控えている。

梓春と夏月はすぐに脇へ退き、拱手礼《きょうしゅ》を執る。

その寸前、梓春は近衛兵の中に、かつて親交があった長清《ちょうせい》という男を見つけた。彼は宦官《かんがん》であり、かつては後宮の内側の門兵をしていた。互いの管轄場所が近いため仲良くしていたが、長清が異動になったきり、会うことはなくなった。

――皇帝の近衛兵とは……なるほど、長清は出世していたのか。

一行はゆっくりと門を通り、鳳輦は後宮の奥へと進んで行った。

その最後尾が見えなくなってから、梓春は礼をやめ、夏月に話しかける。

「お早いご帰還だな」

皇帝が玲瓏殿を出たのは昨日の夕刻であり、現在はまだ日暮れ前だ。

「今回は近場であったし、それに采妃の件が伝わったのだろう」

「何のためのお出かけだったんだ？」

「さあな。花見だと聞いたが」

夏月の言葉にのんきだなと思うが、事実平和なのである。周辺国とは平和協定を結び、数百年戦争は起きていないし、温厚な気質の民たちも滅多に反乱を起こしたりしない。

さらに、宮廷には天文や暦法、占いを担う太史令《たいしれい》という官吏がいるそうで、災害に関しても未然の対処もしくは迅速な後処理を行うため、世間の不満も小さく抑えることができている。

今の世は宮中のしきたりも随分と寛容になったもので、各種の儀礼も簡略化されて宮殿には開放の風が吹いていた。

「なぁ、夏月。おまえは主上のお姿を拝見したことはあるか？」

現帝は前帝の三番目の皇子だった。前帝崩御のひと月前まで、後宮から離れて山奥の離宮で暮らしていたらしいが、都に呼び戻されるとすぐに皇太子となった。

前帝の皇子は現帝を含めて四人いた。政権争いは激しいと聞くが、選ばれなかった他の妃《きさき》と他の皇子は何とも思わなかったのだろうか。

奇妙なことに、現帝は即位してから一度も大衆の面前に姿を現したことはなかった。

結局、梓春も顔を知らないまま一年仕えている。巡幸の際も鳳輦で外へ赴き、降りもせずにそのまま帰ってくるのだという。

「いや……拝見したことはないが、若くて美しいという噂は耳にしたぞ」

夏月は少し間を空けた後、顎《あご》に手を当てて答える。若いという話は知っていたが、美しいというのは初めて聞いた。

夏月は宮殿の事情に詳しい。新人であるのに、梓春よりもよっぽど精通している。

「おまえのその情報は、いったいどこから仕入れてくるんだ?」

「秘密だ」

夏月はフフンと鼻を鳴らしてみせる。まったく、秘密の多い男だ。


任を終えた深夜、梓春は宿舎への帰路につく。辺りは真っ暗で、月の微《かす》かな光と等間隔に配置された提灯《ちょうちん》の光が道の頼りである。

「これは困ったな……」

梓春は眉根を寄せて顎先を撫《な》でる。先刻から誰かにつけられている。素人なのか、下級門兵の梓春にさえ気配が丸分かりであった。

しかし、そいつの狙いが何なのか、まったく心当たりがない。

梓春は「はぁ……」と小さくため息を零す。どうしたものか。

さては、最近噂の霊ではないだろうな。近頃衛府《えふ》の中で、玲瓏殿に女の幽鬼が出るという風説が流行《はや》っていたことを思い出す。

「いいや、まさかな。霊などいるものか」

梓春が悶々《もんもん》としていると、背後からカサカサと枝葉を掻《か》き分ける音が聞こえてきた。それに交じって微かに足音も耳に入ってくる。明らかに近づいてきている。

梓春は歩みを止めて、正面を向いたまま視線だけ後ろに注意を向ける。すると、黒い影がどんどんこちらに向かって伸びてくるのが見えた。

警戒しながらそっと剣の柄《つか》に手を添える。これは、いざというときのためだ。

「誰だっ！」

梓春は足に力を入れて、柄を握ったまま勢いよく後ろを振り向く。

そこには、梓春よりも背の低い人物が身をかがめ、短剣を手にして立っていた。全身に黒い装束を纏い、顔は目許《めもと》以外黒布で覆われている。

特別体格が良いわけでも、身のこなしが洗練されているわけでもない。むしろ、見たところ、ひ弱そうな小太りであるし、武術や暗殺術を心得ているような感じもしない。

——なんか、全然強くなさそうだが……？

拍子抜けだ。小太りの人物は短剣を持つ腕を震わせて、その場に固まって動かない。

「なあ、あんたは誰なんだ。俺、あんたになんかしたか？」

「は、はやくっ！」

梓春は問いかけるが、話が通じないのか意味不明な叫びが返ってくる。

様子がおかしい。その注意は梓春に向いておらず、むしろ梓春の背後に――。

「うぐっ……!?」

その瞬間、突然激しい痛みに襲われる。何者かに、背後から襲撃されたのだ。胸から突き出た切っ先が、月光に照らされて赤黒く光っている。

――しまった、もう一人いたのか……っ！

背後の刺客は梓春の肩を押さえ、その身体から剣を引き抜いた。辺りに鮮血が飛び散る。

梓春は逃がすまいと、咄嗟《とっさ》に剣を抜いて思い切り振りかぶる。

「チッ、油断したか……」

突然の抜剣に対処し切れなかった刺客は、梓春の剣に右腕を切られて仰《の》け反った。刺客が押さえた腕には血が滲《にじ》み、深手を負ったように見えた。

さらに追撃しようとしたが力が入らず、梓春は地面にうつ伏せに倒れ込んでしまう。

「なん、で……だれだ……？」

梓春は痛みに耐えながら、背後に頭を動かし、刺客の姿を目で捉《とら》える。

低い声と背恰好《せかっこう》からして、こいつらは二人とも男だ。

その全身は黒装束で覆われていて、何者なのか分からない。

一瞬、梓春を刺した男の眼がこちらを射貫《いぬ》くように鋭く光った気がした。暗闇に差す月明かりと重なって見えるその蒼《あお》く冷たい瞳《ひとみ》が、梓春を突き刺す。

小太りの男は囮《おとり》だったのだ。こっちの男は素人なんかじゃない、確実に手慣れている。手練《てだれ》の武人が、なぜ梓春を狙うというのか。最悪だ、なんてツイてないんだ。

理不尽と胸部の激痛で怒りと涙が溢《あふ》れ出しそうになる。

——こんなとこで死んでたまるか！

梓春は片方の手で刺された胸を押さえて、もう一方の手はぐっと握りしめる。出血多量のせいか、徐々に思考できなくなってきた。

「おい愚図、この男で間違いないな」

温度を宿さない無関心な低い声。梓春を刺した手練の男だ。

「は、はい。今日最後まで碧門に残ってたのはこいつです、間違いねえ。ですが……こ、殺しちゃまずいんじゃ……」

梓春をつけていた小太りの男が、及び腰で慌てて言う。

「何を言っている。殺さなくては意味がないだろう。さっさとこいつを縛れ」

手練の男は淡々とした様子で言い、剣を振って切っ先の血を落とし、鞘《さや》に収める。

「————」

そして、男は、もうほとんど動かない梓春に向かって、何かを言い放った。

段々と遠のいていく意識の中で、その言葉を聞き取ることはできなかったが、蒼く鋭い瞳だけは、梓春の脳に強く焼き付いて残った。

◆❋◆

「そうだった……！」

梓春は采月宮の姿見の前で、黒装束の刺客たちに襲われたことを思い出す。

気絶してしまった後、自分はどうなったのか。なぜ襲われたのか。そもそもなぜ采妃の身体と入れ替わっているのか。今、梓春の魂が采妃の身体にあるということは、梓春の身体の中にはもしかして――。

次から次へと湧いてくる疑問や妄想が頭の中を駆け巡る。

「采妃様……？　大丈夫ですか？　先程からなにを……」

侍女らしき娘が訝《いぶか》しげな表情で、梓春におずおずと声を掛ける。采妃と同じ亜麻色の瞳が印象的な娘だ。

すまない。全然大丈夫ではない。しかし、この状況で「俺は采妃ではない」と訴えたところで、精神を病んだとして采妃の名誉を損なってしまうだけだろう。

信じてくれたとしても、妃嬪《ひひん》の寝室を覗《のぞ》いた梓春にはどんな罰が下ることか。

どうやら、今は采妃のふりをするのが最善のようだ。

それにしても、性別が変わるだけでこうも違和感があるのか。梓春は身体の変化に落ち着かなくて、もぞもぞとする。座り方ひとつでさえ、気を遣ってしまうのだ。

「ええと……あなた、今日は何日なの？」

梓春は優しい声色を心掛ける。采妃がどのような話し方をするのかは知らないが、柔和な妃《きさき》を想像してそれを演じてみる。口調は姉を真似れば何とかなるだろう。

「今日は三月四日ですけれど……采妃様は丸二日間眠っておられました」

刺客に襲われたのは、昨日ではなく一昨日だったのか。

梓春は驚くと同時に、夏月が言っていた采妃の毒殺未遂事件を思い出す。

目覚めた時に感じた頭痛と全身の疲労感は、毒の影響なのだろう。

「采妃様、わたしのこと分かりますか……？」

「え？」

「先程から、なんだか他人行儀だし……ご様子もおかしいので、もしかしたら、なにか毒の後遺症があるんじゃ……」

心配そうにそう話す娘を前に、梓春は考える。

これは都合が良いのではないか。後遺症で記憶喪失になってしまったなどと言えば、采妃の身辺事情に疎くとも誤魔化せるのでは。

梓春はこれは妙案だ……と手を打ち、言葉を続ける。

「そ、そうなの。実は毒の影響で記憶が曖昧《あいまい》で、あなたの名前も思い出せないのよ」

「そんなっ！」

娘はわっと顔を手で覆い、また泣き出してしまう。

こうもあっさりと信じてしまうとは。最初に出会ったのが素直な娘で良かった。

「わたしは芹欄《きんらん》です。本当にお忘れなのですか……？」

「その……ごめんなさい。よければ、あなたについて教えてくれるかしら」

梓春は罪悪感を覚えながらも、記憶喪失のふりを続ける。

すると、芹欄が悲しげに彼女の身の上について話してくれた。

芹欄は幼い頃から采妃の側仕えとして育ち、一年前に采妃が妃になったときに玲瓏殿に入ったという。病気がちな采妃の世話を担い、この二日間も付きっきりで看病してくれていたようだ。落とした器には、額に当てる手拭《てぬぐ》いを冷やす水が入っていたのだろう。

妃嬪ならば多くの侍従を従えているはずだが、他にはいないのだろうか。

「芹欄、他の侍従はどうしたの？」

「それが……」

芹欄は目を逸《そ》らして、気まずそうに言い淀《よど》む。そして、おずおずと話し出した。

「わたしと茗鈴《めいりん》以外は皆、『采妃様は夜を越えられるかどうか』と宣告を受けた途端、他の妃に取り入るために出ていきました」

「まあ、そうなの……」

薄情だなと思うと同時に、得てして玲瓏殿とはそのようなものだとも、梓春は思う。

侍従は主人の地位により、その生活や待遇、俸給、加えて他の主人に仕える侍従からの風当たりが激しく変化する。そのため、より安定した主《あるじ》に取り入るのは当然だろう。

「それじゃあ、二人しか残っていないのね。茗鈴という侍女は今どこに？」

「茗鈴は、薬司《やくし》の典薬《てんやく》に采妃様を治していただけないかと、直談判《じかだんぱん》しに行きました」

なるほど。采月宮に医官が留《とど》まっておらず、侍女が迎えに行かねばならぬという状況から見るに、采妃は本当に死に近づいていたのだと推測する。

「芹欄、采……ではなくて、おれ……んん、私は毒を盛られたのよね？」

梓春はたどたどしく言葉を紡ぐ。我ながら一人称も口調も違和感が半端ではない。

「はい」

梓春が毒という単語を口に出した途端、芹欄の顔から色が抜け落ちる。瞳孔《どうこう》も暗くなり、唇も震えている。

「誰の仕業か判明したの？」

「いいえ……ですが、大体の見当は付きますよ」

芹欄は首を緩く振った後、少し考え込んでから意見を述べ始めた。

「そうですね……五妃《ごひ》のうちの、誰かの企《たくら》みでしょう」

そして、吐き捨てるように言った。

たしかに、後宮での事件は妃同士の確執や嫉《そね》み、寵愛《ちょうあい》の競い合いから起こる例ばかりで、妃を貶《おとし》めるのは同じく妃という場合が多いのである。

采妃は誰かの恨みを買ってしまったのだろうか。采月宮に籠《こも》りがちで、他の妃との交流は少ないと聞いていたのだが。

「そんなことよりも、采妃様がご無事で何よりです。茗鈴を迎えに行ってきますね」

芹欄は晴れない顔のまま頭を下げて、駆け足で出ていった。

一人になった梓春は、再び壮麗な寝台の上に横になる。

――五妃、かあ……。

現在、玲瓏殿の後宮には五人の妃がいる。通称〈五妃〉だ。

華幻宮《かげん》の華《か》妃、黎丹紅《れいたんこう》。漣萃宮《れんすい》の漣《れん》妃、徐瑞藍《じょずいらん》。雀爛宮《じゃくらん》の雀《じゃく》妃、寧琳珠《ねいりんじゅ》。蕓星宮《うんせい》の蕓《うん》妃、甘玉溟《かんぎょくめい》。そして、采月宮の采妃、苑桃蓮《えんとうれん》のことである。

彼女たちは、一年前に御世《みよ》替わりした際に、太史局《たいしきょく》に選抜されて後宮入りしたという。歳は漣妃が十九、蕓妃が十八、采妃と華妃が十七、雀妃が十六だ。

妃の中で、梓春が直接目にしたことがあるのは華妃だけであった。

後宮門兵であれば妃嬪を目にする機会は多くなるかと思いきや、そんなこともない。妃が門を通る際は基本的に馬車を使い、姿をうかがおうにも帳《とばり》で仕切られている。

まさか自分が、そのような妃と入れ替わるなんて思ってもみなかった。

一昨日は、通常通り早朝から晩まで任に当たる日であった。衛府《えふ》の宿舎では失踪《しっそう》したと大騒ぎになっているかもしれない。

――もしかしたら、このまま元に戻れないんじゃ……。

梓春の肉体はかなり出血していた。致命傷だ。肉体がどこにあるかは分からないが、仮に采妃の魂が梓春の中に入ったのだとしたら、その損傷に耐えられるとは思えない。

「いっ……!?」

そんな何度目かの煩悶《はんもん》の最中《さなか》、頭に鋭い痛みが襲ってきた。梓春は咄嗟《とっさ》に額を押さえ、ぎゅっと目を瞑《つむ》る。暗い瞼《まぶた》の裏側に女の影が描かれていく。

——これは、采妃……?

その女は采妃であった。何も言わず、こちらをじっと見つめている。

数秒して、また激痛が襲ってくる。すると、その姿は一瞬のうちに消えていった。

「……なんだったんだ、今のは」

梓春は眉根《まゆね》を寄せる。毒の影響か、入れ替わりの弊害か。なんとも不気味な幻だ。

「采妃様っ!」

「采妃様!」

そのとき、忙《せわ》しない足音と共に、入口の方から芹欄ともう一人別の娘がやってくる。

「ほんとだぁ……采妃さまっ……いぎてる……」

芹欄に手を引かれてやってきた娘は梓春を前にした瞬間、緊張の糸が切れたように絨《じゅう》毯《たん》の上に蹲《うずくま》り、先程の芹欄と同じように洟《はな》をすすって涙を零《こぼ》した。

「茗鈴、あんまり泣かないの。采妃様が困ってるでしょう?」

「うう……、采妃様っ……!」

芹欄はしゃがんで茗鈴に手巾《しゅきん》を手渡し、彼女の震える背中を優しく撫《な》でた。

娘たちの様子に、采妃がどれほど愛されて、慕われていたのかを実感させられる。

梓春は娘の前まで行き、「な、泣かないで」とできるだけ柔らかく声をかける。

――こういったことには慣れないな……。

梓春は年下の娘への対応が分からない。むさ苦しい男たちに囲まれた生活が身に染み付いているし、親族以外に女子を相手にしたことなどないのだから。

茗鈴は芹欄と似た桃色の衣装を纏《まと》い、左右の髪をおさげにしている。年齢は芹欄より少し下だろうか。しかし、背丈は同じで、可愛らしい雰囲気がよく似ていた。

梓春は目元が赤い茗鈴と芹欄を卓の前の椅子に座らせて、自分も向かいに腰掛ける。

「茗鈴も、私が幼い頃から一緒にいたの？」

茗鈴に尋ねる。記憶が混乱しているということは芹欄から聞いていたようで、茗鈴は僅《わず》かに眉を下げるだけで、とくに驚く様子はなかった。

「い、いいえ。わたしはここに来てからのお付き合いです。宮中に出仕したばかりで何も分からず途方に暮れていたわたしに、采妃様は優しく接してくださりました」

「そうだったのね」

梓春は感心する。やはり、采妃は侍女に慕われる心優しい妃のようだ。

「二人のことだけでなく、自分の生い立ちもあまり思い出せなくて……」

「いいんです。ゆっくり思い出していけば」

「その通りです。今は安静が第一です！」

恐る恐る言葉を紡いだ梓春を、芹欄と茗鈴は卓上に身を乗り出して励ましてくれる。それに対して梓春は「ありがとう」と微笑んでみせた。

――ううん、我ながら演技派だな。

梓春は得意になる。時間が経つにつれて、采妃の輪郭がはっきりしてきたのだ。

「私の交友関係ってどんな感じだったの？　主上とは？」

梓春が尋ねると、芹欄と茗鈴は互いに顔を見合わせた後、芹欄が先に口を開く。

「采妃様はお身体が丈夫ではありませんから、ほとんどの時間を采月宮で過ごしておられました。華妃様は一度来てくれましたが、他の妃《きさき》との交流はありません。主上のお渡りもまだ……」

「そうなのね」

聞いていた通り、采妃は孤立しているのか。

彼女の人柄が良いにもかかわらず、他の侍従が出ていったことも納得できる。他の妃との繋《つな》がりもなく、帝の寵愛も頼めないならば、いつまで経っても出世は叶《かな》わない。

「主上ったらあんまりですよね。一度くらい会いに来てくだされば良いのに」

「仕方ないわよ、まだお若いんだから。それに、お渡りは他の宮にだってないわ」

帝が若いという話は耳にしていたが、まだどこにも渡りがないとは。寵愛が傾いていないならば、采妃はなぜ狙われたのだろう。ますます理由が分からない。

「私が毒を盛られた日のことを教えてくれる？」

梓春は二人に尋ねる。すると、二人は暗い表情で事件の経緯を教えてくれた。

事件当日、采妃は病床に臥《ふ》しており、寝台の上で食事を摂《と》る予定だった。

当時、采妃の傍に付いていたのは芭里《はり》という侍女で、膳司《ぜんし》から運ばれた料理をそのまま采妃へ差し出したという。それを口にした采妃は、その直後、尋常ではない様子で苦しみ出し、もがいた末に意識を失ってしまった。

騒ぎをうけた刑司《けいし》――宮殿内の事件の捜査、刑罰を担当する部署――の司察《しさつ》は場を検分した後、芭里と采妃の膳を担当した尚膳《しょうぜん》を捕らえた。

二人は尋問に対して事件の成り行きを話したが、容疑については終始否認していた。しかし、状況的にどちらかが毒を仕込んだ可能性が高く、毒見を怠ったのも事実だ。

結果として、二人は板打ちの罰を受け、宮殿の外へ追放された。証拠不十分のためか、極刑にまでは至らなかったという。結局、芭里の所持品からも、膳司からも毒に関連するものは見つかっていないそうだ。表では解決済みだが、真には未解決ということだ。

「普通に考えれば、やはり芭里か尚膳が犯人なのでは？」

話を聞いた梓春は首を傾げる。二人に物証がないとはいえ、状況証拠はある。

「それはそうなんですけど……芭里にそんな大それたことをする度胸はないと思います。尚膳の恨みを買うようなことをした覚えもありませんし……」

茗鈴がおずおずと話す。芹欄はそれを神妙な顔で聞いていた。

たしかに、過日の事案をとってみても、下吏の起こした事件は位の高い人物が裏で糸を引いていたというのがお決まりだ。

「かといって、寵愛争いがないのなら他の妃も犯人ではないんじゃないの？」

芹欄は妃が犯人だと言っていたが、梓春は今の妃たちの悪評を聞いたことがなかった。門の外からは真の内情は見えないにせよ、妃の仕業であるとする根拠はなさそうだ。

「たしかに、采妃様を害する動機は思い浮かびません……」

「妃じゃないとなれば、いったい誰が犯人なのでしょうか」

素人三人が額を集めたところで分かるはずもなく、堂々巡りが続く。

第一、被害者本人は記憶喪失で、侍女二人も現場に居合わせたわけではない。

「……あっ！」

そこで肝心なことを思い出して、梓春は勢いよく立ち上がる。

——俺も殺人事件の被害者じゃないか！

ついつい、今の身体である采妃の方に思考が寄っていたが、入れ替わり解決のための最優先事項は、梓春の肉体を見つけることだろう。

不思議そうに目を丸くする芹欄と茗鈴に梓春は問いかける。

「二人とも、昨日から今日にかけて衛府の方で何か騒ぎはなかった？」

「いえ、特に何も聞きませんでしたよ」

芹欄は戸惑った様子のまま答えた。

「そりゃそうか……」

下級門兵が行方不明になったところで、後宮の奥まで伝わる大騒ぎになるはずがない。

しかし、梓春が刺された現場には、何かしら争った痕跡《こんせき》が残っているだろうから、不審に思った刑司が事件として内密に捜索を始めてくれているかもしれない。

梓春の精神は生きているが、肉体はもう死んでしまって、既に亡骸《なきがら》が発見されている可能性もある。そう考えると、いても立ってもいられなくなる。

――この二人に宿舎まで見に行ってもらうか？　いや、見ず知らずの女子に任せることはできない。自分の足で行った方がいいだろう。

「少し出てくる！」

「「えっ」」

梓春が逡巡《しゅんじゅん》の末に足を踏み出した瞬間、「お待ちください！」と裾《すそ》を引っ張られる。

「どこに行かれるのですか。まだ外は肌寒く、いま出られたらお身体に障ります……！　用ならわたし共にお申し付けください」

茗鈴はおさげを揺らして、跪《ひざまず》き、拱手礼《きょうしゅ》を執る。その様子は痛々しいほどに殊勝だ。

「采妃様がお目覚めになられたことは、主上に宛てて既に文を届けさせました。薬司にも伝えましたので、間もなく典薬がこちらにお越しになるかと」

芹欄は冷静に言葉を紡ぎ、同じく膝《ひざ》をついて頭を下げた。

梓春はその光景に息を呑《の》む。妃とはどういう立場なのかを思い知らされたのだ。

それに、意外にも落ち着き払っている芹欄に驚いた。梓春が目覚めた際に啼泣《ていきゅう》していたのも嘘ではないだろうが、この冷静な質《たち》の方が本性なのだろう。

少し頭を冷やそう。梓春は小さな手の甲を額に当てて目を瞑《つむ》る。

「……わかった。まだちょっと動揺してるみたい……ありがとう」

梓春がそう言うと、二人は安心したようで、それ以上は何も言わなかった。

しばらく待っていると、塡油《てんゆ》という初老の典薬が駆け込んできた。

房室に入り、平然と立っている采妃――梓春を目にした塡油は、信じられないといった様子であんぐりと口を開く。

「さ、采妃様⁉　まさか本当にお目覚めになられたとは……」

「ちょっと先生、その言葉はどういう意味ですか。不敬ですよ」

茗鈴が眉《まゆ》をひそめて塡油に詰め寄ると、塡油は「申し訳ありません……」と縮こまる。

塡油の態度にも無理はない。自分が死を宣告した患者が起き上がっているのだ。

彼は見るからに典薬歴も長いだろうし、腕にも相当な自信があるはず。この光景が信じられないのも当たり前のことだろう。

塡油は梓春を椅子に座らせて、肘掛《ひじかけ》に置いた梓春の手首に指を当てて脈を診る。

芹欄と茗鈴はその後ろで脈診の様子をじっと見守っていた。

やがて、塡油が指を離し、面を上げた。その表情には戸惑いの色が浮かんでいる。

「これは奇跡だ……」

「奇跡？」

塡油が発した思いがけない言葉に、梓春は身を乗り出して尋ねる。

「はい、僭越《せんえつ》ながらお答え申し上げます。ご存じの通り、采妃様は恐ろしい劇毒に侵され、数日前に私が診た時、そのお命は既に風前の灯火《ともしび》でございました」

塡油はそこまで言ってから、もう一度自身の見識を確かめるかのように瞼《まぶた》を閉じて、瞬刻の間沈黙し、深く息を吸ってから言葉を紡ぐ。

「しかし、なんということでしょう。今はとても丈夫なお身体です。それは毒が癒《い》えたという範疇《はんちゅう》に収まる話ではなく、それ以前の病身の面影がないほどに健やかであられる」

「えっ！」

つまりは、この采妃の身体は限りなく健康体であるという事だ。数日前まで病弱で更には毒に侵されたというのに、そんな事が有り得るのか。

「先生、本当なんですか……⁉」

「わあっ、これで自由に外に出られますよ！」

芹欄と茗鈴が各々口を開く中、梓春は訝《いぶか》しげな顔で塡油に尋ねる。

「先生……今は健康だというけれど、今朝はまだ熱があって、酷《ひど》い頭痛もしていたのよ」

そうなのだ。梓春が目覚めた時から芹欄と話している間までは、全身が火照って気だるく、頭はズキズキとした鈍痛に襲われていた。毒の影響だと思っていたのだが。

「采妃様、それは病が癒える徴候だったのではないでしょうか。私としても未知の事態ですので、断言することはできませんが……」

「微候？」

「はい。今の采妃様の御身は頑健そのものでございます。本当に驚きました……」

塡油は何度も感嘆の息を漏らす。そのとき、茗鈴が「あっ」と間抜けな声を上げた。

「先生！　最初にお伝えするのを忘れていたのですが、采妃様は今記憶が――」

「ちょっ、茗鈴！　少しこちらに！　芹欄も！」

「は、はい……？」

梓春は茗鈴が言わんとしている事を理解して、慌てて言葉を遮る。

塡油の腕を考えると、もしかしたら、梓春が記憶喪失ではないことが分かってしまうかもしれない。今、この嘘を発覚させてしまうわけにはいかないのだ。

塡油に聞かれないように、梓春は小声で二人に言い聞かせる。

「二人ともいい？　私が記憶喪失だということは絶対に先生に話してはだめ」

「ですが……」

「私のことが心配なのであれば尚更《なおさら》よ。私はこれ以上先生に迷惑をおかけしたくないの」

まだ何か言おうとしている二人を視線で睨《ね》めつけ、立てた人差し指を唇に当てる。

「いいわね？」

二人は納得しない表情をしつつもこくりと頷《うなず》く。話がわかる侍女で助かった。

こちらの様子を不審そうに眺めていた塡油が、恐る恐る声をかけてくる。

「あのう、采妃様。どうかされましたか……？」

「いえ、なんでもありませんわ」

「はぁ……」

塡油は不思議そうに首を傾げたが、それ以上詮索《せんさく》する気はないようだった。

その様子に梓春はほっとして、何事もなかったかのように話を続ける。

「それじゃあ、この身体で外出してもいいのね？」

「はい。ですが、またいつ変じるか分かりませんので、くれぐれもお気をつけください」

塡油はそう言って、悪化した時のために様々な生薬を処方してくれた。

「つかぬ事をお聞きしますが……あれから、主上はこちらへお越しに？」

塡油に尋ねられ、梓春は「特には」と首を横に振る。芹欄たちの話では、采妃が倒れた後も一度も見舞いには来ていないはずだ。

「そうですか……」

「主上はどのような御方なのかしら」

「それが、私も良く存じ上げないのです。しかし、主上が妃嬪《ひひん》の宮にお渡りにならないのは、『皇太后様がお許しにならないからだ』という噂を聞いたことがあります」

「皇太后様が？」

「はい。ですが、所詮は真偽不明の風評に過ぎませんので、真に受けられませぬように」

梓春は驚く。皇帝の秘密主義に皇太后が関わっているとは知らなかった。

「あと、采妃様。今日と明日は外出禁止です。念のために安静にしていてくださいね」

塡油は梓春に念を押して、「ご自愛専一にお過ごしください」と拱手礼を執り、薬司へと帰って行った。

その後少し経って、雨宸《うしん》という皇帝の側近が采月宮に訪れた。

雨宸は梓春に、采妃の身体への労《いたわ》りを簡潔に連ねた皇帝からの文を読む。

そして、手に持っていた華美な漆箱を「主上からです」と言って、梓春へと手渡した。

箱の中には某州の絹地と希少な人参《にんじん》が入っているという。

その無愛想とも言える側近は背筋をまっすぐ伸ばし、青みがかった黒髪と同じ色の涼やかな瞳《ひとみ》をしていた。口元は一文字に結ばれて殆《ほとん》ど表情が動かず、気難しそうな男だ。

聞くところによると、彼は宦官《かんがん》ではないが、皇帝の幼い頃からの側近として特別に後宮への出入りを許されているらしい。

雨宸は梓春が漆箱を受け取ったのを確認すると、そそくさと退出していった。

日が落ちると、梓春は采月宮では初めての夕餉《ゆうげ》を味わった。

侍女たちはまた毒が入ってやしないだろうかと、入念に毒見役をこなしていた。

その一方で、梓春は目前に広がる見たこともない豪華な皿々に心を躍らせ、たくさんの料理を全て平らげたのだった。


「さてと……」

夜も更け、房室の窓に映る闇には月が昇っていた。

芹欄と茗鈴は自室に戻り、この棟には梓春だけ。梓春の身体の調査をするために抜け出す絶好の機会だった。

今の梓春の装いは、今朝から身に着けていた菫《すみれ》色の襦裙《じゅくん》に重ねて、柔らかい上衣を羽織っている。長い髪は昼間に芹欄が後ろで結ってくれた。

梓春は垂れた横髪をすうっと撫《な》でる。

未《いま》だに、この美しい妃《きさき》が自分であるとは信じられず、気恥ずかしい心持ちがする。

梓春は房室から出て、忍び足で采月宮の門まで向かう。そうっと門の扉を開き、辺りを見回して周囲に誰もいないことを確かめる。

侍従が去ってしまった采月宮には門番がいない。代わりに茗鈴が名乗りを上げたが、「今日は自室に戻って寝なさい」と、強く言い付けた。……言い付けたのに。

「茗鈴……！」

茗鈴は門に凭《もた》れ掛かり、かくかくと頭を揺らしていた。微睡《まどろ》みの最中だろう。

責任感の強い彼女を起こさないように、狭い隙間から抜け出し、ゆっくり門を閉める。

無事に抜け出せた梓春は胸を撫で下ろす。ここで見つかっては元も子もない。

そして、次は碧門の方へ駆けていく。采月宮は後宮の左奥に配置されており、碧門に行くには皇帝の住居である鶺鴒《せきれい》宮と庭園の間を通らなければならない。

「流石に警備が堅いな……」

鶺鴒宮の近くまで走り、物陰に身を潜める。陰から様子をうかがうと、近衛《このえ》兵が門前に二人、離れた場所に二人立っているのが見えた。

妃が夜中に侍女も付けず出歩くのが見つかれば問題になる。それは面倒だ。

「仕方ない、庭を通るか」

遠回りになるが、危機回避のために庭園の中を通っていくことにする。

「はぁ……はぁっ………」

——それにしてもこの身体、体力が無さすぎる……!

梓春は庭園に入ると、休憩のために木陰に置かれた涼み台に腰掛けた。夜風が素肌を擽《くすぐ》って心地よい。可憐《かれん》な花々が灯籠《とうろう》に照らされている情景は、まさしく絢爛《けんらん》な後宮という感じだ。

しばらく休んでいると、近くからカサッと木々の擦《こす》れる音が聞こえてきた。

その瞬間、梓春は襲われた二日前の夜を思い出し、全身が強《こわ》ばるのを感じる。

——誰かいる……! 見つかってしまう!

梓春が逃げようと立ち上がったその瞬間、すぐ傍の叢《くさむら》の中から青年が飛び出してきた。

「へっ⁉」

突如目の前に現れた青年は、月明かりに照らされて、たいそう美しく見えた。

光に透ける白銀の髪と、端整な顔立ち。紫の瞳がじっとこちらを見つめている。背丈も高く、その姿は洗練された美であった。歳の頃は、梓春よりいくつか下だろうか。

——あれ、どこかで見覚えが……。

なぜだろう。梓春は見知らぬ男に既視感を覚えて、目を見張る。

どうやら驚いたのは向こうも同じようで、青年は唖然《あぜん》としていた。ここに人がいることが想定外だったのだろう。

そして、青年は梓春に向かって焦り気味に「誰だ？」と尋ねてきた。

采妃を見たことがないのか、正体は気づかれていないようだ。

「私は偶然通りかかった者で……あの、あなたこそ誰でしょうか？」

宦官だろうかと思ったが、それにしてはかなり薄着だ。

周囲をうかがう様子をみせる青年に、梓春は首を傾げる。この青年も人目を忍んで出てきたのだろうか。

「私は桜煌《おうこう》。あなたは侍女か？　どこの宮の女子なんだ？」

「ええと、その……」

桜煌、知らない名だ。そして、ここで妃とは名乗れない。どう答えるべきか……。

梓春が口ごもっていると、桜煌は「まぁよい」と首を横に振り、諦《あきら》めたように呟《つぶや》いた。

そこで、話題を逸《そ》らすようにして、今度は梓春が尋ねる。

「あなたこそ、なぜこんなところに？」

「私は……」

桜煌はじりと一歩後ずさり、気まずそうに視線を逸らす。その様子を見て、梓春は密《ひそ》かに鼻を鳴らした。

――ははあ、この男もやましいことがあるのだ。

梓春は自分のことを棚に上げて、腕組みをして桜煌の言葉を待つ。

「……あなたは采妃を知っているか？　私は彼女の様子を見に行こうと思ったんだ。事情があって表立って行くことはできないから、こうして抜け出してきた」

「采妃!?」

予想外の答えが返ってきて、梓春は目を丸くする。

「そうだ。それで、衛兵をかわすために走っていたらいつの間にか庭園に……」

「それで、私に出会ったと」

「ああ。こんな深夜に人がいるなんて驚いたぞ。だが、衛兵じゃなくて安心した」

「なるほど……」

梓春は頷《うなず》く。なぜ内密に采妃に会おうと思ったのかは分からないが、とりあえず彼の今の状況は理解できた。しかし、自分が采妃だと打ち明けることはできない。

そこで、話題を変えるついでに、梓春について尋ねてみる。

「あのう、ひとつ聞きたいんですが、あなたは梓春という門兵の男を知ってますか？」

「梓春……？　いや、すまない。私は聞いたことがないな」

桜煌は申し訳なさそうに首を横に振る。情報を持っているかもしれないという淡い期待はすぐにかき消された。

「あなたの知り合いか？」

「ええ。私の……恩人なんですけど、二日前から連絡が取れなくて……」

「ふむ。困っているのであれば私の方でも調べよう」

「本当ですか？」

初対面の人間の手助けをするなんて、大変なお人好《ひとよ》しだ。しかし、協力者ができるのはとてもありがたい。でも、どうやって連絡を取ろうか。

「ここで会ったのも何かの縁だ、遠慮しないでくれ。それで、あなたの名は――っ!?」

桜煌が言葉を紡ぐ最中に、パキッと小枝を踏む音が侵入してきた。

さらに、その反対側から庭園の石畳を歩く足音まで聞こえてくる。

「おい、誰かいるのか！　何をコソコソとしている！」

――しまった、衛兵だ……！

梓春が采月宮を飛び出してからの時間を考えると、今はおそらく子《ね》の刻から丑《うし》の刻。ちょうど衛兵の定時巡回の時間だ。庭園の中を見回りに来たのだろう。

「巡回か、やってしまった……」

桜煌は小声で呟き、ガックリと項垂《うなだ》れる。

梓春も焦っていた。見つかったら面倒なことになる。いったいどこに隠れれば……。

そう考える間に、もう衛兵の呼び声が間近に聞こえてきて、梓春は思わず声を上げる。

「時間がない！　桜煌は俺と椅子の陰に隠れてろ！　ほらっ！」

「な、何をする⁉」

梓春は咄嗟《とっさ》に自分の上衣で桜煌を覆い、彼を涼み台の陰に押し込む。背丈が高く、とても収まっていないがなんとかなるだろう。

梓春が桜煌の盾となるように立つと同時に、帯剣した若い衛兵が姿を現す。

「おまえ！　そこで何を──」

「すみません。私はここで散歩をしていただけで……」

「え、あれっ、采妃様⁉」

「へ……？」

目を丸くする衛兵に、梓春は首を傾げる。

──この衛兵は、今なんと言った？

「いやあ、すみません！　まさか采妃様だったとは……てっきり、不届き者がコソコソと何か企《たくら》んでいるんじゃやと思って」

梓春より年若い衛兵は拱手礼《きょうしゅ》をして、もう一度梓春を〝采妃様〟と呼んだ。

さらに続けて、石畳の方にいるもう一人の衛兵に向かって、「おーい、ここにいらっしゃるのは采妃様だ！　問題ない！」と大声で叫ぶ。

梓春は顔をぴくぴくと引き攣《つ》らせて、「いえ……」と掠《かす》れた声を絞り出す。

──はは……最悪だ……。

たしかに、妃なのだから顔を知られていて当然だ。途端に、塡油と侍女の怒った顔が脳裏に浮かんでくる。明日から、采月宮の門は堅くなるに違いない。

「珍しいですね。こんな夜更けに何を？　お身体は大丈夫なのですか？」

「散歩をしていたんです。少しだけなので心配しないでください……」

「そうでしたか。夜は冷えるのでお気をつけください。それでは、巡回に戻ります」

衛兵は姿勢を正して敬礼の構えを執り、道を引き返そうとする。

「あのっ、私がここにいたことは記録しないでくれますか？」

「ううん……それは決まりがありますので……」

梓春が呼び止めると、衛兵は困ったように頭をかく。人の好さそうな男だ。

押せばいけると思った梓春は、両手を合わせて「お願いします」と懇願する。

案の定、彼は「はぁ……わかりました」と頷いた。その頭には疑問が浮かんでいるだろうが、物分りのいい若年兵はもう一度礼をしてから去っていった。

梓春は安堵《あんど》して、胸を撫《な》で下ろす。なんとかなるものだ。

「采妃」

「!?」

梓春が妙な達成感に浸っていると、背後から〝采妃〟と呼ぶ声が高揚を破った。

ぎこちなく後ろを振り向くと、桜煌が梓春の上衣を腕に引っ掛けて突っ立っている。

「へえ、あなたが采妃だったんだな」

「……いえ？」

桜煌は上衣をそっと梓春の肩に掛け、興味深げに囁《ささや》く。

梓春は冷や汗が滲《にじ》む思いで、桜煌から視線を逸らす。これはまずい。

「まさか、こんなところで会えるなんて。抜け出してきた甲斐《かい》があった」

梓春の正体を知った桜煌は、目を細めて嬉《うれ》しそうに笑う。

その笑みに梓春は観念する。そんな美しい表情をされたら敵《かな》わない。

「黙っていてすみません……」

「構わない。私もあなたに言っていないことがあるからな」

「えっ？」

「それより、あなたが元気そうでよかった。先程は助かった。今度礼をしよう」

桜煌は、何やら一人で「それはいい」などと呟きながら口角を上げている。

一方、梓春は自分の行動を思い返して、顔を青くさせていた。

何やらとんでもない無礼をしてしまったかもしれない。妃《きさき》の身体で男の人を押したり、敬称なしで呼んでしまったり……。

しかし、桜煌に怒った様子はない。ならば、ちゃんと謝れば問題はなさそうだ。

「先程はごめんなさい。慌てていて……あなたは姿を見られたくない様子だったから、せめてあなただけでもと思ってしまったんです」

「ははっ、私は喜んでるんだ」

「ええ……？」

梓春は困惑する。なんだこの男は。かなりの変わり者だ。

「私はあなたを気に入った。そうだな……明日の晩、采月宮を訪ねてもいいだろうか。梓春という人物の行方についても軽く調べておこう」

「明日⁉」

突然の申し出に梓春は驚く。急すぎるというのもあるが、普通の青年が采月宮に来られるだろうか。

「私の宮へは、男性は特別な許可なく立ち入れませんが……」

「それは問題ない。私は大丈夫なんだ」

桜煌は軽く笑って返す。もしかしたら、雨宸のように特殊な存在なのかもしれない。

「それなら……わかりました。お待ちしてます」

「ああ、また明日。ここで会ったことは内密にしておくから安心してくれ」

桜煌はそう言って、夜風に銀髪を揺らし、月明かりを浴びながら帰っていく。

「……誰だったんだ？　あっさり約束してしまってよかったんだろうか」

ひと足早く薫風を感じさせるような爽《さわ》やかさの桜煌を、梓春は呆然《ぼうぜん》と見送った。

梓春はその後、忍びながらなんとか碧門まで辿《たど》り着いた。顔馴染《かおなじ》みの門兵が二人立っているが、夏月はいないようだ。

彼らに尋ねてみることにする。後宮の外の門兵ならば、采妃を見たことがないはず。

梓春はそっと歩いて行き、眠たそうに欠伸《あくび》をしている門兵に声をかける。

「あの、すみません」

するると、門兵二人はびくりと肩を揺らして、虚をつかれたような顔でこちらを見る。

「ええっと、どうなされましたか？」

片方の門兵が梓春に尋ねる。妃に対する礼作法がない。やはり、采妃を知らないのだ。

「人捜しをしているんですが、梓春という門兵をご存じないでしょうか？」

梓春が問いかけると、二人は怪訝《けげん》そうに顔を見合わせた。

「梓春だって？」

「あいつ、確か二日程前から行方不明になってんじゃなかったっけ」

「あーそうだった。夏月がすっごい焦った様子であちこち聞き回ってたよ」

「真面目な男だと思ってたんだがなあ……」

どうやら、衛府《えふ》では行方不明扱いになっているらしい。夏月は梓春のことをかなり心配してくれているようで、胸が痛い。

「行方不明ですか……夏月さんの他に梓春を捜している人や、梓春の行方に心当たりがありそうな方はいましたか？」

「いいえ、突然消えてしまったので、みんな何も分からないみたいです」

「そうですか……」

結局、梓春の肉体の在処《ありか》は分からないままだった。亡骸《なきがら》が見つかっていないのだろう。安堵すればいいのか、焦るべきなのか。せめて、あの刺客たちの正体が分かりさえすれば、問い詰めることもできるかもしれないのに。

梓春は門兵二人にお礼を言った後、他の衛兵に見つからないように、とぼとぼと帰路につく。

碧門の外の事件現場まで向かいたかったが、妃は皇帝の許可なしに外へは出られないのだ。

采月宮の門前まで来ると、茗鈴はまだ眠っていた。そっと彼女の横を通り、門の隙間を通って中に入る。

そして房室まで辿り着くと、詰めていた息を吐いた。

「はあ……つかれた……」

慣れない身体と慣れない鞋《くつ》で歩き回ったせいか、全身が凝っている気がする。

「今日はもう寝よう」

梓春は寝台の布団に身を預けて大の字に寝転がる。そして、深呼吸して目を瞑《つむ》る。

やはりこれは夢で、朝目覚めたら元の身体に戻っていたりしないだろうか――。

夢の中で、梓春は暗闇にいた。

梓春の向かい側には采妃が立っている。暗闇の中で、采妃だけは輝いて見えた。

以前、瞼《まぶた》の裏に映った采妃と同じく、この采妃も無言で梓春を見つめている。

梓春は「あなたは今、俺の身体にいるのですか？」と聞きたかったが、声を出せない。

やがて、采妃はこちらに向かって歩き出し、梓春の手を両手で握って微笑む。その笑みに「桜の花のような人だ」と、梓春はそんな感想を抱いた。

「私はもう死んでいるわ」

突然、采妃は目を細めて、可憐《かれん》な声で言葉を紡いだ。

そして、梓春が驚く間もなく、采妃はそのまま闇に溶けていった——。


「んん……」

翌朝、梓春が目覚めると、例の天蓋《てんがい》が見えた。窓から朝日が差し込み、目に沁《し》みる。

——結局、この身体のままか……。

煌《きら》びやかに飾られた房室に変わりはない。梓春の身体は采妃のままだった。

「今の夢はなんだったたんだ？」

梓春は夢の内容を覚えていた。采妃が放った言葉もちゃんと耳に残っている。

『私はもう死んでいるわ』

——さっきのは俺の夢じゃなくて、本当のことなのか？

まさか、夢枕というやつなのか。それなら、采妃はこの世にいないということになる。

今後は、俺が采妃の代わりに生きていくしかないのだろうか。彼女から、「おまえは元の身体には戻れない」と言われた気がして落ち着かない。

「最悪な夢を見たな……」

梓春は額に手の甲を乗せて、「はあ……」とため息をひとつ零《こぼ》した。

昨夜抜け出したことについて、芹欄と茗鈴は何も知らないようだった。昼頃になっても、塡油からの怒りの叩扉《こうひ》もない。

今日は大人しく采月宮に留《とど》まることにする。夢のことも気がかりだ。

膳司《ぜんし》から運ばれた昼餉《ひるげ》をすませた後、芹欄は梓春に美しい襦裙《じゅくん》を着せ、化粧台の前に座らせた。向かいの卓上には様々な化粧道具が並べられている。

「采妃様、顔色がよくなられましたね」

「ふふ、そうかしら」

たしかに、鏡面に映る采妃は血色が良い。

やがて、顔全体が白粉《おしろい》で包まれ、螺黛《らたい》で眉《まゆ》を彩られ、紅が咲く。梓春は芹欄が行うその流れを観察する。初めての体験だが、徐々に色付いていくのは見ていておもしろい。

芹欄は手際よく梓春を美しく整えていく。梓春はずっとされるがままだ。

その度に采妃は美しい色を宿していき、やがて、煌びやかな妃へと成った。

「この簪《かんざし》、綺麗《きれい》ね」

梓春は卓に並べられた髪飾りや耳飾りの中に、一等目を引く梅花の簪を見つける。

「……ああ、それは今年亡くなられた奥様が采妃様に贈られた品ですよ」

「そうなのね……」

芹欄は悲しげな表情を浮かべて教えてくれる。

妃が後宮内の諍《いさか》いに身を投じるのは家のためだと聞いたことがある。母がいなくなった後、采妃はどのような思いで後宮に身をおいていたのだろう……。

あっという間に装飾が終わり、芹欄が満足げな顔で梓春を上から下まで眺めた。

采妃の長い黒髪は綺麗に結われて、一番映えるところに梅花の簪が添えられている。

梓春は不思議な気持ちだった。自分の身体ではないのに、美しく着飾った姿は誇らしく感じるのだ。まさか、精神が身体に順応してきているのだろうか。

そのとき、入口の方から騒がしい足音が聞こえてきた。

「采妃様っ！　華妃様が采月宮にお越しに！」

「えっ？」

「華妃様……？」

庭の掃除をしていた茗鈴が房室に飛び込んで来て、興奮した様子で華妃の来訪を伝える。あまりに突然のことに、梓春も芹欄も困惑の声を漏らしてしまう。

「お待たせしてはいけないわ。采妃様、中にお招きしてもよろしいですか？」

「え、ええ」

梓春が頷《うなず》くと、芹欄は茗鈴に華妃を中に通すよう命じた。

——今から妃《きさき》に会うってこと⁉　今の俺で大丈夫か……？

内心で慌てる梓春に対し、芹欄は最後の仕上げに薄絹の披帛《ひはく》を掛けてくれた。

「華妃はたしか、あの気丈な……」

華妃、黎丹紅《れいたんこう》。采妃と同じく十七歳の妃だ。

梓春は一度だけ彼女の姿を目にしたことがあった。

ある日、梓春が門番を務めているときに、華妃が突然馬車から降りたのだ。彼女は澄ました顔で、「自分で歩くわ。腰が痛くって仕方ないのよ」と零したことを覚えている。

梓春が記憶の糸を手繰り寄せていると、華やかな麗人が侍女を一人連れて現れた。

「あら」

梓春の姿を目にした麗人――華妃は、目を見開いて首を傾げる。

これまた、采妃とは系統の異なる美しい妃だ。薄紅の瞳《ひとみ》を持ち、頰は紅《あか》く、漆黒の髪には牡丹《ぼたん》の簪を挿してふんわりと結いあげている。襦裙の紅白の対照が麗しく、金の耳飾りも白い肌によく映えている。光を透かした披帛は彼女の華やかさを際立てていた。

「桃蓮《とうれん》、ごきげんよう。もう起き上がっていて大丈夫なの？」

華妃はかなり打ち解けた様子で話しかけてくる。二人は面識があるからだろう。

「ごきげんよう。私にもよく分からないのだけれど、病が治ったみたいで……」

梓春はなんとか自然に会話できそうな自分に安堵《あんど》する。

「まあ！　それは良かったわ。今日までお見舞いに来られなかったけれど、あなたのことをずっと心配していたのよ」

「その気持ちだけで充分よ。華妃こそ変わりはないかしら？」

「あら……？」

梓春が言うと、華妃は不思議そうに眉を持ちあげてこちらを見つめる。

「他人行儀ね。以前は丹紅と名前で呼んでくれていたでしょう？」

華妃はそう言って、拗《す》ねたように頬を膨らませる。

――危ない、呼び方を間違えていたか！

「ごめんなさい、丹紅。あなたに会うのは久しぶりだったから……」

「それもそうね。いいのよ、気にしないで。蓉蓉《ようよう》、あれをお渡しして」

「あれ？」

蓉蓉と呼ばれた華妃の侍女は、手に持っていた木箱を梓春の方へ差し出す。

芹欄が少し前に出て、梓春の代わりにそれを受け取った。

「この箱には身体に良い当帰《とうき》や山査子《さんざし》が入っているわ。役に立つといいのだけれど」

「ありがとう。なんとお礼を言ったらいいのか……」

「お礼なんていいのよ。けど、そうね……少し二人で話せるかしら？」

華妃は芹欄と茗鈴をちらと見て、小声で囁《ささや》いた。

「もちろん。ではお茶を……」

「構わないで。すぐに終わるから」

「分かったわ。芹欄、茗鈴」

梓春が侍女たちに目配せをすると、二人は蓉蓉と共に奥に下がっていった。

「少し警戒してるわね。主《あるじ》が毒殺されるところだったんですもの、当然かしら」

華妃は手のひらを頬に当てて憂え顔で呟《つぶや》く。

「桃蓮、本当に平気なの？　もう保《も》たないと聞いていたから……あなたが生きていて本当に良かった」

「ありがとう。私自身も不思議なのよ。典薬は奇跡だ……って」

「ふふ、そうなのね」

華妃が梓春の手を握って嬉《うれ》しそうに微笑むのを見て、梓春はあたたかい気持ちになる。

「ねえ、丹紅。内緒で話したいことって何かしら？」

「気を抜いて話したかっただけよ。ちょうどいいから、これも話しておこうかしら。あのね、あなたの事件もそうだけれど、最近の玲瓏殿はなんだかおかしいわ」

「何かあったの？」

梓春が尋ねると、華妃は眉根を寄せて言う。

「最近霊が出るって噂はもう聞いた？」

「ええ、女の幽鬼なのだとか」

「そう！　実は、華幻宮の侍女も霊を見たそうなの。でも彼女が見たのは男だって言っていたから、噂とは別の霊かもしれないわね」

「本当？」

梓春が知っている霊の噂は恐ろしい女の幽鬼についてのものだ。男の霊の話は初めて聞いた。

「それはいつの話なの？」

「三日ほど前かしら。碧門の外の物陰に黒い男の霊が潜んでいたらしくて……」

梓春は華妃の話に引っ掛かりを覚える。

「……その侍女は他に何か言っていなかった？　その霊が誰かをつけていた、とか」

「いいえ。彼女、その男を見た瞬間に怖くなって逃げ出してしまったらしいの」

「そうなのね……」

三日前は梓春が襲われた日だ。しかも碧門ときた。

もしかしたら、侍女が見た黒い男は霊ではなくて、梓春を襲った刺客かもしれない。

「桃蓮も何か見たの？」

「ううん、少し気になっただけよ。男の霊について、また何かあったら教えてくれる？」

「もちろん。あなたも気を付けて。最近嫌なことがあったばかりだし……そういう事情もあって、外出を止められていたの。すぐにお見舞いに来られなくてごめんなさいね」

「いいのよ、あまり気にしないで」

梓春は首を横に振る。

昨日、采月宮に誰も訪れなかったのは、そういう理由もあったのか。たしかに、他の妃にまで万が一のことがあってはならない。

「今日は話せてよかったわ」

「こちらこそ、来てくれてありがとう」

華妃は満足げに笑みを浮かべて出ていった。梓春もそれを微笑んで見送る。

「ふう……なんとかなるもんだ」

もっと腹の探り合いのような冷たい雰囲気を想像していたが、案外普通の友人同士のような会話だった。華妃は裏表がないように見えたし、采妃とは仲が良さそうだ。

「緊張してたからか、妙に肩が凝ったな……」

まだ気を緩めてはいけない。今日はもう一人、采月宮を訪れる方がいるのだから。

房室でしばらく過ごし、夕餉の後、梓春は芹欄に告げる。

「芹欄。言い忘れてたんだけど、今夜、別の客人が采月宮にやってくるの」

「えっ、何方《どなた》ですか……!?　采妃様のお知り合いですか!?」

「知り合いというか、なんというか……」

どう説明しようか言い淀《よど》んでいるうちに、茗鈴が再び忙《せわ》しなく駆けてきた。

「采妃様ー!!」

「今度はなに……？」

「もうっ、茗鈴ったら。またそんなに慌てて」

茗鈴は興奮した顔を見せて、震えた指で門の方を指して叫ぶ。

「大変ですっ！　しゅ、しゅしゅ主上がこちらへお越しにっ！」

「は、主上が……!?」

またもや予想外の展開に、梓春はぎょっとする。

隣の芹欄も、口をあんぐりと開けて固まってしまっていた。

「さ、采妃様っ！」

茗鈴に急《せ》かされて、梓春は房室を飛び出す。いったい何が起こっているのだ。

一年間どこにも渡りのなかった皇帝が、どうして今日采月宮に来たというのか。

梓春が急いで庭の石畳まで出ると、門の前に荘厳な鳳輦《ほうれん》が停まっているのが見えた。

そのすぐ傍には、昨日顔を合わせた雨宸がじっと控えている。

「夢、じゃないよな……？」

雨宸は皇帝の側近だ。鳳輦の横には、顔を伏せて控える近衛《このえ》兵も数名いる。

彼らはその顔に黒い面布を着けていた。おそらくは、これから地面に降り立つ鳳輦の主の姿を見てしまわないために。

「……いたっ」

梓春は頰をつねるが、鈍い痛みが返ってくるだけだった。紛れもない現実だ。

「主上の御成りです」

呆然《ぼうぜん》と立ち尽くす梓春をよそに、雨宸が淡々と鳳輦の帳《とばり》を持ち上げる。すると、中から姿を現した男が地上へ颯爽《さっそう》と降り立った。

高く結われた銀色の髪が、夜風に靡《なび》いている。身に纏《まと》う衣装は夜闇にも負けず、上質な絹だと分かった。その中で異質なのは、その顔に着けられた金縁の面布である。

――え……？

梓春は月明かりに照らされる男の姿を見て、狼狽《ろうばい》する。胸騒ぎが止《や》まない。

そんな中、男は真っ直ぐこちらへ歩いてきて、梓春にだけ見えるように面布を捲《めく》る。

「……っ⁉」

梓春は、満を持して現れた紫の双眸《そうぼう》と視線が合った。月夜に庭園で逢《あ》った、あの瞳《ひとみ》だ。

男は目を細め、愕然《がくぜん》とする梓春に向かって、『あいにきた』と唇を動かす。

その瞬間、梓春は反射的に地面に片膝《かたひざ》をつき、深く頭を下げていた。

俯《うつむ》いた梓春の肩口から黒髪が垂れる。心臓が早鐘を打ち、身体が熱を持ってきた。

おおよそ妃《きさき》が執る礼ではないが、仕方がない。皇帝を前にしたときに取るべき行動は、衛兵としての梓春の脳に深く刷り込まれていたのだ。

――まさか……まさか、桜煌が皇帝だったなんて……！

目の前に降り立った皇帝は、まさしく桜煌であった。

只者《ただもの》ではないと思っていたのだが、まさか国の主《あるじ》だなんて思ってもみなかった。

梓春は唖然《あぜん》として石畳を見つめる。まだ、この状況を処理しきれていない。

「采妃、面を上げよ。そんなに畏《かしこ》まるな」

頭上から聞き覚えのある低音が降ってきて、梓春はおずおずと顔をもたげる。

再び面布で隠されたせいで彼の表情は分からないが、その声色からして、笑みを浮かべてこちらを見つめていることだろう。

「主上……」

梓春の囁きに桜煌は意地悪に笑い、梓春の手を取ってその場に立ち上がらせた。

驚かせようと意気込んでいたのか、大層ご満悦な様子である。

一方、梓春は心ここに在らずといった状態だった。

皇帝と対面しているのだ。感激と畏怖《いふ》の念を覚えるうちに、昨夜の無礼が蘇《よみがえ》ってくる。

『時間がない！　桜煌は俺と椅子の陰に隠れてろ！　ほらっ！』

取り返しのつかない過ちに、顔が青く染まっていく。

――俺は皇帝になんてことを！　この阿呆《あほう》め！

梓春は心の中で自分を叱責《しっせき》しながら、恐る恐る桜煌に声をかける。

「あの、主上……まずは中にお入りください」

「ああ」


房室に入ると、桜煌が勝手知ったる様子で椅子に腰掛け、「隣に」と手招きをするので、梓春は恐縮しながら腰掛けた。人払いをしたので二人きりである。

「その……昨夜は大変な無礼を働いてしまい、申し訳ありません……」

梓春は沈黙に耐えきれず、おずおずと口を開く。すると、桜煌はくすりと笑う。

「気にするな。詫《わ》びどころか、私が礼を言いたいくらいだ。皆、私を壊れ物のように扱ってくる。それがとても窮屈だったから」

「窮屈？」

「ああ。けれど、昨夜の君は随分と親しげに接してくれた。それは私が皇帝だと知らなかったからなのかもしれないが、嬉しかったことには変わりない」

桜煌は下を向いて目を瞑《つむ》り、昨夜のことを思い返しているようだった。

「とんでもないです……！　まさか、そのように思ってくださるなんて……」

果てしない無礼だが、本人が喜んでくれたなら良かったと、緊張の糸が少し緩まる。

「あの、つかぬことをお聞きしますけど……主上は今までどの妃の宮にもお渡りになっていなかったそうですが、一番に采月宮に来てしまって良かったのでしょうか」

「やはり、まずいか？」

「えっ？」

桜煌は神妙な面持ちで上目遣いに梓春を見る。そして、肘掛《ひじかけ》に頬杖《ほおづえ》をついて「ふむ……」と憂いを帯びた吐息を漏らした。

そんな桜煌の様子に、梓春は自身の口角がぴくりと引き攣《つ》るのを感じた。

──まさか、なんにも考えていなかったとか？

昨日の約束もさらりと交わされたし、この天子は案外抜けているのだろうか。

そこで梓春は、脈診のときに塡油が話してくれた噂を思い出す。

「そうだ、皇太后様はお許しになられたのですか？」

「皇太后？」

「その……主上が妃のもとを訪れないのは皇太后様がお許しにならないから……という噂を耳にしまして」

梓春は尻《しり》すぼみになりつつ、疑問を口にする。

「ああ、それは本当のことだ。義母上《ははうえ》の許しがないから足を運べないんだ。加えて、妃のみならず、朝廷にも素顔を見せることを禁止されている。だから、昨日、あなたの顔を見ても采妃だと分からなかった」

桜煌はそう言って、自嘲《じちょう》的な笑みをたたえた。

梓春が、どうして……と尋ねる前に、物悲しい温度を宿した呟《つぶや》きが耳に刺さる。

「義母上は私を嫌っている。血の繋《つな》がりがないからな。それに、私も彼女のことは……いや、あなたに話すことじゃないな」

桜煌は険しい表情で何かを言いかけて、結局やめてしまった。その表情には嫌悪すら混ざっていたような気がする。二人の関係が悪いのは間違いない。

梓春は桜煌の言葉の続きが気になるが、軽々しく口にしてはいけないような重圧を感じた。そのため、桜煌の言葉を黙って待つ。

「実母は私が幼い頃に亡くなった。霖《りん》妃、聞いたことくらいはあるだろう？」

「はい。ですが、詳しいことはあまり」

霖妃は前帝の五妃のうちの一人だった。梓春が出仕した時には既にこの世を去っていたから、彼女のことはよく分からない。

「義母上は自分の子ではない私を疎ましく思ったんだろう。だから、私を離宮に住まわせることにしたんだと思う」

桜煌は、霖妃については必要以上に言及せずに、皇太后の心情を推し量った。

皇帝は即位直前まで離宮にいたと、以前聞いたことがある。元皇后から疎まれ、離宮に追いやられていた皇子がどうして今、皇帝の座にいるのか。

いろいろと気になることがある。そのひとつを、梓春は我慢できずに口に出していた。

「失礼を承知でお聞きしますが……主上が皇太子となられたのには、特別な事情があったのですか？」

梓春は言ってしまってから、自分の好奇心旺盛《おうせい》な質《たち》を制御しなければと反省する。

「ああ、本来ならば嫡子が皇太子となるはずだったと言いたいのであろう？」

「!?　いえ、そういうわけではなくて……！」

「構わない。私も帝位争いなどとは無縁だと思って過ごしてきたんだから」

慌てて弁明しようとする梓春をよそに、桜煌は嫌な顔をすることなく笑う。

「ある日突然、父上に後宮に連れ戻されたんだ。父上はそれまでに何度も離宮に来て、優しく接してくれていたから、私はなんの疑いもなく付いて行った」

桜煌は「あそこでの生活は退屈だし」と存外子供っぽい理由を付け加える。

「前帝はなぜ、主上を皇太子に？」

「さあ……私は知らぬ間に皇太子の座におかれ、その後父上が亡くなり、流されるままに皇帝となった。今思えば、母上が寵妃《ちょうひ》だったからという理由が大きい気がする」

そう述べる桜煌に、梓春は納得しつつも、今度は別の疑問が湧いてくる。

「皇太后様は反対しなかったんでしょうか。皇太后様にも皇子が居られますし……」

「かなり苦言を呈していたぞ。蛇のような目付きで睨《にら》まれたんだから。しかし、父上が折れなかったから、仕方なく、今は私の嫡母として皇太后の座にいるのだろう」

蛇のような……とは随分な言いようだ。たしかに、皇太后は気が強いと聞く。梓春も姿を目にしたことがあるが、あの唯我独尊な様子は気丈に見えた。

「それに、即位当時は『第三皇子が生きていたなんて』という反応ばかりだった。だから、私の存在を知らない者からは、本当は星読選帝《ほしよみせんてい》で選ばれた平民なのではないかと噂されていたんだ」

「星読選帝？」

星読選帝。遥伽国では、何らかの理由で皇太子が決まらない場合、太史令が占術を使って星を読み、次の皇帝を選定する取り決めがある。皇子がいる場合はその中から選ばれることが殆《ほとん》どだが、いない場合は関係のない平民が選ばれる可能性もあるそうだ。

「実際に、私は父上とは似ていないから」

白銀の髪に紫の瞳……たしかにそうだ。前帝は黒髪に灰色の瞳であった。

悲しげに笑う桜煌に、梓春の胸が痛む。そして、気がついた時には口を開いていた。

「主上、ご自身を卑下することはありません……心ない言葉は気にしなくていいと思います。主上が誰であろうと関係ない。私が忠誠を誓うのは紛れもないあなたですから」

梓春は真っ直ぐ桜煌を見つめて言った。

宮中に出仕したのは金のためだが、皇帝は命を懸けて守ると誓った主《あるじ》だ。出過ぎたことかもしれないが、臣下としてこれだけは伝えなければならないと思ったのだ。

梓春の言葉を受けた桜煌は瞠目《どうもく》し、そして「ありがとう」と破顔する。

「……あなたは不思議だ。今まで見てきたどの女子とも異なる」

「そ、そうでしょうか」

女子じゃないからな……という言葉は心にしまい込む。

どぎまぎする梓春の様子に、桜煌はまた小さく笑い、身の上話の続きを語り始める。

「即位後、義母上は私に面布を着けさせ、妃《きさき》への渡りと政《まつりごと》以外の外出を禁じた」

「そうなのですね。だから、誰も主上のお顔を知らなかった」

「ああ。別に従わなくてもよかったのだが、無用な争いは避けたいからな。私が十八になるまでは、彼女の方が権力を持っているから、下手をすれば厄介なことになる」

桜煌は現状を落ち着いた調子で話す。

「話が長くなったが……そうして、私は言いつけ通り、一度も妃のところへは訪れなかった。私自身、星読選帝があるのだから、渡りには意味がないと思っていてな」

「たしかに、それもそうですね」

遥伽国は血と同等か、それ以上に占いを重視している。

正統であるのに平民だと間違われるのは遺憾だが、皇帝が子作りに興味がないのであれば、星読選帝で構わないのではないか……と梓春も思う。

たとえ皇子がいなくとも、皇帝の座に相応《ふさわ》しい人間を選んでくれるのだから。

むしろ、その方が後宮における王位継承の諍《いさか》いがなくなり、玲瓏殿が平和になるのではないだろうか。

「そこでだ。禁止されている中、いかにしてここに来たかというと……」

梓春は固唾《かたず》を呑《の》む。なにか素晴らしい方法で皇太后を説得したというのか。

「義母上には言わず、黙って来たんだ」

桜煌はそう言って、「ははは っ！」と豪快に笑った。

どうだ、驚いたろう、嬉《うれ》しいだろうと、その目が語っている。

「え、ええ……？　大丈夫なんですか、それ……」

「ああ、なんとかさせる。あなたともっと話したいと思ったんだ。ただ少し様子が分かったらそれでいいと思っていた。だが、直接あなたと会って気が変わった……ふふ、私を動かしたのは采妃だぞ」

「そうなんですね……」

面と向かって告げられた台詞《せりふ》に梓春は照れてしまい、そのまま黙り込む。無用な争いを避けるために命令に従っていたのに、それを破ってまで来てくれるなんて。

——なんとまあ、不思議な御方だ……。

反応がない梓春に対して、桜煌は「どうかしたか？」と首を傾げる。さらりと銀髪が揺れて目元に前髪がかかった。その隙間から覗《のぞ》く瞳《ひとみ》は依然として皇帝のそれで、なんだか釈然としない。

「ところで采妃、梓春という男についてなのだが……」

桜煌は重苦しく口を開く。その表情は硬く、なかなかその先の言葉を紡ごうとしない。

梓春は、やはりそうか……と、桜煌の様子から全てを悟ってしまった。

「私に気を遣う必要はありません。真実をそのままお伝えください」

梓春が冷静に告げると、桜煌は頷《うなず》いて続きを話す。

「まず、刑司の司察に梓春の行方を調べさせた。すると、玲瓏殿の外の川縁《かわべり》に、若い男の亡骸《なきがら》が流れ着いていたことが分かった。どうやら……それが梓春らしい」

「そう、ですか……」

亡骸……。梓春は目を瞑《つむ》り、ゆっくりと深呼吸をする。

覚悟はしていたから、案外取り乱さずにいられる。あまりにも実感がないため、他人の死の報《しら》せを耳にした時のような心地だった。

梓春が刺されたのは急所だった。当時は死にたくないと思ったが、心の片隅でこれはダメだと気づいていたのだ。

――俺はもう仕方がない。だが、母さんたちは上手《うま》くやっていけるだろうか……。

気がかりなのは故郷に残してきた両親と祖父、弟のことだった。姉は嫁いだが、他の家族は梓春の仕送りが底をついたときに、生活が厳しくなってしまうだろう。

「梓春はあなたの恩人だと言っていたな。辛《つら》い報告になってしまってすまない。微力ながら、彼の家族もこちらで気にかけておく」

桜煌は、梓春の懸念を知るかのように告げる。

「主上……ありがとうございます……」

心強い言葉に梓春は胸を打たれ、深く頭を下げる。

昨夜、梓春は恩人だと言って誤魔化したが、傍《はた》から見れば妃と武官の内通に思われかねない。通常であれば、位を下げられる等の懲戒が与えられるだろう。

しかし、桜煌は采妃を非難することはなく、むしろ気遣ってくれるという。その寛容さに、梓春は感謝してもしきれない。

「采妃、顔を上げてくれ。――梓春の死には玲瓏殿が関わっているんだ。皇帝である私が見過ごすわけにはいかない」

「玲瓏殿が？」

「ああ。あなたにとっては辛い話になるが……検死によると彼は溺死《できし》ではなく、何者かによって胸部を刺されたのが死因のようだ」

その通りだ。梓春は身を乗り出して、こくりと頷く。

「亡くなったのはおそらく二日前。その日の深夜まで元気な姿を見せていたという。状況を見るに、彼を襲った者は宮中にいる可能性が高い、というのが刑司の見解だ」

「なるほど」

本当に刑司が動いてくれているとは。おかげで泣き寝入りする可能性は低くなった。梓春が襲われた理由も、摑《つか》めるかもしれない。

――真相を知ることができたら、これで俺も成仏できる……のか？

肉体は滅びているのに、精神はまだ生きている。采妃の身体の中で生きているのだ。現状、成仏なんて程遠い状況にいる。

しかし、梓春の肉体に入っていると思っていた采妃はどこにいってしまったのか。

『私はもう死んでいるわ』

夢で聞いた采妃の言葉が、急に現実味を帯びてきた。

きっと、その言葉通りに彼女は死んでしまった。そして、自分はもう元の身体に戻ることはできない。――この先、一生采妃のままなのだ。

熱くなる思考に重なるようにして頭痛が襲ってきて、梓春は眉根《まゆね》を寄せる。

「采妃、大丈夫か？　病み上がりなのに、辛い話をしてしまってすまない」

桜煌が心配そうにこちらを覗き込んでくるので、梓春は首を振る。

「いえ、本当にありがとうございます。どうお礼を申し上げたらいいのか……」

「構わない。私が勝手にやったことだから」

桜煌はそう言い、間をおいて「そうだな……」と続ける。

「お礼代わりに、昨夜のように私のことを〝桜煌〟と呼んでくれ。どうだ？」

桜煌は真剣な眼差《まなざ》しで見つめてくる。

どうやら、昨夜の梓春の過ちを相当気に入ったらしい。しかし、皇帝の名を気軽に呼ぶなどあまりに畏《おそ》れ多い。下手をすれば首が飛ぶ。

「しゅ、主上っ、それは流石に……」

「だめか？」

桜煌の眉が悲しそうに垂れるので、思わず、だめじゃない……と言ってしまいそうになる。桜煌は梓春よりも若く、兄気質な梓春は歳下の甘えに弱いのだ。

しかし、呼び捨てにするなど馴《な》れ馴れしすぎて気が気でない。それに、采妃は正妃ではないのだ。安寧を求めるならば線引きを重んじるべきだろう。

「ええと……もう少し後に、心の準備ができましたら、御名《みな》で呼ばせていただきます」

「そうか。ならば、近いうちにまた話をしよう。気の置けない友とやらが欲しいのだ。私はあなたと仲良くなりたい」

そう呟《つぶや》く表情は、歳不相応な憂いを帯びており、梓春は反射的に「わかりました」と口に出してしまう。慌てて口を押さえるも、もう遅い。

線引きが大事だと決めたのに、もう揺らいでしまっている。これは致し方ない無礼だ。

すると、梓春の返事がよっぽど嬉しいのか、桜煌は顔を明るくして立ち上がる。

「よし、決まりだな。今日はもう遅い。また来る」

「わかりました」

桜煌は意気揚々と房室を出ていき、軽い足取りで鳳輦《ほうれん》に乗って帰って行く。

梓春は石畳に膝《ひざ》をついて、月を背負う瑞鳥《ずいちょう》を見送った。

「これは、大変なことになったな……」

心の準備ができたら……なんて、適当なことを言ってしまった。

桜煌は梓春のことを変わっていると言ったが、こちらからして見れば桜煌こそが変わり者である。皇帝が妃《きさき》に求めるものが、気の置けない友だなんて。

梓春は桜煌に対していろいろと感じるところがあるが、自分自身にも驚いていた。

「……遺体が見つかったと聞いても、落ち着いてられるもんなんだな」

梓春はその場で星が瞬く夜空を見上げる。

自分の肉体が死んだと聞かされたのに冷静でいられるのはなぜだろう。

まだ精神が生きているからだろうか。

もしくは、桜煌が安心を与えてくれたおかげかもしれない。

第二章　五妃会、到来

その後の二日間、采妃は夢に現れなかった。

桜煌と話した日の夜はしばらく眠れずにいた。しかし、緊張が解けた反動と慣れない生活の疲れで、いつの間にか意識を失い、目が覚めると朝が来ていた。

その頃には自分が死んだことに対しても、持ち前の楽観性が顔を出していた。死んでしまったのなら仕方がない。そう考えることにしたのだ。

昨日は采月宮の中で包子《パオズ》を食べ、庭の花を眺め、侍女二人から采妃についての話を聞くことに費やしていた。采妃のふりをするには彼女について詳しく知る必要がある。

特に芹欄は後宮入りする前からの側仕えということで、采妃の内情はよく把握しているようだった。

「采妃様のお父上は吏部《りぶ》の侍郎《じろう》を務めている高貴なお方です。采妃様は長女であり、苑家の正室……奥様の御子ですので、屋敷の者からは蝶《ちょう》よ花よと愛《め》でられて育ちました。ただ、生まれつき病弱なので、妃に選ばれるとまでは思われていなかったようです」

梓春が尋ねると、芹欄は采妃の生い立ちを語ってくれた。

また、性格については「欲のない、お優しい御方」と称していた。どうやら、梓春が持つ采妃の印象通りのようである。

引き籠《こも》って侍女と過ごす中、采月宮に訪れたのは診察に来た塡油のみであった。

塡油は、問題なしとの判断を下して帰っていった。さらに、もう外に出ても良いと言われたのだが、特に何をする気にもなれずにずっと宮の中で過ごしている。

「そろそろ何かした方がいいよなあ……」

梓春はだらんと卓に腕を乗せて考える。

一日過ごしてみて分かったことがある。案外、妃は暇だということだ。本来、妃の役目は皇帝の傍に侍《はべ》ることだが、桜煌がそれを必要としていないから出番がない。

「そうだ、刑司の捜査は進んでいるんだろうか」

考えまいと思いつつも、やはり、自分を殺した刺客の行方が気になる。

「聞きに行くか！」

思い立った勢いのまま、梓春は外出用の衣に着替えて、房室を出ていく。

「芹欄、ちょっと出かけるわね」

「急にどうしたのですか？」

晴れやかな天気のもと、外で庭の清掃をしていた芹欄に声をかけると、「私がついていきます！」と、箒《ほうき》を落として駆け寄ってきた。

「一人で大丈夫よ。あなたは采月宮に残って」

「駄目です！　采妃様を一人にさせるわけにはいきません」

「今、茗鈴はいないでしょ？　采月宮を空けていいのかしら」

「いや、それも良くないですけど……って、采妃様!?」

梓春は、葛藤《かっとう》している芹欄を置いて門を走って出る。

後ろから「待ってください！」という叫び声が耳をつくが、聞こえないふりをした。

「よし、まずは鶺鴒宮に……」

采月宮から離れた梓春は、鶺鴒宮を目指していた。皇帝の許可なしで後宮の外には出られないため、事情を知る桜煌に許しを得ようと思ったのだ。

その道すがら、宮女や宦官《かんがん》に出会う度に畏《かしこ》まった拱手《きょうしゅ》礼を浴びる。今日は妃の証《あかし》である月を象《かたど》った胸飾りを身に着けているから、ひと目で妃だと分かるようになっていた。

「采妃様っ！」

通りで突然、背後から名を呼ばれる。

振り返ると、見知らぬ宮女が梓春に対して礼を執り、顔を伏せていた。

「えっと……誰だか分からないけど、とりあえず顔を上げて」

「ありがとうございますっ！」

宮女は、その言葉を待っていたというように勢いよく顔を上げた。

「私に何か用？」

「采妃様、私の事を覚えていませんか……？」

はて、采妃の知り合いだろうか。梓春には見覚えがないし、采妃と関わりがあったとしても、梓春には知る由もない。

「ごめんなさい、毒の影響で記憶が曖昧《あいまい》で」

「そ、そうですか……私は少し前まで采月宮に仕えていた流流《るーるー》です」

「采月宮に？」

流流は大袈裟《おおげさ》に恭しく振る舞う。少し前まで采月宮にいたということは、采妃が長くないと知って逃げた侍従の一人なのだろう。

腰に翠《みどり》色の紐《ひも》飾りを着けているから、今は璉萃宮の侍女だろうと見当をつける。

「そうだったのね。それで、どうしたの？」

「えぇっと、采妃様、先日はその、おめでとうございます。それで、ですね……」

流流は決まりが悪そうに視線を動かしながら言葉を並べ、また頭を深く下げる。

「私たちもまた采月宮に戻らせていただこうかな、などと思いまして……」

「そう」

流流は微妙に声を震わせつつ、ちらりと目線を斜め後ろにやった。梓春がそちらを見ると、別の宮女が少し離れた位置で梓春に向かって拱手していた。

——ああ、そういうことか。

梓春は流流が暗に示している要求を悟る。

見捨てたはずの妃が、一夜にして、後宮内で出世の筆頭となってしまった。

この娘はその大船に乗るために安全地帯に戻りたいということだ。

ここでいう出世の筆頭とは、皇后候補の筆頭ということである。二日前の晩に皇帝が采月宮を訪れたという噂話が、もう広がっているのだろう。

流流は上目遣いに、期待を宿した目で梓春を見つめる。

本来の采妃であれば頷《うなず》いたかもしれないが、梓春はそう甘くない。

「ありがとう。でも大丈夫。うちには忠誠心のある侍女が二人いるから、それで十分よ」

梓春が微笑むと、流流は顔を赤くして「失礼しました！」と言って、早足で去っていった。ちらりともう一人の宮女がいた方を見ると、彼女も慌てて走っていくのが見えた。

流流の気持ちも分からなくはないが、何度も手のひらを返すような人物を傍に置くのは危険だ。毒の件もそのような薄情な者の仕業かもしれない。

「さて……へっ⁉」

辺りを見回して道を確認しながら進んでいくと、突然物陰から誰かにぐいっと腕を引っ張られる。そして、ぽすりと全身を何者かに受け止められた。

「誰……って、しゅ、主上⁉」

梓春が後ろを見ると、桜煌がこちらを見つめて口角をあげている。そして、口元に細い指を当てて、しいっと息を漏らした。梓春は慌てて、両手で口を塞《ふさ》ぐ。

「どうなさったのですか、主上がこんなところに……それに、その恰好《かっこう》は？」

桜煌の恰好は厳かな皇帝らしいものではなく、そこらにいる宦官と同じ侍従の衣装を着ていた。長い銀髪は三つ編みにして肩口から流しており、金の頭飾を留めている。

「ふふ、ちょうど休憩時間だったから散歩していたんだ」

「へ？」

——ええ、それだけ？

滅多に顔を出さない皇帝がわざわざ宮の外に出ているので、何か重大な案件があったのだろうかと思いきや、散歩とは。

梓春の訝《いぶか》しげな視線とは反対に、桜煌は涼しい顔をしている。

「実をいうと……たまにこうして変装をして出歩いているのだが、面白いことに誰も私が皇帝であることに気がつかない。ただの官吏だと思っているみたいだ」

桜煌はいたずらを告白するように声をひそめて言い、くつくつと楽しげに笑った。

一方の梓春は、背筋が冷えるばかりである。何してんだうちの主上は……などと呆《あき》れてしまいそうだ。

たまに出歩いているということは、皇帝の姿を見たことがあるのは極少数という話は誤りで、実は皇帝と知らずに、変装中の桜煌を目にした人は多いのではないだろうか。

「……危険すぎます。そうしたことは控えた方がいいのでは」

「そうはいっても、退屈なんだから仕方ないだろう？」

「いや、しかし……」

周りを見る限り、桜煌は側仕えも近衛《このえ》兵も付けていない。本当にお忍びなのだろう。

「こうやって、皆の様子を観察するのがおもしろいのだ」

桜煌は「ほら見てみろ」と少し遠くの塀際に立つ若い衛兵を指さす。

梓春が視線を向けると、ちょうど衛兵が盛大な欠伸《あくび》をしているところだった。まさか、自分の間抜けな様子を皇帝に見られているとは思うまい。

桜煌に向き直ると、彼はさも愉快そうな表情を浮かべていた。

采妃と桜煌の背丈では、頭ひとつ分以上差があるので、見上げると首が疲れる。

――なんだか負けた気がして悔しいな……。

梓春はぐっと背伸びしてみるが、目線が少し近くなるだけだった。完敗だ。

「……それで、どうして私を呼び止めたんですか？」

「ん？　ああ、たまたま目に入ったから」

「ええ……？」

先程から桜煌に振り回されっぱなしだ。ずっと涼しい顔をしているのにも、なんだか腹が立ってきた。この皇帝の考えることはよく分からない。

そんな梓春の心情もつゆ知らず、桜煌は「そうだ」と手を叩《たた》く。

「せっかく会ったのだから、茶でもどうだ？　鶺鴒宮に案内しよう」

「鶺鴒宮……!?」

「そうだ」

桜煌は東の方角を指した。その先には、どの宮よりも大きな殿舎が建っている。

「あの、主上。私もちょうど鶺鴒宮に行こうと思ってたんです。刑司に行く許可を貰《もら》いたくて……」

「刑司？　後宮の外にか？」

「はい。捜査の進展があったかどうか知りたいなと」

「ちょうどいい。それなら私が話してやろう。あの件に関わることは全て私の耳に届くようにしている。たいした進展はないがな」

桜煌は「どうだ？」と梓春をうかがう。なんという偶然だろうか。ありがたい提案だ。

「では、よろこんで……！」

「それじゃあ、鶺鴒宮に着くまでは、あなたの侍従のふりをしていよう」

桜煌はそう言って、梓春の背中をぐいっと押し出す。

「えっ⁉」

梓春は勢いよく往来に飛び出してしまい、例の欠伸衛兵と目が合ってしまった。衛兵は不思議そうな顔で首を傾げ、こちらが妃《きさき》だとわかると慌てて一礼をする。

困惑しながら後ろを見ると、「いいから行け」と、少し笑いを含んだ声が返ってきた。

「わ、わかりました」

梓春は仕方なしに、姿勢を正して往来を進んでいく。

桜煌は梓春の斜め後ろを、侍従になりきって歩いている。皇帝を後ろに控えさせるなんて、天罰が下りそうだ。いや、その天罰が前倒しでやってきたのかもしれない。

難しい表情のまま進んでいると、その先に橙《だいだい》色の襦裙《じゅくん》を纏《まと》った姫が、傘を差して立っているのが目に入った。艶《つや》やかな黒髪と月の胸飾りが遠目でも輝いて見える。

「あれは……丹紅？」

視線を感じとったのか、姫——華妃はこちらに顔を動かす。その瞬間、傘から覗《のぞ》く紅《あか》い瞳《ひとみ》と目が合ってしまった。

「あの胸飾りは妃か。采妃、私のことは伏せていろ」

後ろから小さな声が聞こえて、梓春は控えめに頷く。

「桃蓮じゃないの。こんなところで会うなんてね」

華妃は傘を隣の蓉蓉に持たせ、嬉《うれ》しそうにこちらへ歩み寄ってきた。

梓春はつとめて冷静に話しかける。

「あら、奇遇ね」

「ええ。桃蓮は外に出られるようになったのね……あれ、その侍従、見ない顔ね？」

華妃は梓春の後ろに控える桜煌に目をやった。視線の的となった桜煌は控えめに礼を執る。皇帝が妃にへりくだるなんて……と梓春は気が気でない。

「最近雇ったばかりなの。茗鈴と芹欄だけじゃ回らなくて」

丹紅、この男は侍従じゃなくて主上なんだ。そんなこと言えるはずもなく。

あまり興味がないのか、華妃は「ふうん」と呟《つぶや》いただけで、桜煌から視線を移した。

「そういや、聞いたわよ。二日前のこと」

華妃は団扇《うちわ》で口元を隠して、内緒話をするかのように小声で話しかけてくる。

「二日前？」

「とぼけなくていいのよ。主上がお越しになったそうじゃない。やるわね」

「ああ……それは偶然よ。あの件があったから、様子を見に来てくださっただけなの」

「それが特別なのよ。だって今までどこにもお越しにならなかったんだから」

華妃はやれやれと小さく首を振った。分かってないわね、とでも言いたげだ。

傍《はた》から見れば、ずっと同じ場所に立っていた五妃の中から、采妃がひとつ上に飛び出したことになる。後宮の均衡が崩れてしまった。他者からすれば、宮に訪れたという事実だけで簡単に寵愛《ちょうあい》と結びついてしまうのだ。

実際にはそんな色めいた話ではなく、血腥《ちなまぐさ》い殺人事件について語ったのだが。

「そうかしら……？　でも、本当に何もなかったわよ」

「いいのいいの、別に羨《うらや》んでるんじゃないわ。あたしにしたら、主上が華幻宮に来ようが来まいがどちらでもいいのよ。こんなこと言ったら、父様に怒られるだろうけどね」

「へえ、随分あっさりしてるのね」

妃はのこらず寵愛を望むものだと思っていたのだが、そうでもないらしい。

「あたしの伴侶《はんりょ》がどんな人か分からないなんて、不気味じゃない？　ここだけの話、皇帝なんて存在しないとまで思ってたのよ。でも、本当にいたのねえ……」

華妃は感心したような顔で頷《うなず》く。後ろで控える蓉蓉も同じような顔をしている。

「はは……」

——それ本人に聞かれているぞ。全部。

視界の端に、桜煌が笑いを堪《こら》えるような顔をしているのが見える。

「そういえば、七日後の五妃会には桃蓮も来るわよね。病も治ったみたいだし」

華妃が思い出したように尋ねる。

「五妃会?」

「あれ、聞いてない? 今までずっと来られなかったから、侍女も言ってないのかしら」

「ええ」

五妃会とはなんだ。聞き慣れない単語に梓春は頭をひねる。

「妃間の情報共有のための定期集会よ。桃蓮も蕓妃も一度も来たことないから、いつも三人で雑談をするだけだけどね」

五妃会とは妃たちの集まりのことか。采妃は病のために籠《こも》りきりであったから行けないのは分かるが、蕓妃はどうしたのだろう。

はて、これは行った方がいいのだろうか。絶対にボロが出る自信しかないが。

「そんなに堅苦しいものでもないし、来てみたらいいんじゃない?」

「うん、考えておくわね」

梓春は曖昧《あいまい》に頷く。

正直に言うと、行きたくはない。采妃としては毒殺されそうになったばかりであるし、不審に思われるかもしれない。まさか中身が違うと思う人はいないだろうが。

「よろしくね……って、もう父様が来るわ！　頻繁に会いに来なくていいのに……」

華妃は「それじゃあね！」と手を振り、黒髪を靡《なび》かせて早足で去っていく。そして、蓉蓉がその背中を「急いでは危険ですよ！」と、慌てて追いかけていった。

「──あの娘は、たしか宰相の……そうだ、彼女が華妃か」

桜煌が梓春の隣に並び立ち、呟いた。

華妃の父は先帝の寵臣である黎《れい》殿だ。御世《みよ》が替わっても、そのまま中書令《ちゅうしょれい》としての宰相の座を留任し、桜煌の補佐もしているはずである。

「主上は全く面識がないのですか？」

「ああ、黎氏の娘が妃に選ばれたことは聞いていたが。何せ、どの妃とも顔を合わせたことはなかったからな」

「それじゃあ、華妃はどのように見えましたか？」

「あなたと同じで変わった女子だな。私の存在を疑うなんて」

「はは……」

すっかり自分も変わり者認定されてしまっていることに、梓春は乾いた笑いを零《こぼ》した。

皇帝の住居だけのことはあり、鶺鴒宮は内廷でも一際壮大な殿舎であった。

夜に抜け出した際には、遠目からしか見えなかったが、いざ正面に立つとその厳かな佇《たたず》まいに気後れしてしまう。

「これ、正面から入っていいんですか……？」

桜煌の方を見ると、両手の袖《そで》を合わせてすっかり侍従になりきっている彼は、なぜかずっと笑顔のまま黙り込んでいる。

「あの、采妃様ですよね？　何か御用ですか？」

鵲鴒宮の入口に立っていた衛兵が梓春に気づき、声をかけてくる。

「ええっと……その……」

梓春は何を言えばいいのか分からず口ごもる。

衛兵は、梓春の後ろにいるのが桜煌だとは気づいていない様子だ。

「あっ」

そのとき、中から雨宸が無表情で歩いてくるのが見えた。彼は守衛に手で合図をする。

「采妃様は主上がお招きしたのだ。ここは私が」

雨宸はそう言って静かに梓春を、否、梓春の後ろにいる桜煌を見た。表情が乏しいから分かりにくいが、きっとこれは睨んでいるに違いない。

「雨宸殿、ありがとうございます」

衛兵が奥に下がったのを見て、梓春はひとまず雨宸に礼を言う。

「いえ、お構いなく。さあ、中へどうぞ。……後ろの侍従さまも」

少しトゲが含まれる言い方に、梓春は苦笑しつつ、雨宸に付いて行った。

鶴鴿宮の中は意外にも閑静だった。余計な侍従がいない。梓春が桜煌の自室に辿《たど》り着くまでに、衛兵と宮女が数人ずついたのを見かけたくらいだ。

「はあ……また勝手なことを。あの方に怒られますよ。この前だって無理やり……」

「大丈夫だって」

「主上、あなたはもう少しご自分の立場を弁《わきま》えてください」

雨宸に小言を言われた桜煌は、頰をふくらませて分かりやすく拗《す》ねた顔をする。

しかし、雨宸には効いていないようだ。

今この場にいるのは梓春と桜煌、雨宸の三人だけである。梓春と桜煌は卓を挟んで向かい合って座り、雨宸は桜煌のすぐ後ろに立っている。

「あの、こんなに堂々と私が来てもよかったのでしょうか」

「構わない」

「皇太后様には……」

雨宸が言っていた〝あの方〟とは、皇太后のことだろう。

妃《きさき》との関係を禁じられていたのに、先日は黙って采月宮に訪れ、今日は白昼堂々と采妃を自邸に招いたとなると、皇太后はさぞかしお怒りになるに違いない。

「あの人の言いなりになるのはやめだ。ひと月後には、私も十八になる。そろそろ頃合いだろう。私はこの国の皇帝なのだから」

桜煌は頬杖《ほおづえ》をついて、窓の外を眺める。

遥伽国の制度では、皇帝が十八になれば全ての権限がその手に移る。そうなれば、皇太后の権威は名ばかりのものになるのだ。

「雨宸、義母上《ははうえ》は最近どのようにお過ごしだ？」

「言ったでしょう。言うことを聞かぬ主上に対してお怒りだと。高官たちにも悪評をばらまかれていますよ。瓉煌《さんこう》様の方が優れていると言い張る者も多く、主上を推す者と瓉煌様を推す者とで派閥が分かれています」

――これは、俺が聞いていい話なのだろうか。

耳を塞《ふさ》ぐわけにもいかず、梓春は桜煌と雨宸の問答を黙って聞いていた。

元第四皇子・瓉煌。彼は十六歳で、桜煌とはひとつしか変わらない。瓉煌は皇太后の実子であるため、かつては彼が皇太子になるだろうと言われていた。

「ふん、勝手に言わせておけ。父上は私を選んだんだ。その真意はどうであれ、選ばれたからには皇帝としての責務を全うするつもりだ。今更、他の者に譲る気はない」

桜煌は存外強気だ。自分に自信を持っている。梓春にとっては、弱気な主君よりもそちらの方が好ましい。仕え甲斐《がい》があるから、今後もその調子でいてもらいたいものだ。

「この話はここまでだ。雨宸、あれを持ってきてくれ」

「承知しました」

桜煌に指示された雨宸は、房室の外へと下がる。

「あれとは？」

「ふふ、待っていろ」

首を傾げる梓春に対して、桜煌は楽しげに笑った。


「どうだ、美味《うま》いか？」

「ふぁい」

——この状況はいったい……？

梓春はもぐもぐと月餅《げっぺい》を頬張りながら考える。その頭には疑問符が溢《あふ》れていた。

今、梓春の目の前にある大きな丸卓には色とりどりの菓子が並べられており、隣には見るからに高価だろう茶器が置かれていた。どれも雨宸が運んできたものである。

「これ、めちゃくちゃ美味いです……じゃなくて、とてもおいしいです！」

「そうかそうか」

梓春が興奮して言うと、桜煌は満足げに目を細める。

なんだ、この弟感。梓春は故郷の弟を思い出して、妙に落ち着かない。

「実は私が作ったんだ」

「へぇ…………えっ⁉」

突然の告白に驚きで噎《む》せそうになる胸を押さえ、手に持った月餅と桜煌を見比べる。

——作った……⁉　桜煌が⁉

最近の皇帝は菓子作りもできるのか。正直、今まで食べた中で一番好みの味だ。

「これ、主上が作ったんですか、本当に……？」

「……似合わないか？」

「いえいえ！　そうではなくて……素直に驚きました。これ、私の大好きな味です」

絶妙な焼き加減に、ふわりと広がる優しい味。美味すぎて毎日食べたいくらいだ。

梓春が門兵となってからは菓子を食べる機会はほとんどなかった。日々の食事は基本的に汁物と包子《パオズ》だ。それは、甘いものが好きな梓春にとって厳しい生活であった。

「もっと食べていいぞ」

菓子を見つめる梓春に気がついたのか、桜煌は嬉《うれ》しそうに器を梓春の方に押した。

「それで、捜査の進展についてなのだが」

菓子を食べ終わると、桜煌は椅子の背に身体を預けて腕を組む。

「最近、玲瓏殿に男の霊が出たと噂になっていただろう？　実際にはそれが霊ではなくて、梓春を殺した犯人ではないかと、刑司では見ているようだ」

「男の霊……」

おそらく、華妃が言っていた霊だ。華妃の侍女が見たという、あの。

ちょうど梓春が襲われた日のことだから疑ってはいたのだが、やはりそうだったのか。

「その霊についての証言者は、華幻宮の侍女ですか？」

「ああ。気味が悪いからといって刑司に飛び込んできたらしい。黒装束の男が怪しい行動をしていたと」

「やっぱりそうなんですね」

「なんだ、知っていたのか。ちょうど幽鬼の噂がたっていたから、最初は霊かと思ったが、よく考えてみれば不審な人間だったかもしれない、とのことだ」

侍女は、小太りの男か鋭い目の男か、どちらを見たのだろう。

「その男を捜し出すことはできましたか？」

「いいや、男の特徴も何も分からないから捜査は行き詰まっている。梓春が襲われた現場を直接見た者もいないからな」

「そうですか……」

梓春ならば、あの蒼《あお》い瞳《ひとみ》を見ればすぐに分かる。脳裏に焼き付いているのだから。

「だが、私としても最善を尽くすつもりだ。今は落ち着いて待っていてくれ」

「ありがとうございます」

梓春は頭を下げる。

桜煌は他にも政務が多くあるはずなのに、いち門兵のために尽力してくれている。

「また進捗《しんちょく》があったらこっそり教えてやろう。……ところで、采月宮には侍女が二人しかいないと聞いたが」

「はい、そうですが……？」

突然の話題に、梓春は首を傾げる。

「二人だけでは何かと不便に違いない。それに、また何かあってはいけない。私の近衛《このえ》兵から一人そちらに移そう」

「いえ、そんなお構いなく！」

「心配せずとも、信頼できる人物であることは保証する。明日、采月宮へ向かわせよう」

「本当に、いろいろと気遣ってくださってありがとうございます……」

これはどうしたものか。皇帝の近衛兵が采月宮にやってくるなんて。

皇帝直属の侍従となれば有能なのは間違いない。采妃に違和感を覚え、動きづらくなるかもしれない。厳しくなさそうな人であってくれ……と祈るばかりだ。

帰り際、桜煌は「また菓子を振る舞おう」と明るく手を振った。

梓春としても桜煌手作りの月餅を食べられるのは光栄なので、深く頷《うなず》いた。

采月宮に帰ると、眉《まゆ》を吊《つ》り上げた芹欄が待ち構えていた。いつの間にか空は茜《あかね》色だ。

「采妃さまー？」

「ハイ……」

「主上の宮に行っていたそうで？　それなら、どうして言ってくれないんですか！」

怒る芹欄に、梓春は素直に「ごめんなさい」と謝る。

「采妃様は覚えてないかもしれませんが、少し前だって……寒い雪の中一人でどこかへ行って、そのまま采月宮の前で倒れてしまったんですから」

そんなことがあったのか。采妃も意外とお転婆だったのかもしれない。

「ごめんなさい、気をつけます……」

申し訳なさに俯《うつむ》いた梓春の頭は、ますます下がっていく。

「その、茗鈴は……？」

「茗鈴は朝から織司《しょくし》の方へ出向いていますよ。来月の主上の誕生祭に向けて、新しいお衣装を仕立ててるんです」

皇帝の誕生祭、さぞかし厳かで豪華なものだろうと想像する。

――あれ、もしかしなくても俺も出席するのか……？

「贈り物どうしよう!?」

梓春は慌てる。皇帝の誕生祭では、妃《きさき》や重鎮が贈り物をするのが習わしなのだ。

「そうですね……刺繍《ししゅう》の手巾《しゅきん》なんてのはどうでしょう」

「刺繍……手巾……ははは……」

梓春には刺繍の経験などない。今から始めたとて、絶対に上手《うま》くできない気がする。

「あー、もう少し後で考えるわね」

「そうですか……って、今日のこと誤魔化してませんか!?」

「えっいや、そんなことは」

芹欄には頭が上がらず、苦笑いするしかない。

「そういえば、七日後に五妃会があるみたいね」

梓春は華妃から聞いたことを思い出して、話題を無理やり切り替える。

「あっ、采妃様もお元気になられたので、もう参加できますよね。すみません、失念してました……」

「大丈夫よ。気遣いありがとう」

「いえ。今回の五妃会は璉妃様の璉萃宮で開かれます。いつも通り、璉妃様、華妃様、雀妃様は参加されるそうですが……蕓妃様は今回も来られないと思います」

「へえ、そうなのね」

梓春は華妃以外には会ったことがない。かつて、璉妃と雀妃の馬車が碧門を通ることは何度かあったが、帳《とばり》の壁により、その中にいる妃の風貌は知らなかった。

「芹欄、蕓妃について何か知ってる？」

「わたしもまだお会いしたことがないんです。後宮に入ってから、もう一年も経っているのに」

華妃も蕓妃についてはよく知らないみたいだった。

後宮が整うと、妃の名前と年齢は玲瓏殿全体に伝達される。そのため、蕓妃の甘玉湨《かんぎょくめい》という名と、采妃より一つ歳上だということだけは知っていた。

「それで、五妃会には行かれますか？」

「ええ、行ってみるわ」

おかしな振る舞いをしてしまわないか心配だが、元気になったのに行かないというのもおかしいし、他の妃のことも知りたい。

それに、采妃として生きるならば、妃たちとの親交は深めておいた方がいいだろう。

静かな夜更けに、梓春は寝台に座りながら、丸い格子窓の外を眺めていた。今夜は満月なので、房室に差し込む光がいつもより眩《まぶ》しい。

「少し風に当たろう」

目が冴《さ》えてしまったので、梓春は寝間着のまま鞋《くつ》を履いて外に出る。

「ん？」

そのとき、西の棟、侍女が暮らす房室の方からキィッと扉を開く音が聞こえた。

こんな夜遅くにどうしたのか……と様子を眺めていると、扉の奥から人影が現れる。

桃色の襦裙《じゅくん》におさげの髪。暗くてはっきりとは見えないが、姿形からして茗鈴だろう。

「あれは……」

人影は、扉の前で周囲をうかがい、何かを手にして早足で裏門へと走っていく。

——いったいなぜ、裏門に？

梓春は不審に思い、こっそりと逆方向から裏門へ回る。音を立てないように棟の陰に隠れて茗鈴を捜すと、もう裏門から帰っていくところだった。

影が去ったのを確認した後、梓春は裏門を観察する。扉は閉じられているが、なぜか鍵《かぎ》は掛かっていない。梓春は裏門を使ったことがなかったから、気がつかなかった。

「うーん……」

――茗鈴はこの裏門を通して誰かに会っていた？　しかも、こんな夜中に。

「怪しいな……しばらく様子を見てみよう」

梓春はそのまま自室へと戻る。どうやら、茗鈴も西の棟へと戻ったようである。

明日茗鈴に聞くこともできるが、しばらくは胸の内に留《とど》めておいた方がいい。まだ茗鈴のことはよく知らないし、あまり他人の内側に踏み込むのも気が引ける。

「結局、眠れなくなってしまった」

もやもやとした思いを抱えたまま、梓春は無理やり目を瞑《つむ》った。


翌朝、芹欄が男の来訪を告げた。昨日桜煌が話していた、新しい侍従がやってきたようだ。

梓春が少しわくわくしながら外へ出ると、門の下に荷物を抱えた衛兵らしい装いの男が立っているのが目に入った。

「お待たせしてごめんなさい。あなたが主上の…………て、えっ？」

「お初にお目にかかります……あれ、どうかしましたか？」

梓春は男を見て固まる。男は呆然《ぼうぜん》とする梓春に対して、不思議そうに瞬《まばた》きをした。

後ろに垂れた三つ編みに長めの前髪、琥珀《こはく》の瞳、極めつけはその自信ありげな表情。

――こ、この男は……！

「えっと、采妃様？」

「あっ、ごめんなさい。その、初めまして……」

「初めまして、鶺鴒宮から参りました。長清と申します。よろしくお願いします！」

長清と名乗った宦官《かんがん》の近衛兵はにこりと微笑んだ。妃を前にしても恐縮することなく、飄々《ひょうひょう》とした表情でいる。

梓春が驚いているのは、長清がかつては後宮内の門兵で、梓春の友人だったからだ。

知り合ってから二年ほど経つと、長清が異動になり、それきり会う機会がなくなった。

それが最近になって、皇帝の近衛兵に昇進していることを知ったのである。

「これからは俺がちゃんとお守りしますんで、安心してください」

長清は笑みを湛《たた》えたまま、拱手礼《きょうしゅ》をする。友とこんな形で再会することになろうとは。

「よろしく頼むわね」

「はい！」

動揺した素振りを見せないように、梓春は全力で微笑む。

気づいて欲しいという気持ちはあるが、こちらから打ち明けることはできないのだ。

「東の棟が空いているから、自由に使ってちょうだい」

「わかりましたー！」

長清は荷物を持って、うきうきと東の棟へと入っていった。

「なんか、軽薄そうじゃないですか？　大丈夫ですかねえ」

芹欄が耳打ちしてくる。対して、梓春の口からは「はは……」と苦笑いが零《こぼ》れた。

ああ見えて、長清は仕事ができる男だ。それに、梓春より長清の方が後宮事情に詳しい。信頼もできるから、ここでは自由に動いてもらおう。

長清を迎えた初日は何事もなく終わった。男手が増えたことにより、芹欄と茗鈴の負担がかなり減ったように見える。

変化があったのはその翌日だ。長清が大荷物を携えてやってきたのである。

「それ、どうしたの？」

「いやぁ……今朝、鶺鴒宮に定例報告に行ったら、主上が采月宮にと」

長清は背に布袋を負い、両手にも大きめの箱や袋を抱えている。

「主上が？」

「はい。なにやら、この前のお礼だそうで」

長清は荷物を床に置き、卓の上に漆塗りの頑丈な箱と紅《あか》い小箱を載せる。

「これはなんでしょうかねえ」

「開けてみようかしら」

梓春が漆塗りの箱を開くと、中には茶器がふた揃い入っている。福寿桃の模様をあしらった陶器だ。

「こんな素敵な茶器をいただけるなんて……絶対に落とさないようにしないと」

梓春はごくりと唾《つば》を呑《の》み込む。これは、見るからに高価だ。どれほど高価なのかは分からないが、采月宮にある中で一番のような気がする。

「さて、こっちは……」

「なんと、美しい簪《かんざし》ですね」

続いて、紅い小箱を開くと、そこには金の簪があった。先には丸い桃色の玉石が垂れており、揺れるようにできている。

「これ、本当に綺麗《きれい》ね」

梓春は采妃の身体になるまで、簪なんて故郷の姉が着けていたものくらいしか見たことがなかった。しかし、采妃として暮らす今は、着飾ることにも楽しみを覚えてきた。

「長清、ありがとう。主上にもお礼をしなきゃ」

「ふふ、既に『私が勝手に贈るのだから礼はよい』と、おっしゃっていましたよ」

――くそう、桜煌の方が上手だ。勝てない。

それにしても、こんなに贈ってくれるなんて。この前のお礼だと言っていたが、桜煌の菓子を食べたときのことだろうか。むしろ、梓春の方からお礼をするべきなのに。

「あの大きい布袋は……？」

「えっと……鶴の掛け軸、鳳凰《ほうおう》の壺《つぼ》、絹織物、名店の墨と紙に、あとは――」

「そんなにいっぱい⁉」

なんてこった。こんなに贔屓《ひいき》されては逆に困ってしまう。いや、桜煌がこんなに自分を気にかけてくれていることは嬉《うれ》しいのだが、他の妃《きさき》がどう思うかが心配である。

「後で全部確認するわね。主上には頭が上がらないわ。ちゃんとお礼を言っておいて」

「はい！」

長清は相変わらずの笑顔で頷《うなず》く。

「それじゃあ、俺はこれで」

「あ、ちょっと待って。まだ時間はある？」

「はい、大丈夫ですよ」

せっかくだから、長清にしか聞けないことを聞いておこう。気になることがあるのだ。

「主上って、親王様たちとは仲がいいの？」

「うーん……そうですね、玲煌《れいこう》様はたまに鶺鴒宮にいらっしゃいますよ」

「玲煌様？」

「はい。主上の兄上です。お二人の仲がいいかどうかは分からないですけど」

前帝の第二皇子のことか。彼の母は既に亡くなっており、位も低いからか不思議なほどに噂を聞かなかった。そのため、彼のことはあまり知らない。

「玲煌様はどんなお方なの？」

「いやぁ、直接拝見したことがなくて……俺、主上のお顔も知らないんですから」

「えっ!?」

梓春は驚くが、同時に納得もする。たしかに、桜煌が采月宮に来た時も、桜煌と近衛《このえ》兵は共に面布をしていた。

「長清も知らないのね……」

「会う時はいつも面布があるんで。采妃様は主上を直接ご覧になったんでしょう？　いいですねえ、どんな方なんでしょうか」

「話したことはあるわよね？」

「はい。俺より若いのにしっかりなさってますね。けれど、前帝よりは奔放というか、無邪気な一面を持っていらっしゃる気がします」

長清はそう言って目を細める。

彼の言う通り、桜煌はまだ歳若いためか、前帝よりも気安いような気がする。

上に立つ覇気はあるのだが、人を竦《すく》ませるような怖さは感じさせない。彼が表に出ればより密な政《まつりごと》を行えるのではないかと、梓春は思う。

しかし、この前の雨宸の話によれば、今の朝廷は桜煌派と皇太后の皇子である瓚煌派に分かれている。この国は平和だと思っていたが、朝廷はどうもそうではないらしい。

「主上と瓚煌様の仲は、どのような感じ？」

「即位してからは、瓚煌様とお会いになったことはないと思います。瓚煌様が主上のことをどう思われているのかは分かりませんが、まず皇太后様がお許しにならないかと」

「そう……」

やはり、桜煌と瓚煌の間には壁がある。その壁の原因は皇太后なのだろう。政治的に対立していることを桜煌は自覚しているし、気軽に会うことはできないに違いない。

「そういえば、主上はあれから、他の妃の宮にはお渡りになったのかしら」

「いいえ。先日、采月宮を訪れたのが最初で最後です。こういうことは言わない方がいいのかもしれませんが……今の俺は采妃様の侍従ですからね」

「うん？」

「采妃様は主上に目をかけられてます。これはご寵愛《ちょうあい》を深める好機ですよ。それに……」

「それに？」

卓上の簪に視線をやった長清に、梓春は首を傾げる。すると、長清は、「おっと、これくらいにしておきましょうかね」と視線を戻し、礼をして房室を出ていった。

梓春は長清の態度を不思議に思い、彼が置いていった贈り物を眺めて考える。

――どうやら、俺は桜煌に気に入られているらしい。

そっと簪を手に取り、姿見の前まで持っていく。そして、自分の髪に挿してみた。

「ううん……意外と難しいもんだな」

少し曲がっている気がするが、こんなものだろう。うん、采妃によく似合っている。

もうずっと采妃の夢を見ない。この身体以外、彼女の存在を何も感じないのだ。あの夢も混乱した梓春の妄想に過ぎないかもしれない。

しかし、目前の姿見には依然として、金の簪を挿した美しい采妃が映っていた。

◆ ◆

時は少し遡《さかのぼ》り、桜煌が采妃と別れたすぐ後のこと。

桜煌は、各地からの貢ぎ物や宝玉を保管している房室の中を、うろうろと歩き回っていた。悩ましげに腰に手を当て、ときには腕を組み、ときには顎《あご》に手を添えて「ううん……」とうなる。

「雨宸、采妃に何を贈ればいいと思う？」

「私に聞かれてもわかりません」

「む、役立たずめ」

桜煌は僅《わず》かに頬をふくらませ、また房室をあちこち漁《あさ》り始めた。

一方、雨宸は無表情のまま、様子のおかしい桜煌を眺める。

采妃が帰ってからずっとこの調子だ。菓子を食べてくれたことが嬉しいのだろう。

今日、桜煌はまた鶺鴒宮を抜け出したかと思うと、采妃を連れて帰ってきた。しかも、なぜか桜煌は采妃の侍従のふりをして後ろに控えていた。本当に困った皇帝である。

——それにしても、妃に構うなんて……意外なこともあるものだ。

桜煌が即位して約一年。数日前まで、桜煌は妃との関わりをまったく持たずにいた。

皇太后の牽制《けんせい》もあるが、彼自身、女子には興味がないようであった。

共に離宮で過ごしていたときも、駆け回ったり、書物を読んだり、菓子を作ったり。

離宮にいたのは乳母《めのと》と数人の侍女、そして雨宸のみだった。稀《まれ》に前帝と玲煌が訪れるくらいで、桜煌が離宮の外に出ることはほとんどなかった。

その反動か、桜煌は鶺鴒宮に住むようになってから、度々変装して抜け出している。

采妃が毒で倒れた時もそうだ。こう見えて皇帝としての自覚はあるらしい桜煌は、自分の妃が危篤だと聞いて心配になり、出先から帰ってきてすぐ采月宮に駆けつけようとした。

意味をなさない後宮に閉じ込めている、という負い目もあるのかもしれない。

結局その日は、鶺鴒宮も閉鎖されてしまったために脱出に失敗したようだが、その二日後、目を離した隙に桜煌はいなくなっていた。そして、帰ってきた途端、「采妃はおもしろいな」と言うのだ。いったい、何があったというのか。

「主上はどうしてそんなにも、采妃様のことを？」

「彼女と初めて会った時、衛兵から守ってくれたんだ。それはもう、ぞんざいに」

そう言って笑う桜煌に対して、雨宸は片眉《かたまゆ》をあげる。

はて、采妃はそのような女子であっただろうか。病弱らしい彼女は見た目も可憐《かれん》で、花のように柔らかい印象なのだが。

「そのように対等な態度で話してくれた者など、雨宸以外にいなかったから新鮮で」

「いや、それよりも、衛兵から守るってどういうことですか？　何かあったのですか？　聞いてないですけど……」

「守るっていっても、抜け出したのが見つかりそうになったのを隠してくれたということだ。まあ、衛兵は私の顔を知らないだろうから、私一人でも誤魔化せたのだが」

「はあ……」

本当にこの人は。雨宸はわざと大きくため息を吐く。

すると、桜煌は眉を下げて申し訳なさそうな顔をするので困る。

側近という役割上、表面では桜煌を諫《いさ》める恰好《かっこう》をとるが、内心では桜煌のこういった天真爛漫《てんしんらんまん》な一面も好ましく思っていた。皇帝である以前に、まだ十七の青年なのだ。

「この間、采妃は私を励ましてくれた。それに、今日は私の菓子を本当に美味《おい》しそうに食べてくれたんだ。実際に目の前で喜んでくれると嬉しいものだな。おまえは甘いものが苦手だし、振る舞える相手がいなかったから」

「本当に嬉しそうですね」

桜煌は心底満足げな顔をしている。きっと、自分で作ったものを誰かに味わって欲しかったのだろう。亡き母である霖妃が菓子作りを好んでいたため、幼い頃から共に手伝っていた桜煌は影響され、それが今や自分の趣味になっているのだ。

「そういえば、門兵について調べてますよね。采妃様のためにそこまでする必要が？」

桜煌は刑司と連携して、梓春という門兵が殺された事件について調べている。玲瓏殿の外で遺体が見つかったそうだが、どうやら犯人は宮殿内の人間の可能性が高いという。非常に恐ろしい事件だが、宮中では、こういうことはよくある。行方不明だとか、不審死だとか。その闇に、皇帝自ら首を突っ込んでは厄介なことになるかもしれない。

するとと、桜煌が答えた。

「玲瓏殿の中で起きた殺人事件だ。放っておくわけにはいかないだろう。それに……采妃にはまだ言っていないが、太史令からも真相の究明を頼まれた」

「なぜ、太史令が……？」

「これは警告だと言っていた。ただの殺人ではない。裏に何かある」

桜煌はそう言って、険しい表情を浮かべる。

──まさか、太史令が関わっているなんて。

雨宸は瞠目《どうもく》する。太史令とはいわゆる宮廷占師のことで、今は一人だけがその役職を担っている。当代の太史令は、歴代の中でも格別に能力が高い。厄災などの予知は全て当たり、太史令が吉兆だと言うと必ず良いことが起こる。

警告ということは、この件を解決しなければ、国の命運に関わるかもしれない。

「……もしかしたら、采妃様の件も何かあるのかもしれないですね」

「ああ」

前日に采妃毒殺未遂が起こっている。表面上は解決済みとされ、容疑者は既に処罰を受けたそうだが、その容疑者である侍女と尚膳《しょうぜん》はどちらも犯行を否定していた。

「主上、もしかして何か心当たりが？」

雨宸は声を低くして問いかけた。桜煌は確実に何か知っている。

「おまえは目敏《めざと》いな。だが、まだ確証はない……杞憂《きゆう》であればいいとも思っている」

桜煌は眉をひそめて言った。

「そうですか」

主《あるじ》がそう言うのならば、側近である自分は待つのみである。

「おっと、まだ采妃への贈り物を決めきれていない。はやく選ばなければ」

桜煌はまた宝玉などを漁り始めた。いくつかは決まったようだが、まだ足りないらしい。

「あれと、これと……そうだ。茶器を贈ろう。今日は私が招いたが、今度は私が采月宮で菓子を振る舞うこともあるかもしれない。ふふ、友との茶会だ。次は雨宸もどうだ？　最近は甘くないものにも挑戦しているんだ」

「いえ、私は遠慮しておきます」

「まったく、つれないやつだ」

桜煌は不貞腐《ふてくさ》れながら、棚にある漆塗りの箱を開く。

「この福寿桃の陶器なんてどうだ。縁起がいいし、采月宮の雰囲気に合っている」

「いいですね」

「あとは、これにしよう。金の装飾が鮮やかで美しい。采妃によく似合うだろう」

桜煌はそう言って、金の簪《かんざし》が入った小箱を手に取る。

はて、この人は簪を贈る意味を分かっているのだろうか。

「雨宸、これらを長清に頼む。明後日《あさって》の朝にここへ来るはずだ」

「承知しました」

雨宸は頷《うなず》く。明後日の朝、大荷物を抱えていくことになる後輩を励まさなければ。

◆❖◆

時は進み、采月宮にて。

梓春は、五妃会までの間は目立った行動を控えることにした。現状、自分にできることがないというのもあるし、他の妃《きさき》と会うことに気を取られていたというのもある。

そして、あっという間に五妃会当日を迎えた。春らしく爽《さわ》やかな晴天である。

「ふぁ……ふ……」

梓春は小さくあくびを零《こぼ》す。いつもより早く起きたせいでまだ眠たい。瞼《まぶた》が半分閉じた状態で椅子に座ると、芹欄が寝癖のついた梓春の髪を梳《と》かしてくれる。

「今日もわたしがお供しますからね！」

「ええ、わかったわ」

侍女には茗鈴もいるのだが、梓春の傍について回るのは基本的に芹欄であった。

あの夜のことがあってから、梓春は茗鈴のことが気になっていた。窓の外を見ると、茗鈴は石畳に落ちた葉を箒《ほうき》で掃いている。特に変わった様子もなくいつも通りだ。

梓春はこの一週間、西の棟を観察していたが、茗鈴が出てくることはなかった。あの日だけ裏門に用があったのか、定期的に何かをしているのか……。

「采妃様、整いました」

梓春が考え込んでいるうちに、眉や白粉《おしろい》、口紅も完璧《かんぺき》に施されていた。化粧は侍女に任せることにしている。一度練習してみたが、悲惨なことになったのだ。

流石に湯浴《ゆあ》みは一人で……と断りを入れているが、慣れるのには時間がかかった。それはもう、本当に。男として申し訳なく、采妃には顔向けできない。

「芹欄、そろそろ時間かしら」

「はい、行きましょうか」

五妃会はどのような雰囲気なのだろう……と、梓春はまだ見ぬ妃たちに想いを馳《は》せ、芹欄と連れ立って采月宮を後にした。


璉萃宮へと赴く道すがら、予想外の人物が梓春の目に入った。

「あっ」

真っ直ぐ伸びた長身に、薄茶の髪は上半分を組紐《くみひも》で結っている。遠目なので表情までは分からないが、なにか焦った様子で早足で歩いている。

「采妃様、どうかしましたか？」

「いえ……」

間違いない。あれは、夏月だ。いつかの門兵によると、行方不明になった梓春を捜し回ってくれていたようだが……。梓春が死んだことは耳に届いたのだろうか。

どうして夏月が後宮の中にいるのだろう。後宮に入れる男はほんの僅《わず》かで、たとえ高位でも特別な許可が必要だ。ただの門兵が内側へ入るのは禁止されていたはずだが、何か事情があるのだろうか。

「采妃様っ！　お急ぎください！」

立ち尽くす梓春に対して芹欄が声をかける。

「そうね！」

夏月のことが気になるが、今は目前の五妃会が最優先だ。

璉萃宮の基本的な造りは采月宮と同じで、異なるのは庭の装飾、花や樹木の種類などだ。雰囲気も異なり、璉萃宮には整然とした格調高さがあった。

門は既に開かれており、侍女が一人、梓春に気がついて駆け寄ってくる。

「采妃様、お待ちしておりました。どうぞ、お入りください」

「ありがとう」

やや緊張気味の侍女に案内され、広間に辿《たど》り着いた。すると、ここまで案内してくれた侍女は一礼をして去って行った。

芹欄も、「頑張ってください！」と励ましてくれた後、別の房室へ行ってしまった。

「すぅ……はぁ……」

深呼吸をして、広間の扉に手をかける。華妃はただの雑談と言っていたが、やはり緊張する。意を決して扉を開くと、軋《きし》む音が鳴った。

「桃蓮、来てくれたのね」

「丹紅」

中から、明るい声が聞こえてくる。華妃だ。その声で視線が梓春に集中する。

広間には背もたれのある豪華な腰掛けが五つ並んでいた。手前とその奥に二つずつ向かい合い、そして最奥に一つ置かれてある。

「まあ……！　はじめまして……！」

続けて、手前の腰掛けの右側に座っている妃が声を上げる。

席の位置と纏《まと》う色彩からして、おそらく、雀妃・寧琳珠《ねいりんじゅ》だ。

ふわふわの茶色の髪と、零れ落ちそうな色素の薄い垂れ目。鳥の刺繍《ししゅう》が施された襦裙《じゅくん》は、柔らかい黄色を基調にしている。彼女は五妃の中で最年少だ。

「采妃、よく来てくれたわね」

続けて、一番奥の腰掛けに座った妃が、梓春に向かってふわりと微笑む。

この人が、璉萃宮の主、璉妃・徐瑞藍《じょずいらん》だろう。

優しげな声色と顔立ちをしている。真っ直ぐ伸びた濃紺の艶髪《つやがみ》に、深海を映すかのような垂れ目。目元の泣きぼくろが大人びて見える。青碧《せいへき》色の落ち着いた襦裙が美しい。

「本日はお招きくださりありがとうございます」

梓春は数歩踏み出し、その場で手を合わせて挨拶《あいさつ》をする。璉妃の清廉な雰囲気に影響されて、自然とかしこまった態度になってしまった。

「さあさ、座って」

璉妃はそう言って、華妃の隣の席を示した。

「失礼します」

梓春は大人しく従い、できるだけ綺麗《きれい》な所作を心掛けて着席する。

「お会いできて嬉《うれ》しいです！　采妃さま」

雀妃は控えめながらも、興奮を抑えきれない様子で話しかけてくる。

「こちらこそ、はじめまして。ええと……雀妃よね」

「はい、寧琳珠と申します。采妃さま、よろしくお願いします……！」

桃色に色付いた頰に零れてしまいそうな双眸《そうぼう》、そんな輝く眼差《まなざ》しを一身に受けた梓春は少々気圧《けお》される。また華妃とは違った種類の妃だ。

采妃は雀妃と初対面のはず。采妃の方が年上だからか、もともと敬語が癖なのか。位は同じだが、席順といい、妃の中でも暗黙の序列があるのかもしれない。

「わたくしは徐瑞藍。年長だし、何か困ったことがあれば頼ってちょうだいね」

「ええ、ありがとう」

璉妃が柔らかく微笑む。落ち着いた雰囲気で、心地よい。

「お見舞いにいけなくてごめんなさいね。元々体調が優れないと聞いていたのに、あんなことまで……とにかく采妃が無事でよかったわ」

璉妃は心配そうな表情で話す。彼女ともこの場が初めての顔合わせだ。

「そのお気持ちだけで十分ですわ」

――なんだ、どの妃も優しそうじゃないか。

想像していた泥沼の後宮とは異なり、穏やかな雰囲気が流れている。

「ねえ、桃蓮」

そこで、華妃が内緒話でもするかのように、もったいぶった調子で呟《つぶや》く。

「今日の話題は、主上よ」

「主上？」

「そう！　主上に直接お会いしたことがあるのはあなただけでしょう？　よかったら、どんな方だったのか教えてほしいの。二人も気になってるみたい」

華妃はそう言って漣妃と雀妃を見た。二人はこくこくと頷いている。

「主上がどんな方か、よね。うーん……」

頭の中に桜煌の姿を思い浮かべてみる。最初に浮かんだのは采月宮で会った威厳のある桜煌だ。彼は噂通り美しく、しっかりとした意志をもっている。

「ううん……」

その次にはもう、初対面の薄着の桜煌、侍従に変装した無邪気な桜煌、菓子作りが趣味の意外な桜煌が、ずらりと並んでしまった。

「そうね……おもしろい御方よ」

「おもしろい？」

梓春が言うと、意外そうな様子の璉妃が聞き返してくる。

「ええ。なんというかこう、皇帝らしい威厳もあるのだけれど、意外とお茶目というか、年相応な部分もあって微笑ましいというか」

そう言うと、三者三様の相槌《あいづち》が返ってくる。璉妃は僅かに目を見開いて口元に手を当て、雀妃は両手を合わせて目を輝かせ、華妃は身を乗り出した。

「意外ねえ。全然御姿を見ないし、もっと怖い御方なのかと思っていたのに」

華妃がそう言うと、他の二人も頷《うなず》いた。流石に、桜煌が日々抜け出していることや菓子を振る舞ってくれたことを勝手に暴露するのは気が引けるので、言わないでおく。

「その……やはり、お噂通りの美しい御姿でしたか？」

雀妃が僅かに頬を染めつつ、尋ねてくる。

「それはもう、皆が想像している通りの美丈夫だったわ。容貌《ようぼう》だけ見ると、静謐《せいひつ》な雰囲気を纏ってらっしゃるの」

男の梓春から見ても、桜煌の素晴らしく整った容姿はたいそう美麗だと感じる。銀髪も紫の瞳《ひとみ》も白い肌も完璧だ。皇帝は美しいという夏月の話は本当だったのだ。

それに、初めて会った時にも思ったのだが、その怜悧《れいり》そうな雰囲気が誰かに似ている気がするのだ。それが誰だか一向に思い出せないのだが。

「わたくしもお会いしてみたいわ」

璉妃がうっとりと呟く。

「わたしは主上を前にしたら、緊張して動けなくなってしまいそうです……！」

雀妃は頬に手を当て、あわあわとする。

「なるほどねえ。あたしも拝見してみたいわ」

華妃は同調しつつ、その声色はあまり興味がなさそうだ。

梓春は「丹紅は桜煌に会ったことあるぞ」と心の中で零《こぼ》す。もしかしたら、璉妃と雀妃も変装中の桜煌に会ったことがあるかもしれない。


「ところで、最近の玲瓏殿のことなのだけれど」

桜煌について語り終えると、璉妃が少し硬い声色で切り出した。

「物騒な事件が多いでしょう。采妃の件もそうだし、霊も……」

「もしかして、例の女の幽鬼のこと？」

梓春が問いかけると、璉妃は「そうよ」と頷く。

「たしか、庭園の近くで出るらしいわね」

「怖いですよね……」

眉《まゆ》を下げて恐ろしがる雀妃に対して、華妃は「まったく……」とため息を零す。

「本当に霊なんだったら、はやく道士が祓《はら》ってくれないかしら」

「実在するのかしら……誰かの悪戯《いたずら》のような気もするのだけど」

璉妃が首を傾げると、雀妃も「どうなんでしょう……」と不安がる。

女の幽鬼の話とはこうだ。ある宦官《かんがん》が夜道を一人で歩いていると、梅の木の下に人影が浮かび上がるのを見つけた。宦官が目を凝らすと、そこには白服の女が恨めしげに立っていた。女は宦官に向かって、掠《かす》れた声で「許さない」と言葉を紡いだという。

よくある怪談話だ。霊など見た事がない梓春には、誰かの話が誇張された結果だとしか思えないのだが、目撃者が複数人いるようである。

「うちの侍女も、別の霊を見たと言っていたわ」

「それって、前に言っていた男の霊よね？」

華妃の呟きに、梓春が問いかける。その霊はあの刺客かもしれないのだ。

「そう。けれど、その霊は人間の男だったみたいなの」

「それじゃあ、幽鬼も人間の可能性があるのかしら」

「どちらにしても怖いですね……」

璉妃と雀妃がそれぞれに反応を返し、華妃は「それでね」と話を続ける。

「侍女が刑司に話したら、その男が殺人事件の犯人かもしれないんですって！」

「えっ、殺人事件ですか!?」

「わたくしも噂を耳にしたわ。なんでも、門兵の方が殺されてしまったみたいで……」

華妃がおどろおどろしい声を作って言うと、雀妃は口元に手を当てて怯《おび》えた顔をした。

「っ……！」

梓春は思わず肩を揺らす。梓春が殺されたことは、既に周知されているらしい。

「……璉妃、他にも何か詳しいことは聞いた？」

「いいえ、亡くなってしまったことしか知らないの」

梓春が尋ねると、璉妃はゆるゆると横に首を振る。

「そんなことがあったなんて……わたしたちも用心しなきゃいけませんね……」

雀妃が眉を下げてそう言った。

その通りだ。梓春が殺された前夜に、采妃の毒殺未遂があった。こんなにも物騒なことが立て続けに起きるなんて、偶然にしてはできすぎている。

「こんなことは言いたくないんだけど……もしかしたら、私以外の妃《きさき》も狙われてるかもしれない。十分に気をつけてね」

梓春が忠告すると、三人とも真剣な面持ちで頷いた。

采妃に毒を盛った黒幕は、少なくともこの三人ではないだろう。梓春はそう思う。

「そうだ、皆に聞きたいのだけれど、蕓妃がどんな御方なのか知ってる？」

以前から気になっていたことを聞くと、璉妃も雀妃も「ううん……」とうなる。

「あたしは一度も会ったことないわ。彼女の家柄も分からないし、本当にいるのかしら？」

華妃は不思議そうに団扇《うちわ》を扇《あお》ぐ。たしか、桜煌についても同じことを言っていた。

「わたしもお会いしたことないんです」

「わたくしもよ。でも、最初の顔合わせではたしかにいたわ。皆、面布で顔を隠していたし、襦裙《じゅくん》しか見えなかったけれど」

「そうだったわね。けれど、それ以降なんの噂も聞かないなんて、それこそ幽霊みたい」

梓春以外の三人も、蕓妃のことをよく知らないようだった。

妃に選ばれて約一年。誰も彼女のことを知らないなんて、少し不可解だ。

「皆もあんまり知らないのね」

「そうなの……あ、そういえば一度だけ、蕓星宮を訪ねたことがあったわ」

璉妃が思い出したように口を開く。

「昨年の中頃だったかしら。五妃会に来ないかっていうお誘いをしに行ったら、侍女が出てきて『蕓妃様は誰ともお会いになれません』とだけ言って、門を閉じられてしまったの」

「まあ。素っ気ない方なのねえ」

璉妃の話に、華妃が片眉を上げる。

それ以上、蕓妃の情報が出てくることはなかった。ここまで話を聞いたが、やはり彼女の人柄も何も分からない。いつか、会える日が来るのだろうか。

「そろそろお開きにしようかしら」

話題が尽きた後、璉妃が呟く。お茶も飲み終えたし、そろそろ頃合いだ。

今日の他の話題は、華妃が観た戯劇の話、雀妃の好きな花占いの話、璉妃の読んだ詩の話。それから、当たり障りのない世間話をたくさん。本当に和やかな会だった。

「今日は采妃に会えてよかったわ。そうね……次の五妃会は采月宮で行うのはどう？」

「いいわね！」

「わあっ、わたしも行ってみたいです……！」

三人の妃に期待の眼差《まなざ》しを向けられて、断れる人間がいるだろうか。いや、いない。

「……わかったわ。次は采月宮で行いましょう」

梓春がお得意の演技で笑みを浮かべると、三人は「嬉しい！」と喜んだ。

その内心では、妃をもてなせるかどうかが心配でヒヤヒヤとしているのだが。

「今日は来てくれてありがとう」

璉妃が立ち上がり、続けて他の三人も裾《すそ》を整えて立ち上がる。

「ここ最近は、玲瓏殿に新しい風が吹いている気がするの。良くも悪くもね。来月は主上の誕生祭があるから、そこで顔を揃えることになるでしょう」

璉妃は主催者らしく閉会の挨拶《あいさつ》を述べる。

たしかに、最近の玲瓏殿は異常だ。果たして、誕生祭は無事に終わるのだろうか。

「それじゃあ、ごきげんよう。気をつけてね」

璉妃が軽く礼を執るのに倣い、他の三人も同じく礼を執り、別れの挨拶をした。

璉萃宮からの帰り際、梓春は華妃に礼を述べる。

「五妃会のことを教えてくれてありがとう。おかげで楽しい時間を過ごせたわ」

「ふふ、人数が多い方が楽しいもの。来てくれてよかった」

華妃は目を細めて笑う。彼女が誘ってくれたおかげで、有益な情報を知ることができた。

「……丹紅、少しお願いがあるの」

梓春は時を見計らい、おずおずと話を切り出す。

「どうしたの？」

「その……華幻宮の、霊を見たという侍女と話をさせて欲しいの」

「どうして？」

華妃は不思議そうに首を傾げる。そんな華妃に、梓春は打ち明ける。

「例の殺人事件のことが気になっていて……無理だったらいいのよ」

「ふうん、いいわよ。その侍女は兎兎《うーうー》っていうの。華幻宮にあたしがいなくても、兎兎がいたら自由に話してちょうだい」

華妃は詳しいことは聞かずにすんなりと了承してくれる。

「ほんとう!?　ありがとう！」

梓春は両手を合わせて感謝する。こんなに上手《うま》く話が運ぶとは思っていなかった。

「どういたしまして。あたしもそろそろ帰ろうかしら。それじゃあね！」

「ええ、また……！」

そして、華妃は団扇を振って庭にいる蓉蓉を呼び寄せ、璉萃宮を出ていった。

不安だった五妃会は無事に終わったが、帰り道で次の心配事が梓春の頭を過《よ》ぎる。

「主上への贈り物、そろそろ決めないとね……」

贈り物は桜煌の誕生祭に向けてのものだ。桜煌即位後、後宮を改めてから初めての誕生祭だ。その宴《うたげ》には皇太后、親王、五妃、そして重鎮たちが出席する予定である。

「他の妃たちは手作りのものをお渡しするのだろうけど、私にはとても……」

「采妃様は病のせいで、そういったものは手付かずでしたもんね」

芹欄が悲しそうに頷《うなず》く。

采妃は後宮に入る以前から、ほとんど自室の寝床の上で過ごしてきたらしい。

「今度、玲瓏殿の外に下りてみますか？　何かいい物が見つかるかもしれませんよ」

「外に？」

「はい。許可さえあれば、下りられますので」

「そうなのね。城下町には色んなお店があるし、近いうちに行ってみようかしら」

梓春が言うと、芹欄は「ぜひ！」と微笑んだ。

「ん？」

そんなことを考えていると、向かいから背の高い男が歩いてくるのが見えた。

なぜか、近くにいる他の宦官よりも気になってしまう。彼も宦官のようだが、他の者とは少し装いが異なる。髪を纏《まと》めた銀の頭飾や衣装から、位が高いことを読み取れた。

——知らない人だけど、挨拶した方がいいか？

そう思い、梓春は歩みの速度を緩めるが、男は真っ直ぐ前を見て、淀《よど》みのない足取りで歩いてくる。そして、姿形がはっきりと見える距離まで近づいた。

「え……？」

そして、男の目が梓春を捉《とら》えたその瞬間、全身に電撃が走る。まるで落雷のように。

その蒼《あお》く鋭い瞳《ひとみ》に、ヒュッと喉《のど》が絞まり、息が詰まる。

目を逸《そ》らすことも、声を出すことも、その場から退くこともできない。

梓春の喉から、小さく震えた声が漏れる。

「まさか——」

第三章　宮中は秘め事だらけ

夢の中で、目の前に黒装束の男が立っていた。梓春を殺した、あの男だ。

彼はこちらを睨《にら》み、剣を梓春の胸に突き刺す。

「ぐぁっ……‼」

――痛い、痛い、死にたくない！

そう思うが、身体は地面に倒れ込み、意識が遠のいていく。

「貴様なんぞ、殺すまでもないがな。あの御方が用心のためにと言うのだ、仕方がない」

うつ伏せに倒れた梓春に向かって、男は言葉を吐き捨てる。

――何を言っている？　こんなこと、あのときは……。

頭が霞《かすみ》がかり、徐々に手足が動かなくなってきた。男の声も聞こえない。

やがて、梓春は繋《つな》ぎ止めていた意識を放棄して、暗闇に吸い込まれていった。

「はっ……今の夢は……」

梓春は覚醒《かくせい》する。その手は汗ばんでおり、悪夢がまだぼんやりと残っている。

――さっきの言葉は、あのとき、聞き取れなかった台詞《せりふ》か？　あの御方って誰だ。

「よかった、お目覚めになりましたか」

梓春が頭を悩ませていると、隣から落ち着いた声が聞こえる。声の方を見ると、塡油が丸椅子に腰掛けていた。どうやら、ここは采月宮の自室のようだ。

「先生、私は……」

「いいんです。今はまだお疲れでしょう。侍女を呼んでくるので寝ていてくださいね」

塡油はそう言って、房室の外へ出ていった。

いったい、自分はどれだけ眠っていたのだろうか。

――そうだ。俺はたしか、五妃会からの帰り道で「あの男」を見かけて……。


すれ違ったあの男は、立ちすくむ梓春を一瞥《いちべつ》し、口を開いた。

「これはこれは、采妃様。元気になられたというのは本当だったようですね。お会いできて光栄です。それにしても、本当に……いいえ、なんでもありません。健やかなのはなによりですからね。それでは、先がありますので、失礼いたします」

宦官《かんがん》と見える男は温度のない低音でつらつらと世辞を並べて、形だけの礼をして去っていく。その話しぶりは、梓春に口を挟む隙を与えなかった。

「はっ……」

男が去って数秒後、ようやくまともに息ができるようになった。

梓春は瞠目《どうもく》したまま、口を手で覆って俯《うつむ》く。体温が急激に下がり、歯と唇が震える。

「采妃様？」

芹欄が心配そうに梓春の背に手を乗せて、顔を覗《のぞ》き込んでくる。

「顔が真っ青ですよ!?　医官を呼びましょうか……？」

そして、慌てたように言い、梓春の身体を支える。

「ねえ、今のは誰……!?」

梓春の問いかけに、芹欄は瞳を揺らしつつ、たどたどしく答える。

「たしか、俐尹《りいん》様です。宦官の……采妃様、本当に大丈夫ですか……？」

「そう……あの人、俐尹っていうのね……」

――間違いない、間違えるはずがない。

男――俐尹と目が合った瞬間、梓春の脳にはあの夜の記憶が蘇《よみがえ》ってきた。

「あの蒼い目……絶対にそうだ」

俐尹の瞳は、あの夜の刺客と同じだった。鋭く、蒼く、冷たい。

その瞳が梓春を射貫《いぬ》き、突き刺した。剣で刺された胸がズキリと疼《うず》く。

――俺を殺したのは俐尹だ。間違いない。

『おい愚図、この男で間違いないな』

男の瞳だけでなく、耳に残っているあの低い声とも一致している。

梓春は振り返り、もう小さくなった俐尹の背中を見つめる。

まさか、こんなところで自分を殺した犯人と遭遇するなんて。今すぐ問い詰めたいが、采妃の身体であるし、今の精神状態ではろくに話ができない。

「芹欄、帰るわ……悪いけど、このまま手を貸してくれるかしら」

「……わかりました」

芹欄はそれ以上何も言わずに、ただ梓春の身体を支えてくれる。

心配そうなこの娘を安心させてあげたいが、声を出す気力も構う余裕もなかった。

そして采月宮に帰り着くとすぐに、梓春は昏倒《こんとう》してしまったのだ。


「俐尹……！」

倒れる前のことを思い出した梓春は、男の名を呟《つぶや》き、奥歯を強く噛《か》み締める。

「采妃様！」

そのとき、芹欄が房室に走り込んできて、梓春を呼ぶ。

彼女は梓春の傍に寄り、枕元に湯碗《ゆわん》をおいて、布団の上の手をぎゅっと握る。

「芹欄、私、どれくらい寝てたの？」

「一日ほどです。昨日、璉萃宮から帰ってきて、それから房室に着くまでに倒れてしまって……それで、茗鈴が塡油先生を呼んだんです」

「そう。迷惑をかけてごめんなさい」

梓春が謝ると、芹欄は「いいえ……」と首を横に振る。

「持病が再発したのではないかと思いましたが、どうやらただの疲労のようです。病み上がりで動き回ったためでしょう。脈も安定していますし、もう大丈夫ですよ」

塡油は薬箱を片付けながら、優しく説明してくれる。

「先生、いつも悪いわね。ありがとう」

「いえいえ、ご無事でよかったです」

疲労ということは、突然のことに頭が耐えきれず倒れてしまったのだろう。

「精神安定と疲労回復の薬を出しておきました。今日からこれを飲んでくださいね」

「わかったわ」

「どうか、お身体を第一にお過ごしください。それでは失礼します」

塡油はそう言って礼を執り、房室を出ていく。

「采妃様、飲めますか？」

「うん」

芹欄は枕元の湯碗をとって、中の薬湯を匙《さじ》で掬《すく》う。梓春が上体を起こすと、芹欄が口元まで運んでくれたので、ぱくりと口に含む。すると、梓春の舌に苦みが広がった。

「にがい……」

「良薬は口に苦しといいますし、以前はずっと飲んでいらっしゃったでしょう？『慣れたから、全然苦くないのよ』と」

「うぐ、」

身体は采妃だが中身は梓春なのだ。苦いものは苦く感じてしまう。

「もしかしたら、急に無病になったから、体質が変わったのかもしれませんね」

「ええ、そうかもしれないわ」

梓春は芹欄の手を借りてなんとか薬を飲み終える。とても苦いが、健康のためだ。

しばらくすると、長清が「失礼します」と言って、房室に入ってきた。

「采妃様、目を覚まされたんですね。良かった……！」

「長清も心配してくれてたのよね、ありがとう。それで、どうしたの？」

「病み上がりにすみません……少し、采妃様に報告したいことがありまして」

長清はそう言って芹欄を一瞥する。すると、彼女はしずしずと房室から退出した。

芹欄の姿が見えなくなると、長清は傍にやってくる。

わざわざ二人きりになったのだ。何か重要な話でもあるのだろう。

「報告って？」

「……その前に、采妃様。茗鈴についてどう思われますか？」

「茗鈴？　彼女がどうかしたの？」

突然出てきた名前に、梓春は驚く。長清の話とは、茗鈴に関することなのだろうか。

正直に言って、彼女に関してはまだよく分からない。身の回りの世話は基本的に芹欄が担当してくれているから、二人きりになる時間も少ないのだ。

それに、この前の夜のことも——。

「あ、もしかして……」

「何か心当たりがあるみたいですね。本題ですが……昨夜、裏門の鍵《かぎ》が開いてました。その前日は閉まっていたので、昨日は誰かが開けたことになります」

「裏門……」

先日、眠れずに外に出たときのことを思い出す。なぜか茗鈴が起きていて、裏門で何かをしていた。そのときも裏門の鍵が掛かっていなかったのだ。

「鍵を閉めようとした時、西の棟から来る人影が見えたんで、俺は物陰に隠れました」

「……その人影が、茗鈴なのね？」

「はい。顔は見えませんでしたが、おさげの髪型と黄色い髪留めからして、茗鈴かと。彼女は周囲を警戒するようにして、裏門まで行き、門の外に何かを置いたんです」

「門の外に？」

長清はいつもの飄々《ひょうひょう》とした雰囲気ではなく、ひどく真剣な顔で話す。

「茗鈴が戻ったのを見計らって確認しにいくと、これが落ちていました」

長清はそう言って、懐から小さな布切れを取り出す。

「これは？」

「ただの布じゃないんです。裏を返してみてください」

梓春が布切れを裏返すと、そこには小さく文字が書かれてあった。

余った布の切れ端は、墨で走り書きをするときに使うことが多いのだ。

「『苑桃蓮が倒れた。遅効性か』……ねえ、これって」

「ええ。すぐに刑司に報告すべきです。こんな、恐ろしいこと……」

長清は深く息を吐く。梓春も苦々しい表情で、奥歯をぐっと噛んだ。

〈苑桃蓮〉は采妃の名前だ。〈倒れた〉というのは昨日のことだろう。そして、〈遅効性か〉というのは……梓春が思うに采妃に盛られた毒のことだ。

あの日、采妃は毒で死んだかと思われたが、一命を取り留めた。これを書いた人物は、今回倒れた原因が、そのときの毒が遅効性であったからだと思ったのだろう。

そして、これを書いた人物は——。

「茗鈴が毒を……？」

呟く声が震える。采妃に毒を盛った犯人は芭里と尚膳《しょうぜん》の他にいるとは考えていたが、それがまさか、侍女だとは思いもしなかったのだ。

「これを見れば明らかです。茗鈴が何者かと画策して采妃様に毒を盛ったんですよ」

「でも、信じられないわ。茗鈴の様子が怪しいのには気づいていたけれど、私に毒を盛ったのが彼女だったなんて……」

頭が痛くなってきて、梓春は手のひらで冷えた額を押さえる。

どうしてこう、立て続けなのだ。俐尹も、茗鈴も。一人で抱えるには重すぎる。

「この布切れを持ってきてしまっては、こちらの動きが感づかれるのでは？」

「布切れに書かれてあった内容を記憶して、自室で似通った布に写したのです。急いで裏門に戻ると、幸いなことにまだ置かれてあったので、同じ内容の布と差し替えておきました。すると、しばらくして誰かが持っていきましたよ」

「あなた、本当に有能ね。それで相手の正体は分かったの？」

「門は開けられず、誰かまでは分かりませんでした。今思えば、外から回り込んで捕まえればよかったです。すみません……」

長清はそう言って謝るが、むしろ、今はまだ泳がせておいた方がいい。内通相手がどれほどの地位にいるのかが分からないし、この布切れだけでは証拠不十分だ。

「十分よ。今、茗鈴はここにいるの？」

「いえ、俺が用を与えて采月宮の外に出ています。万が一にも聞かれたらまずいんで」

「助かるわ」

つくづく有能な男だ。咄嗟《とっさ》の判断が冴《さ》えている。

「長清、しばらく茗鈴を見張っておいて。布切れを誰が取りに来るのかも知りたい」

「刑司には？」

「私がいいと言うまで黙っててちょうだい」

梓春が語気を強めて言うと、長清は何か言いたげな顔をしつつも頷《うなず》いてくれた。

長清を疑っているわけではないけれど、茗鈴が犯人だという確証を手に入れたい。

――本当にあの娘が、采妃を毒殺したのか……？

まだ手が震えている。これから、茗鈴にどう接したらいいのか分からない。

「采妃様、何かあったら俺を頼ってくださいね。主上から、『絶対に采妃を守れ』と仰せつかってますから」

「ありがとう」

梓春を励まそうという長清のその心遣いが、気持ちを落ち着かせてくれる。信頼できる人物を寄越《よこ》してくれた桜煌に、梓春は胸の内で感謝した。

その夜、俐尹が夢に出てくることはなかった。

しかし、不安は募る一方で、梓春の心は苛《さいな》まれ続ける。


翌日の午後、梓春は捜査を進めるために華幻宮へ行くことにした。

「少しだけなの！　行かせて！」

「ダメですー！　この前倒れたばっかりなんですから！」

先程、梓春が一人で行くと言ってから、芹欄と攻防を繰り返している。

芹欄は、自分も付いていくと言って聞かない。なんだか、初めて会った時より過保護になっている気がする。心配なのか、何かと梓春の傍に居たがるのだ。

華幻宮に行くのは、事件の夜に俐尹を見たかもしれない兎兎に会うため。一人で行くのは芹欄を巻き込まないため。芹欄は梓春の事件とはまったくの無関係だ。

「おーい、芹欄。外を見てみろ、来客があるみたいだぞ」

「来客？」

長清の声につられて、芹欄は窓の外を見る。梓春はその隙を逃さず、早足で房室を出ていく。

「あ、ちょっ、采妃様！」

芹欄は慌てて梓春の後を追おうとするが、長清が入口を封鎖することで食い止める。

「もうっ、侍従なのに采妃様が心配じゃないんですか⁉」

「君は心配し過ぎなんだよ。大丈夫だって」

背後で芹欄と長清が言い争う声が聞こえる。

「長清！　ありがとうー！」

「お気を付けてー」

梓春が振り返って礼を言うと、長清は陽気な笑顔を見せ、芹欄は「少しだけですよ！」と不貞腐《ふてくさ》れた表情で言った。

日暮れ前の空はかすみ雲に覆われていて、少し肌寒さも感じる。春曇りだろうか。

華幻宮は、主《あるじ》である華妃を体現したような宮だった。紅の装飾は豪華で、庭に咲き誇る花々は鮮やかで美しい。

門の前に立つと、近くにいた侍女が梓春に気づいて近づいてきた。

「まあ、采妃様ですよね。どうなさいましたか？」

「突然ごめんなさい。侍女の兎兎はいる？」

「えっ、わたしですか⁉」

梓春の言葉に、侍女は驚いて目を見張る。どうやら、この娘が兎兎のようだ。

「あなたが兎兎ね。少し話があるの、あなたが見た霊について——」

「ああ、霊の話ですね。華妃様から聞いています」

そして、兎兎は合点がいったのか、すんなりと梓春を客堂へ招いてくれる。

「すぐにお茶をお持ちしますので、座ってお待ちください」

「ありがとう」

お茶を淹《い》れて戻ってきた兎兎は、梓春の向かいに腰掛けた。

「兎兎が男の霊を見たのは三月二日の夜。でも、本当は人間だったと……」

「はい。あの日の夜、わたしは炭を貰《もら》いに行ってたんです。まだ肌寒いので。後宮の中にはもうないっていうから、外の殿舎まで歩いて行きました」

「そうなのね。霊はどこで見たの？」

「碧門の近くの通りです。物陰に隠れている黒い男がいて……わたし、そのときは驚いて、霊だって思っちゃったんですけど、よくよく考えてみればたしかに人間でした」

梓春が聞いた情報と同じだ。碧門ならば、やはり俐尹か小太りの男の可能性が高い。

「体格はどうだった？　背が高いとか、身体がふくよかだとか」

「細身で背は高かったような……？　すみません、あんまり覚えてないんです」

梓春は「ふむ……」と腕を組む。特徴からするに、俐尹だろうか。

「その……これ、そのときに拾ったんです。男が去る時に落としていったようで」

兎兎はそう言って小さな木札を取りだした。

「え……!?」

梓春はその縦長の木札を目にして、愕然《がくぜん》とする。

「これ、刑司には言わなかったの!?」

「わたしの担当の方が最悪な態度だったんです……もう一人の方は親切だったのに。それでイヤになって、渡すのも忘れて帰っちゃいました。わたし、字が読めないから、なんて書いてあるのか分からないし……。それからずっと持ったままなんです」

「そう……」

梓春は木札を凝視して眉根《まゆね》を寄せる。そこには〈絢静宮〉という字が彫られていた。

——まずいことになったな……俐尹が絢静宮《けんせいぐう》の宦官《かんがん》だったなんて。

兎兎は知らないかもしれないが、これは宦官の所属先を表すものなのだ。

「これ、少し借りてもいいかしら」

「ええ、構いませんけど……」

「ありがとう。これを拾ったことを誰にも言わないで欲しいの。いいわね？」

「はい、状況はわかりませんが……わかりました」

梓春が念を押すと、兎兎は素直に頷く。元より話す気はなかったのかもしれない。

受け取った木札を手巾《しゅきん》で包み、外套《がいとう》の衣嚢《いのう》に隠す。これは重要な証拠になる。

——やっぱり、桜煌にも話すべきか……？

梓春は大きな謀略に巻き込まれている可能性がある。

その後、梓春は兎兎に礼を言って別れ、華幻宮を後にした。

空は茜色に染まっている。冷たい風が吹いているが、外套のおかげで身体は冷えることなく暖かい。

「さっさと帰ろう」

早く帰らないと芹欄に心配をかけてしまう。

「ねえ」

「へっ⁉」

足早に歩いていると、突然、後ろから声がかかる。

「だ、誰……？」

梓春がぎょっとして振り向くと、そこには若い官吏が立っていた。

暗くてはっきりとは分からないが、竜胆《りんどう》色に見える長い髪はひとつに纏《まと》められて、銀の髪飾りが添えてある。鼻筋はすらっと通っていて、大きな猫目が印象的だ。

眉目秀麗《びもくしゅうれい》、梓春の頭には真っ先にその言葉が浮かんだ。

そして、長袍《ちょうほう》の襟元や袖《そで》回りには金の刺繍《ししゅう》が施されており、同じ色の飾りが耳元で揺れている。豪華な装飾からして高官だ。だが、他の宦官や侍従とは衣装が異なり、この高官がどこに所属しているのか、まるで分からない。

高官はじっと梓春を観察してから、おもむろに口を開く。

「君、采妃だよね？」

「ええ」

「でも、中身は采妃じゃないでしょ？」

「はぁ⁉」

突然放たれた言葉に、梓春は目を丸くして間抜けな声を上げる。

――今、この男はなんと言った……？

驚く梓春を見て満足げに笑った高官は、話を続ける。

「僕には分かる。星が違うもの」

「星……？」

「そう。そして、采妃の魂はもうここにはいない。残念だな」

きっぱりと言い切る高官に、梓春は度肝を抜かれる。

――こいつは俺が采妃でないことを見抜いている！　でも、どうして分かるんだ？

「どうして……あなたはいったい？」

脈打つ胸を手で押さえて高官と距離を取り、なんとか声を絞り出す。

「そうだね、僕は冬莉《とうり》。今は太史令をやっている」

高官――冬莉は平然と言ってのけた。

「太史令……って、あの宮廷占師だっていう？」

――ということは、この人が噂の……⁉

宮廷占師もとい太史令は、国家の運命・吉凶・災害を占うことで、政治を円滑にする役割を担っている。当代の太史令は歴代の中でも腕が良いと評判だった。

「太史令はこの国のことだけじゃなくて、個人のことも占えるんですか？」

「もちろん。僕は格別に有能だから、個々人の星も運命も見える。そして、僕が思うに君は采妃じゃない。采妃とは会ったことがあるから分かるんだ」

「そう、なのね……」

采妃の中の梓春を見抜いてくれたのは冬莉が初めてだった。ずっと心の底で不安だった自分の存在を認めてくれた。梓春を見つけてくれたような気がする。

「ねえ、君は誰なの？　大体の見当はついているけれど、君の口から聞かないとね」

「私は……」

そんな簡単に、自分の正体を教えていいのだろうか。

冬莉とは初めて会ったのだし、梓春の味方なのかどうかも分からない。「見当はついている」というが、冬莉は采妃の中にいるのが、梓春であることも分かるのだろうか。

本当に、そんなことが可能なのか。

梓春が何も言えずに黙り込んでいると、冬莉は「そうだよね」と言って笑う。

「君は賢い。どこの馬の骨かも分からない占師に、素性を明かせるはずもないよね」

「……ごめんなさい」

「構わないよ。こうしよう。明日、僕が采月宮を訪ねる。そこで君にとって有益な情報を教えてあげるから、その代わりに君のことを教えてくれる？　これでどうかな」

「明日、あなたが采月宮に？」

「うん」

冬莉はにこりと微笑む。ひとつ話すにつけても劇役者のように大仰だ。

正直、これは悪くない提案だ。梓春が自分のことを話そうが話すまいが、有益な情報とやらを聞くことができる。

冬莉が嘘をついていないことが前提だが、その情報は采妃と梓春の死に関係しているかもしれない。

「わかりました。明日、あなたが来るのを待ちます」

「決まりだね。それじゃあ、また明日」

冬莉は真意の読めない笑みを浮かべながら梓春に手を振り、くるりと向きを変えて去っていく。その足取りは雲のように軽やかで、摑《つか》みどころがなかった。

翌日は朝早くに目覚め、梓春は早々に身支度を終えた。まだ鳥の鳴き声が聞こえる。

「冬莉は本当に来るんだろうか」

あの太史令は今日来ると言っていた。昨夕のことが、梓春の幻覚ではない限り。

梓春はすることもなく、椅子に腰掛けながら考える。

冬莉が来たら聞きたいことがたくさんあった。なぜ、梓春は采妃と入れ替わったのか。

采妃の魂は本当に消えてしまったのか。太史令なら何かわかるかもしれない。

そこに、房室の外から興奮した様子の茗鈴がやってきた。

「采妃様っ！　庭の苗木が芽吹きましたよ！」

「ほんと？」

庭の苗木は、以前桜煌がくれた大量の贈り物の中のひとつだった。これは芙蓉《ふよう》の苗木で、春に芽吹き、夏になると可憐《かれん》な花を咲かせるという。

梓春は茗鈴と一緒に房室の外へ出る。

あれから、茗鈴を見る度に複雑な気持ちになって仕方がない。この娘は、花の芽が出たのをこんなにも喜んで報告してきてくれる。その心の内はどうなのだろうか。

庭を見ると、並べられた芙蓉の苗木に、ぽつぽつと小さな新芽がついていた。

「ほんとだ、芽が出てるわ！」

梓春は目を輝かせる。自分で育てている花の生長は、なんだか感慨深い。

「咲くのが楽しみですね……！」

「ふふん、俺がちゃんと見てますんで安心してくださいね」

「本当ですかねぇ」

茗鈴は新芽を見つめて頬を緩め、長清は誇らしげに胸を張る。芹欄がそれをからかう。

芙蓉が花開く頃には、自分がどうなっているか分からないが、せっかくなら見てみたいものだ。それに、これを贈ってくれた桜煌にも見せてあげたい。

しゃらん。

そのとき、門の外から鈴の音が聞こえてくる。その音は軽やかでありながらも、はっきりとした響きを持っていた。

「鈴の音……？　来客ですかね」

長清が首を傾げつつ、門の外へ踏み出した。梓春と茗鈴も後ろをついて行く。

「どなたかしら」

「まあ、綺麗《きれい》な方ですね……」

采月宮の外を見ると、そこには姫がいた。

姫は、仙女とも見紛《みまが》うほど浮世離れした雰囲気を纏っていた。鞋《くつ》が地を踏むたびに、浅紫と桜の襦裙《じゅくん》が揺れる。姫が歩くのに合わせて、彼女の帔帛《ひはく》に飾られた鈴が鳴る。

隣には侍女を連れていた。藤紫の襦裙を着た侍女は片手に木箱を持っている。

姫は采月宮の門前で足を止めた。目元は面紗《めんしゃ》によって隠されており、薄紅の艶《つや》やかな唇だけが弧を描いている。

「御二方は采月宮へお越しに？」

長清が侍女と姫に声をかける。

「はい。主《あるじ》が采妃様と二人でお話ししたいと申しております」

侍女はそう言って、ちらりと采妃を見る。そして、膝《ひざ》を曲げて礼をした。

梓春は前に進み出て、長清の隣に並ぶ。こうして見ると、姫は采妃である自分よりも幾分か背丈が高いようだった。

「私と話を……？」

「はい」

梓春が問うとまた侍女が頷《うなず》く。この間、姫はじっと立ったまま動かない。

すると、侍女は横長の木箱を姫に手渡し、後ろに下がった。

「ごめんなさい。あなたがどこからいらっしゃった方なのか分からなくて……」

梓春は姫を見て頭を巡らせる。もしかして、前帝の姫だろうか。いやでも、そのような人物が采妃に会いに来る理由などない。ならば、いったい――。

「えっ」

梓春は姫の胸元に光るものを見つけて、思わず声を上げる。

羽織で隠れているが、たしかにその月の胸飾りは見覚えのあるものだった。

「失礼しました。私は蕓星宮《うんせい》に仕えております。こちらは蕓妃様です」

「蕓妃……!?」

侍女が改めて拱手礼《きょうしゅ》を執ると、姫――蕓妃も同じく、梓春に対して礼をした。

一方、梓春は困惑して長清を見ると、長清も困ったように首を振った。

「まさか、蕓妃に会えるなんて……」

そして、呆然《ぼうぜん》と呟《つぶや》くと、蕓妃は笑みを深める。

――蕓妃、この姫が……？

この前の五妃会で、他の妃《きさき》は皆、蕓妃の素顔を見たことがないと言っていた。梓春には当然、妃の顔合わせの記憶もないので、彼女の雰囲気さえ知らなかったのだ。

「ごめんなさい！　外で待たせてしまって。中へどうぞ」

蕓妃を宮の中へ案内すると、彼女は素直に梓春の後ろをついてきた。蕓妃はここへ来てから一度も言葉を発していない。もしかして、話せないのだろうか。

「えぇと……まずは、来てくれてありがとう。どうぞ、座って」

梓春は蕓妃を房室に案内する。芹欄と茗鈴が中を整え、茶を用意してくれていた。

「ふふ、ありがとう。采妃」

「ん⁉」

突然声が返ってきて、座りかけていた足腰がもたつく。

蕓妃はそれを気にせず、木箱を卓の上に置いて、洗練された所作で椅子に腰掛けた。

「待って、あなた……いや、ちょっと待って」

思いもよらない展開に、梓春は額を手で押さえて考え込む。動揺が隠せない。

なぜなら、蕓妃の声に聞き覚えがあったからだ。

そんな梓春を前に、蕓妃は続ける。

「おや、もう気づいちゃった？」

小さな唇が言葉を紡いでいく。その声は、つい昨日耳にした声と同じだった。

蕓妃は珠《たま》のような手を頭の後ろに回して、面紗の紐《ひも》を解《ほど》く。すると、面紗はひらひらと垂れていき、やがて、その素顔が露《あら》わになった。

長い睫毛《まつげ》に覆われた目に、綺麗に通った鼻筋、その人形のような美しい顔は——。

「なっ、冬莉⁉　蕓妃だったのか⁉」

梓春は驚きのあまり、思わず口調が崩れてしまう。

「ふふっ、いい反応だね！　うん、その口調でいいよ。それが本当の君なんでしょう？」

梓春が叫ぶと、蕓妃——冬莉は豪快に笑った。儚《はかな》げな姫が、天真爛漫《てんしんらんまん》な姫に一転する。

そして、冬莉は「ああ、おかしい」と笑って、細い指で目尻《めじり》をなぞる。

「あ、ああ……」

——おかしいのはそっちだが……⁉

梓春はへろへろと力が抜けて、ぽすりと椅子に座り込む。今の自分は、とんでもなく間抜けな顔をしているに違いない。

たしかに、冬莉は今日来ると言っていた。けれど、蕓妃と冬莉を結びつけるなんてできないだろう。第一、冬莉のことは男だと思っていたのだから。というか——。

「あんた、太史令じゃなかったのか……？」

お許しが出たため、梓春は話し方を取り繕うのをやめる。

昨日、冬莉は自分のことを太史令だと言っていた。それに蕓妃の名前は甘玉凕のはずだ。じゃあ、冬莉ってなんなのだ。頭の処理が追いつかない。

「うん、僕は紛れもなく太史令で宮廷占師だ。そして、妃でもある。困ったことにね」

冬莉は言葉通り、困ったように笑う。

「はあ……どっちも本当なんだな」

そうか、冬莉は男ではなく女だったのか。

「まだ分からないって顔だね。いいよ。君が気になっていることを話してあげよう」

冬莉は「まず、」と言って人差し指を立てる。

「僕が太史令になったのは三年前。僕の爺《じい》さまが歳だから、交代することになったんだ」

「先代は冬莉……じゃなくて、蕓妃のお爺様なのか」

「冬莉でいいよ。官吏としてはこっちの名前を使っている」

「それじゃあ、冬莉で」

「うん。えっと、そうだね。父様は不向きだからと僕が継ぐことになったんだ。僕には優れた才があるみたいだから」

「なるほど」

太史令は決まった一族が務めると聞いていた。それが甘氏なのだろう。才能があれば、特例として女でもなれるとか。

「気になってたんだが、どうやって人を占うんだ？」

「占うというよりは、見えるの方が近いかもね。それが占うってことなんだろうけど」

「見える？」

「そう。見ると分かるんだ。情報がすっと頭に入ってくる」

梓春にはよく分からないが、そういうことなのだろう。どうやら、冬莉は普通の人間にはない特殊な力を持っているらしい。

「それじゃあ、どうして妃に？　妃を選ぶのは太史令だろ？　冬莉は自分を選んだのか」

後宮の妃は太史令を筆頭に、太史局で選ばれる。皇帝との相性や運勢を占うのだ。

「まあ、そうなるね。まず、妃候補の名簿が渡される。そこそこ地位のある家のご令嬢たちがそこに並んでいるわけ。そして、僕が名前や生年月日、出生地を見て、これだと思う子を指名するんだ」

「それは……責任重大だな」

「でしょ？　だから一年前は、とても真剣に見ていったんだ。そして、僕は華妃、璉妃、雀妃、采妃を妃として選んだ」

「采妃は身体が弱いのに、どうして選んだんだ？」

「渡される紙には病歴なんて載ってないもの。まあ、僕は名を見ただけで病弱なのは分かったけどね。けれど、主上と相性が良いし、妃として相応《ふさわ》しいと思ったから選んだ。そのせいで、死んでしまったけど」

冬莉は悲しげに目を伏せる。

それは冬莉のせいではない。そう言ってあげたいけれど、冬莉はそんな言葉を求めていない気がした。そのため、梓春は「そうか」とだけ返す。

「五人選ぶのがしきたりだったから、あとは、最後の一人を見ていったんだけど……」

「けど？」

「その名簿には僕の名前も載っていてね。これ作ったの誰だよって思ったけど、まあ、僕も地位のある家の娘で、当時の年齢も十七と、妃候補の条件に当てはまっている。後で爺様に聞いたら、『占師が妃になってはならないという決まりはない』ってさ」

冬莉はやれやれという風に首を振った。

なるほど。朝廷で重んじられる太史令の家系なら、地位があるどころか最上級ともいえる。

「それで、その最後の一人に相応しいのが僕だったんだ」

「ふうん、それは本当に占いで？」

「む……勘違いしてほしくないんだけど、僕は妃になりたかったわけじゃないし、むしろなりたくなかった。不正なんて以《もっ》ての外だ」

「嫌だったのに自分で自分を選んだのか？」

「うん。残りの妃候補のうち、僕自身が一番選抜されるべきだと、この目が訴えていたから……結果に嘘はつけないからね」

「へえ……真面目にやってるんだな」

「当たり前でしょ。でも……主上や皇太后、そして爺様の前で、妃に自分の名を挙げるという、あの何ともいえない羞恥《しゅうち》はもう味わいたくないよ」

冬莉は薄桃の猫目を細めて、むすっと口をとんがらせる。

その様子に、梓春は思わず笑ってしまう。冬莉は感情が顔に出るからおもしろい。

「もう！　君、笑うなんてひどいじゃないか。まあ、僕が占師であり、妃《きさき》であるのはそういうことだよ。分かった？」

「ああ。今日まで蕓妃としてまったく姿を現さなかったのは、そのきまりの悪さから？」

「まあ、そうだね。僕の顔は高官たちには知られているから、妃として姿を現せば不正だと目をつけられるに違いない。そんなの面倒だし、主上の顔に泥を塗ってはいけないからね。だから、蕓妃としての僕は周囲の目に留まらないようにしてたのさ」

「ふうん、意外と殊勝だな」

梓春は呟《つぶや》く。蕓妃の謎が解けてすっきりした。謎多き妃だが、その仮面の下は意外と分かりやすいのかもしれない。

「次は別の疑問に答えてくれ。冬莉は、いつ俺が采妃ではないと分かったんだ？」

「君が夜遅くに庭園にいるのを見かけたときだよ。ちなみに、主上といただろう？」

「見られてたのか!?」

「ふふ、僕は夜に庭園を散歩するのが趣味なんだ」

冬莉はにやりと口角をあげる。

梓春が采月宮を抜け出して、桜煌と初めて出会ったあの日のことを言っているのだ。

「じゃあ、冬莉は主上の素顔を知っていたのか？」

「うん。実は前帝が主上を皇太子とするときに、念のために占って欲しいと言われたんだ。結果はあっぱれ。僕は、この皇子こそ皇帝の器であると進言した」

「そんなやり取りがあったんだな。皇族じゃないという噂も流れていたみたいだが……」

「ああ、おかしな噂もあったね。主上は紛れもなく前帝の子だよ。星読選帝ではなく、前帝が彼を選んだ。でも、僕の言葉も一助になってるのかもしれないね」

「……あんた何者なんだ。ほんとに」

いろいろと驚くことばかりで、梓春の口からはもはや乾いた笑いが出てくる。

「僕ってすごいでしょ。──話は戻るけど、あの庭園で君を見たとき、すぐにおかしいなって思った。身体と魂が一致してないんだよ」

「そんなにすぐ分かるもんなのか」

「見ただけで分かるって言ったでしょ？」

冬莉はそれが当然だとでもいうように話す。

「じゃあ、俺がどこの誰だか分かるのか？」

「それも分かっちゃったんだよね。もしかして、僕が妃になったのは君のためなのかな。流石にそこまでは読めないや」

冬莉は頰杖《ほおづえ》をついて、じっと梓春を見つめる。その瞳《ひとみ》には采妃としてではなく、梓春自身が映っているのかもしれない。

「なあ、もったいぶらないで早く教えてくれ」

「仕方ないなあ。──君、碧門の兵でしょ？　えっと……たしか梓春っていったっけ」

「……っ、そうだ」

梓春は冬莉の力に圧倒される。彼女は「梓春」と言い、梓春の耳にもその音が届いた。

――この占師は、本当に俺のことが分かるんだ。

ははは……と乾いた笑いが口をつく。自然と目頭が熱くなり、今の自分は笑っているのか、泣いているのか分からない。

「そうだ……俺は梓春だ……」

梓春の口から、ぽつりと零《こぼ》れた。

冬莉はそんな梓春に対して、「当たりだね」と言って微笑む。

「君のことは梓春と呼ぶべきなのかな」

「いや、采妃でいい。これからは妃の肩書きも俺なんだ」

「そっか」

冬莉の変わらない様子に、梓春は安心して、強《こわ》ばっていた肩の力が抜けていく。

「なあ、どうして梓春だと分かったんだ？　俺なんか無名の門兵だろ」

それが一番の謎である。どうやって特定できたのだろう。

「それはねえ……君には悪いけど、最悪さ。君の遺体を発見したのは僕なんだから」

「は、遺体!?」

「そう。川縁《かわべり》を歩いてたら、君が死んでたの」

「うぐ、」

苦々しい目線を寄越《よこ》す冬莉に、梓春の顔が引き攣《つ》る。

そして、川縁にある自分の遺体を想像して、胸が気持ち悪くなる。遺体は玲瓏殿の外に流れ着いたと言っていた。まさか、それを見つけたのが冬莉だなんて。

「そんなことあるか？　普通」

「ほんとになんの偶然なんだか。いいや、必然なのかな。ともかく、僕は君の遺体を発見したわけだから、庭園で君を見た時に驚いたんだよ。まさか魂が生きてるなんて」

「そんな顔するなよ……いや、悪い。そんな見苦しいもん見せた方がいけないな。なるほど、身体だけでも識別できるのか」

「うん。一人一人全然違うから。身体と魂のどちらかが欠けていても僕には分かる」

遺体の中身が別の身体に入っているのを見たときの気持ちを想像しようとしたが、何もかも状況が分からなすぎて無理だ。冬莉にしか理解できない感覚なのだろう。

「なあ、冬莉。俺と采妃がなんで入れ替わったのか分かるか？」

「さあね。流石に僕も分からないよ。けれど、采妃の魂は君の身体には入っていない気がする。彼女は毒を飲まされて峠を越えられず、魂すらも死んでしまったんだろうね」

「じゃあなんで、俺は采妃に……」

「何か心当たりはないの？」

「ない。あ、いや……ないこともないんだが……」

梓春は入れ替わる前のことを思い返す。

確かあの日、妃に生まれ変わってみたい……なんて願ったような気がする。

「ふうん。考えられるとしたら、君と采妃の死の拍子が被《かぶ》ったのが一因かもしれないね。死ぬ直前の強い想いは、時折、誰も予想できないことを引き起こすから」

「強い想いか……」

梓春は死ぬ前に「死にたくない」と強く願った。その想いのおかげで、梓春は今ここにいるのかもしれない。反対に、采妃は願わなかったのだろうか。

「それで、結局、俺に有益な情報ってなんなんだ？」

梓春は冬莉に尋ねる。昨日、冬莉は「有益な情報を教えてあげる」と言っていた。

「そんな約束だったね。まずは……君の剣を拾ったことかな」

「剣？」

「うん。遺体を発見した数日後に再び川縁に行くと、布に包まれて流れ着いてたんだ」

冬莉は「これだよ」と言って卓の上の木箱を指し示す。

そして錠を外して、梓春に中を見せるようにして開いた。

「うわっ、俺の剣だ！」

「やっぱり君のものなんだね。よかった」

木箱の中、布の下から剣が現れた。鞘《さや》に入っておらず、剣身のみである。

天井から吊《つ》るした灯《あか》りに照らされて、鋼色が鈍く光る。少し錆《さ》びてしまった刃と、装飾のない簡素な鍔《つば》と柄《つか》。衛府《えふ》から門兵に支給されるものだ。

柄についたその傷には、見覚えがあった。鞘は遺体の腰に残したままなのだろう。

「最初は刑司に届けようかと思ったんだけど……僕が見つけられるくらいの遺品に、どうして刑司が気づかないのかって考えてね」

「たしかにおかしい。刑司は決して無能ではないはずだ」

「変だよね……おそらく、彼らは君の事件の捜査を進めてない。いや、表面上では犯人捜査中としているけど、実際は機能していないんだ」

「なんだと……？」

――機能していない？　そんなはずは……。

梓春は一介の門兵であるから、詳しい検証がなされないことも十分に有り得る。

しかし、今回は状況が違うのだ。刑司には桜煌が捜査命令を出しているはずなのに。

「ちょっと聞き込みをしてみたけど、刑司は全然手がかりを摑《つか》めてないんだよ」

「もしかして、内部で誰かが止めている……？」

「うん。その可能性が高い」

冬莉は頷《うなず》く。

たしか、兎兎も刑司の対応が雑だったと言っていた。もしや、刑司の中に俐尹の仲間がいるのだろうか。

「そうだ、傷！」

俐尹と争ったときに、この剣で彼の腕を切りつけたはずだ。その証拠に、切っ先に微《かす》かな血痕《けっこん》が残っている。記憶に残る手応《てごた》えから、かなり深手だと予測できる。

「冬莉、俺は犯人を知っている。そいつの腕には、この刃と一致する傷があるはずだ」

梓春が告げると、冬莉は「おお！」と声を上げる。

「まさか君が下手人を特定しているとは……。切り傷があるなら、君の想像通り、この剣は重要な証拠になるかもしれないよ」

「ああ。これで一歩前進だな」

梓春は頷く。これで物証を手に入れることができた。

「……采妃、君はその下手人を捕まえたい？　罰したい？　もう生まれ変わったも同然なのに、随分と執着している。やっぱり殺されたことが許せないのかな」

「そりゃあ、許せるわけないだろう。罰だって受けてほしい。だけど一番は、奴に俺を殺したことを認めさせて、そいつの口からその理由を聞きたいんだ。自分の死に納得したい」

「なるほど……」

俐尹を捕まえてどうしようとか、どう復讐《ふくしゅう》しようとか、先のことは何も考えていなかった。梓春が犯人を突き止めようと動いていたのは、ただ理由が知りたかったから。

しかし、あの木札が俐尹のものならば、彼の本当の目的は梓春を殺すことではないはずだ。今となっては、桜煌のためにも真相を明らかにしなければならない。

「……君の決意に水を差すようで悪いけれど、僕が君に言えることがもうひとつある。

僕には君が殺された理由が分かるよ」

「え？」

「けど、それはなんとなく分かるだけだ。確証はないし、まだ僕の口からは言えない。それで、君を殺したのは誰なの？」

梓春が言葉を紡ぐ前に冬莉は卓に手を置いて、ぐいっと身を乗り出す。

「まてまて、理由は分かるのに、犯人は分からないのか？」

「分からないよ。犯人まで分かっちゃったら、刑司も何も要らなくなる」

冬莉は横に首を振った。

言ってもいいものだろうか。すっかり冬莉を信用してしまっているが、まだ梓春の味方なのかどうか分からない。だがまあ、犯人を教えたところで何かあるわけでもないだろう。

「……俐尹という男だ。宦官《かんがん》の」

「俐尹……そうか。やっぱりそうなんだね」

「やっぱりって……なあ、理由だけじゃなくて犯人も分かってたんじゃ？」

「いいや、初めて知った。だけど、納得したよ。僕の仮説は正しかったみたい」

眉《まゆ》を寄せた冬莉は、「はぁ……」とため息を零した。

梓春はその仮説が知りたいのだが、今は話してくれそうにない。ならば次の質問だ。

「そもそも、冬莉はどうして、俺に協力してくれるんだ？」

「僕がそうしたいから。そもそも僕は君の遺体を見つけてしまったんだから、責任もって最後まで巻き込んでよね」

「いや、それは不可抗力で……」

梓春がきまり悪さに目を逸《そ》らすと、冬莉は「冗談だよ」と笑う。

「それに、君はツイてる。遥伽国の後宮に、君の存在は不可欠だ。だから僕は君の側につくよ。主上も君にご執心のようだから、未来があるのは君だしね」

「ツイてるってのは、高度な嫌みか？」

「はは、まさか。君は本当に運がいい。魂はまだ生きてるんだから」

冬莉の言葉にハッとする。そして、何気なく心臓の辺りに手を添えると、脈打つ鼓動が聴こえた。これは采妃の心臓だ。だが、そこにある魂は、紛れもなく梓春だった。


「そろそろ帰ろうかな。お茶、ありがとう。また会いに来るよ」

日が高くなってきた。かなり二人で話し込んでしまったようだ。

「こちらこそ。冬莉のおかげで上手《うま》く事を運べそうだ」

礼を述べると、冬莉は「それはよかった」と言って、慣れた仕草で面紗《めんしゃ》をつける。

「そうだ。これから鶺鴒宮へ行くといい。主上が君に話したいことがあるらしいから」

「主上が？」

「うん」

桜煌が呼んでいるということは、何か事件のことで分かったことがあるのだろうか。

「あと、最後に……采月宮の侍女には気をつけた方がいいよ。様子が変だ」

房室から出る前に、冬莉は声を低めて言った。

太史令はそのことも分かってしまうのかと、梓春は驚かされる。

「……わかった」

梓春は頷く。冬莉は占いによって、茗鈴の隠していることに勘づいたのかもしれない。

冬莉はそのまま侍女を伴い、蕓星宮へと帰っていった。

――よし、主上に相談しよう。

これは良い機会だ。梓春が持っている情報を話して、桜煌の力を借りたい。

梓春は外套《がいとう》を纏《まと》い、衣嚢《いのう》に隠した布切れと木札を確認する。失くしてしまわないように肌身離さず身に付けていたのだ。

「采妃様、お出かけに？」

「ええ、鶺鴒宮へ」

「主上に会いに行かれるんですか？」

「そうよ。蕓妃が、主上が呼んでいると」

「本当ですか」

長清は怪訝《けげん》な顔をする。どうやら、彼は桜煌から聞いていなかったらしい。

一方、冬莉は桜煌と何度も会っているようだ。皇帝が蕓妃を寵愛《ちょうあい》しているという噂は聞いたことがないし、妃《きさき》としてではなく、太史令として接することが多いのだろう。

「それじゃあ、御殿まで俺がお供しますね」

「わかったわ」

鶺鴒宮へ赴く時は、元近衛《このえ》兵である長清を連れた方が采妃としての体裁もいい。

梓春は芹欄と茗鈴に留守を頼み、鶺鴒宮に向かった。

通りすがる宦官たちの礼を浴びながら、長清を連れて歩いていく。采月宮に、様々な至宝が下賜されたことも周知の事実で、殿内の人々の梓春に対する態度が妙に恭しい。

「長清、茗鈴の様子はどう？」

「いや、それが……ずっと見張ってるんですけど、いつもと変わらないんですよ。ただ、昨日の夜も裏門に行っていたんです」

「ほんと？　また布切れを？」

「いいえ。昨夜は、裏門は開けずに、門の手前で座り込んでました。数分経つと帰っていったんで、その場所を確認してみたんですけど、布切れも何もなくて」

「うーん、おかしいわね」

門も開けず、何かを置いたわけでもない。それでは、彼女は何をしていたのだろう。

今日の茗鈴は梓春から見てもいつもと変わらない様子だった。一生懸命に采月宮の世話をしてくれている。そろそろ、こうやって疑うのも胸が痛くなってきた。

「いたっ……」

そのとき、頭がズキリと疼《うず》く。いつもの頭痛がまたやってきたのだ。

「采妃様っ！　大丈夫ですか!?」

頭を抱えて立ち止まった梓春を、長清が心配そうに覗《のぞ》き込む。

そして、「緊急なんで、失礼します」と言って心許《こころもと》ない背に手を添えてくれた。

頭痛は一分も経たずに自然と治まった。これはなんなのだろう。塡油はただの疲労だと言っていたし、貰《もら》った薬はちゃんと飲んでいる。

――入れ替わりの副作用？　いや、そんなものあるのだろうか。

「やっぱり疲れてるのかな……」

「采妃様、今日は戻りますか？」

「いえ、ありがとう。もう大丈夫よ。このまま鶺鴒宮に行くわ」

梓春がそう言うと、長清は背から手を離して、元の位置に立ち戻る。

「辛《つら》かったら言ってくださいね」

「ええ」

まだ昼前で日差しが少し眩《まぶ》しい。こんな日には鶺鴒宮の大きな影がありがたい。

門の前に、衛兵が宮を守るように立っているのが目に入る。相変わらず厳重だ。

しかし、桜煌が抜け出せる隙があるのだから、どうなっているのやら。

そんなことを考えていると、正門の衛兵が梓春に気がつき、駆け足で近寄ってきた。

「采妃様、申し訳ありません。今、主上は来客がありまして……」

「まあ、そうなのですね」

先客がいるなら出直すべきだな。梓春はそう判断して引き返そうとする。

しかしそのとき、衛兵の後ろから雨宸がやってきた。この男はいつも間が良い。

「雨宸殿！」

「采妃様、ようこそおいでに。長清も」

名を呼ばれた長清は「どうも」と言って手を振った。顔馴染《かおなじ》みのようだ。

「お忙しいところに申し訳ありません。主上と話したいことがあったのですが……」

「わかりました。中へどうぞ」

「でも来客があると……」

「そうなんですが、采妃様が来られたときは、すぐにお呼びしろと言われてますので」

「ええと……それじゃあ、失礼します」

淡々と話す雨宸に促され、梓春は宮殿の中へ足を踏み入れた。

長い廊下を進んで行き、やがて、以前も訪れた桜煌の自室へと案内された。

長清とは途中の客堂で別れたので、房室に向かうのは梓春一人である。

「主上はここでお話しされています」

「あの……本当にお邪魔していいんですか？」

「ああ、安心してください。怖い御客様ではないので」

雨宸は少しだけ目元を緩めた。梓春を気遣ってくれているのが伝わってくる。

「主上、采妃様がお越しになりました」

雨宸が扉を叩《たた》くと、中から『どうぞ』とくぐもった桜煌の声が響いてきた。

その声を合図に、雨宸が扉を開く。

「采妃、来てくれたのか！」

梓春が房室に入るや否や、明るい笑みを浮かべた桜煌が近寄ってくる。切れ長の目を嬉《うれ》しげに細めるその笑顔を全身に浴びて、眩しさで息絶えてしまいそうだ。

雨宸は房室には入らないのか、静かに扉を閉めて姿を消した。

「ん……⁉」

そのとき、梓春は桜煌の肩越しに、別の男を認めた。そして愕然《がくぜん》とする。

見間違いかと思い、咄嗟《とっさ》に頬を抓《つね》るが痛みが返ってくるだけである。

——ええ？　夢じゃないの……？

男は梓春の視線に気がつくと、静かに拱手礼《きょうしゅ》を執る。薄茶の長髪を結んだ組紐《くみひも》が、肩にさらりと垂れた。数秒にも満たないその動作が、梓春にはひどく緩やかに感じられた。

そして、男が頭を上げると、品のある顔が現れ、見慣れた紫の目が梓春を捉《とら》えた。

「か、夏月……？」

呆然《ぼうぜん》とする梓春の口から、男の名前が零《こぼ》れる。幸い、その囁《ささや》きは小さく、桜煌たちには聞こえていないようだ。

桜煌の後ろに立つ男はまさしく、梓春の親友である夏月だった。何度瞬《まばた》いてもその現実は変わらない。梓春の網膜に異常がない限り、間違いないようだ。

「主上、その御方は……」

なぜ、夏月がここに。一向に状況が摑《つか》めない梓春は、桜煌に縋《すが》るような視線を送る。

梓春に見つめられた桜煌は、「ああ……」と身体を横にずらして夏月の隣に並ぶ。

「采妃は兄上と会ったことがなかったな」

「兄上⁉」

――あにうえ、兄上、兄上……⁉

桜煌の放った言葉を上手《うま》く呑《の》み込めず、梓春は開いた口が塞《ふさ》がらない。

そんな梓春に構わず、夏月はこちらの方へと近づいてくる。

「采妃様、お初にお目にかかります。玲煌と申します。以後お見知りおきを」

梓春から見れば夏月でしかないその男は、無表情のまま、自らを「玲煌」と名乗った。

「れっ、玲煌様⁉」

そう叫んだきり固まってしまった梓春を不思議に思ったのか、夏月は「どうかしましたか」と首を傾げる。

――この男は夏月じゃなくて瓜二《うりふた》つの別人か？　でも、どう見ても夏月だ。まさか、夏月が玲煌なのか？　玲煌って、あの第二皇子で、今は親王だよな。どういうことだ？

頭の回転が追いつかない。今、梓春はとてつもなく混乱している。

「桜煌……なぜ、采妃様を通した。まだ私の話は終わってないが」

「兄上、采妃もこの件について調べているんだ。無関係じゃない」

「采妃様も？」

夏月は疑わしげな顔で、梓春に視線を送る。

一方、梓春は門兵であった時の夏月の様子を思い出していた。

門兵に釣り合わない品のある振る舞いに、どこから仕入れてくるのか分からない宮中の情報。さらに、夏月は過去の経歴を何も教えてくれなかった。

彼が親王だと考えれば納得もいく。夏月という名も偽名なのだろうか。

――もう、なんなんだ。桜煌に、冬莉に、夏月に……後宮では、みんな身分を隠して生きているのか？

「ところで采妃、今日はどうして鶺鴒宮に？」

桜煌が梓春に問いかける。

「えっ？　主上が私に話があると蕓妃から聞いたのですが……」

「ああ、冬莉殿か。もう知り合いだったんだな。彼女とはしばらく会っていないんだが……おかしいな」

「ええ……？」

その瞬間、冬莉のにやりと笑った顔が頭に思い浮かぶ。

まさか、またあの占師の手のひらで踊らされているのではないだろうな。

「まあよい。彼女は太史令だからな。何か考えがあってのことだろう」

桜煌はやれやれと首を振る。彼も冬莉の性格を分かっているようだ。

「采妃、兄上は梓春の友なんだ。ここ数ヶ月、門兵として潜入調査をしていてな」

桜煌は声を低めて話し、夏月は物憂げに目を伏せる。

「……潜入調査とは？」

踏み込んでいいかどうか分からないが、とりあえず尋ねてみる。何らかの理由で、親王である夏月が、門兵としてお忍びで潜り込んでいたということだろうか。

「それは——」

「待て、そんなことまで采妃様に話していいのか？」

「采妃は梓春の知り合いだ。それに、采妃は絢静宮《けんせいきゅう》と繋《つな》がりはない。安心してくれ」

「だが……」

焦った様子の夏月を桜煌が宥《なだ》めるが、夏月はあまり納得がいっていない様子である。

——絢静宮《はや》……？　絢静宮といえば、俐尹の所属先だ。

梓春は逸《はや》る気持ちを抑えつけ、衣嚢《いのう》から手巾《しゅきん》で包んだ木札を取り出す。

突然、外套《がいとう》を漁《あさ》り出した梓春を、二人は怪訝《けげん》な面持ちで見つめる。

「采妃、どうした」

「これを見てください！」

梓春は桜煌の近くに寄り、木札を表向きに手のひらに載せて、桜煌から見えるようにする。すると、夏月も梓春の手元を覗《のぞ》き込んだ。そこには〈絢静宮〉の文字が彫られている。

「なぜ、あなたがこんなものを持っている……？」

木札を見た桜煌が勢いよく顔を上げた。鋭い紫の目が梓春を突き刺す。

梓春はそこで気がついた。桜煌と初めて出会った時、どこかで見たことがあると思ったのは、夏月と同じ瞳《ひとみ》をしているからだ。端整な顔立ちだってどことなく似ている。

「采妃？」

思考があさっての方向に飛んでいってしまった梓春を、桜煌が呼び戻す。

「す、すみません。これは華幻宮の侍女から預かったものなんです。主上が以前話してくださった、男の霊を見たという……」

「ああ、梓春を殺した犯人かもしれないという男のことか」

「はい。これはその男が落としていったものだそうで」

「それは確かな情報か」

「ええ。直接話を聞きました。侍女は文字が読めず、木札の意味を知らない様子でした」

「そうか……」

桜煌は顎《あご》に手を添えて考え込む。兎兎についての情報は桜煌から教えてもらっていた。

少しの沈黙の後、二人のやり取りを静かに聞いていた夏月が口を開く。

「けんせいいぐう」

暗い顔で木札を凝視したまま、夏月が呟《つぶや》く。その声は言葉を発したというより、ただ書かれてある文字を拾っただけのような意味のない音であった。

「……皇太后か」

桜煌はそう呟き、顔をしかめる。梓春も、絢静宮の文字をぼんやりと見つめて考えた。

──皇太后、皇太后なんだ。絢静宮の主《あるじ》は……。

俐尹が梓春を殺した裏には、皇太后の存在がある。そう考えることができてしまう。

「兄上、やはり」

「クソッ……」

桜煌が夏月に目線だけで何事かを伝えると、夏月は拳《こぶし》を握りしめて、口を開く。

「──梓春が殺されたのは、私のせいかもしれないんです」

「え？」

その予想外の言葉に梓春は耳を疑った。

「私は三ヶ月ほど前からある目的のために、碧門の門兵に扮装《ふんそう》していました」

絶句する梓春に構わず、夏月は格子窓の外を見つめて語り出す。

「その目的は簡単に言えば……賄賂《わいろ》の横行の証拠を掴むことです。数ヶ月前、下賜品の検問担当者から、奇妙な点があるとの報告を受けました。帳簿の数値は規定通りなのですが、実際に宝禄堂から運び出されている金銀や宝玉の数が帳簿よりも多いというのです」

なんということだろう。

門を通る下賜品の検問は梓春も行っていた。しかし、数量の帳簿を付けるのは別の官吏の仕事であり、梓春は不審な品が入っていないかどうか確認するだけである。だから、賄賂には気がつかなかったのだ。

夏月の様子を思い返してみると、彼は時間をかけて念入りに検問をしていた。

当時、梓春が「何かあるのか」と尋ねると、「いいや、仕事に慣れていないだけだ」と返ってきた。まさか、記憶した帳簿の数と照らし合わせていたとでもいうのか。

「采妃も知っているだろうが、今の朝廷は私と瓚煌派……いや、皇太后派とで分断されている。それは玲瓏殿の外でも広がっているんだ」

桜煌は険しい表情で話す。たしかに、露骨に瓚煌を支持する声もあると聞く。

以前、「姿も現さず、宰相に任せ切りではないか」「政策だって前帝のものを引き継いだだけ。衰退していく様子が目に見えよう」などと言い合う官吏を見たことがある。

「ということは、各州の領主の中にも、主上に反するものが？」

「皆、表向きでは私に忠誠心を見せてくれている。だが、内心はどうか分からない」

桜煌は帳越《とばり》しとはいえ、そういった臣下たちと実際に顔を合わせて、様々な視線を向けられている。肌で感じるものがあるのだろう。

「それで、私が門兵として潜入したところ、実際に裏金が動いていました。配下に運送中の馬車を尋問させると、その余剰分は皇太后からであると自白しました。よほど忠誠心が強いのか、弱みを握られているのか口が堅く、自害する寸前でしたが」

「なっ……」

「私自身は高官の不正だろうと考えていたので、まさか裏に皇太后がいるとは……」

夏月はそう言って、「はぁ……」と苦々しげなため息を零《こぼ》す。

玲瓏殿にある銀子や宝玉の出納の権限は皇帝に限られる。そのため、この件が官吏の汚職であれば即座に捕らえることができるが、皇太后となれば難しい。さらに、中にも外にも皇太后派が潜んでいる現状では、すぐに訴えることはできないのだ。

「兄上からの報《しら》せを受けて、私は送り先の領主の一人に確認したんだ。少し詰問すると、いとも簡単に手のひらを返したのだから、彼女も詰めが甘いな」

「玲瓏殿内でも同じような動きがあります。皇太后は瓚煌が玉座に就いたときのために、統治を円滑に運び、すぐに皇帝を支持してくれるような駒を作っているのでしょう」

つまり、皇太后が領主たちに裏で不正な金品を与えて、派閥を拡大させていたということだ。自分の言いなりになる駒を手に入れるために。

「この件が、その……梓春の殺害となんの繋がりが？」

梓春は夏月に尋ねる。夏月が潜入した理由は分かったが、その先の話が見えない。

「……梓春は、私の身代わりになってしまったのかもしれないのです」

「身代わり？」

沈んだ表情で話す夏月に、梓春は首を傾げる。

「梓春が殺された日の朝、私のもとに、『皇太后に勘づかれたかもしれない』との情報が届きました。それで予定を変更し、その日の夜は調査の仕上げのために、衛府ではなく自分の宮へと戻ったのです」

ぽつりぽつりと話していく夏月の声に、梓春は静かに耳を傾ける。

「その夜、私の代わりに碧門を担当したのが梓春でした。そして、彼はその帰りに殺された……下手人が絢静宮の者だとすれば、梓春を私だと勘違いしたのかもしれない」

たしかに、あの日の朝、梓春は上官から今日は深夜まで頼むと言われた。対して、夏月は珍しく日が暮れてすぐに、宿舎へと帰って行ったのだ。

「いやでも……でも、そんな、間違えるなんてことがあるんでしょうか……」

予想だにしなかった告白に、梓春は声を絞り出す。

「元々、私の成長した顔はあまり知られていないし、潜入のために髪の色も変えました。愚かなことに、私は誰にも見抜かれないなどと自信を持っていた。かえって、そのことが仇《あだ》となったのかもしれない」

そう言って、夏月は視線を落とした。

夏月が碧門で賄賂について調べていることを知った皇太后が、俐尹と小太りの男に指示して、その命を狙った。ところが、いるはずの彼は碧門にはおらず、代わりに警護をしていた梓春が殺された……ということだろうか。事態が複雑すぎて、頭が痛い。

「そんな……」

梓春は冷たくなった額に手を当てて、瞼《まぶた》を伏せる。

自分が殺された理由が、こんなところで分かるなんて。まだ夏月の推測が当たっているかどうかは分からないが、その話しぶりからして、可能性は高いのだろう。

——勘違い……勘違いで殺されたというのか、俺は。

冬莉は「ツイてる」と言っていたが、とんだ皮肉だ。最も不運な男じゃないか。

「私のせいで……」

夏月は自分を責めているようで、爪が食い込むほどに拳を握りしめる。長めの前髪が目元にかかって、表情はよく見えない。

「兄上、これはまだ確定じゃない。私たちの想像に過ぎないんだ。実際に犯人を捕らえて、その男の口から聞くまでは分からない」

桜煌は項垂《うなだ》れる夏月に近寄り、慰めるように、その背中に手を添えた。

梓春も桜煌の言葉に頷《うなず》く。

「もし、本当に狙いが玲煌様だったとしても……それでも、あなたは何も悪くないです」

たとえ夏月に関わりがあったとしても、梓春が憎んでいるのは俐尹と小太りの男だけだ。自分の命で、夏月を守ることができたならいいじゃないか。

夏月は梓春の言葉に頷くことをせず、ただ曖昧《あいまい》な息を漏らした。

「それに、不正が発覚したとしても、親王を殺すようなことをしますか……？」

梓春は尋ねる。皇太后は疑わしいが、どうして確信めいた想像ができるのだ。

「……彼女ならやりかねない」

「どうしてそのように思われるのですか？　皇太后様はそのような御方なのでしょうか」

桜煌も夏月も、裏に皇太后が隠れていることを前提とした話に、なんの疑問も持っていない。皇太后の人柄をよく知らないが、何かそう思う謂《いわ》れでもあるのだろうか。

「それは……」

「以前にもあったのだ。あの人は手段を選ばない」

口ごもった夏月の言葉を継ぎ足すように、桜煌が付け加える。

その台詞《せりふ》に、梓春は絶句した。過去にも、殺人か、それに近いことがあったというのか。

この二人は皇子だ。梓春の知らない後宮の裏をたくさん知っているのだろう。

「彼女の矛先は……今や、桜煌に向いてるかもしれない。四月三日の桜煌の誕生祭、そして正式な即位礼まであと十七日。皇太后の狙いが瓚煌を皇帝の座に就かせることならば、そのときまでに何か仕掛けてくるはず」

夏月は自分を律するように頭を振って、それから桜煌に向き直る。

即位礼とは、正式に全ての権限が皇帝の手に渡る儀式である。

そうなれば、現在の皇太后の権威も意味のないものになり、桜煌が絶対権力者となるのだ。皇太后の実子である瓚煌が玉座に就く可能性は、無になるのである。

「それってまさか、謀反を企てていると……？」

梓春が恐る恐る口を開くと、桜煌と夏月は苦々しく顔を歪《ゆが》める。

「……それも、有り得なくはない話だ。たとえ私の命を狙わずとも、彼らはなんとかして即位礼を止めたいはず」

「ええ。桜煌に切られた皇太后派の官吏たちは不満を胸に抱えていることでしょう」

即位当初、桜煌は何十名かの高官を下位に落とした。それは、玲瓏殿にのさばっていた金目当ての無能な官吏を処分するためだったらしいが、当時は反感が大きかったようだ。

「采妃、この木札のことは誰かに話したか？」

「いえ。御二方が初めてです。これを拾った侍女にも口止めをしておきました」

「よくやった。この件は内密に頼むぞ。私たちは木札の持ち主を突き止めねばならん。もし、本当に、裏で皇太后が糸を引いていたのであれば……こちらも策を練らねば」

桜煌はそう言って、顎《あご》に手を添える。

梓春はその木札の持ち主を、自分を殺した犯人を知っている。だが、どうやって桜煌に俐尹が犯人だと伝えればいいんだ。

「采妃、来てくれてありがとう。おかげで実態が見えてきた」

桜煌の声に、梓春は思考の深みから戻ってくる。随分と長居をしてしまった。

「木札を預けておいてもよろしいですか？」

「ああ、ここに置いておく方が安全だろう」

梓春は木札を桜煌に手渡す。采月宮よりも、鶺鴒宮の方が、警備が堅い。

　そういえば、今日は茗鈴の件を相談するつもりだったのだが、鶺鴒宮はそれどころではない様子だ。夏月もいるし、また別の機会に話すことにしよう。

「采妃様。またよければ、梓春について教えてください」

「はい。また……」

　悲しげに話す夏月に、梓春は曖昧に微笑んで、桜煌の房室から退出した。


　梓春は長清を連れて鶺鴒宮の門を出る。真相に近づいたというのに気が晴れない。

「ん……？」

　ふと塀の先を見ると、黒髪の年若い男が、角に隠れるように身を潜めているのが目に入った。その隣には、背の高い壮年の男がピンと背筋を伸ばして立っている。

「あっ」

　梓春がまじまじと見てしまったせいか、年若い男は突然、さっと角の奥に姿を消してしまった。壮年の男がそれを慌てて追いかけていく。

「どうしました？」

「ううん、なんでもない」

　誰だったのだろう。桜煌の知り合いだろうか。遠目でよく分からなかったが、なんだか見覚えがある気がするのだが。

　梓春は不思議に思いつつも、采月宮の方へと足を向ける。

そのとき、周囲がどよめいた。

梓春は、次々と通りの端に移動していく官吏たちの視線を追いかけて庭園を見る。

それと同時に、長清が「皇太后様です」と梓春に耳打ちする。

「……………！」

人々の視線の先に、皇太后がいた。侍従が轎子《きょうし》を担ぎ、その上に豪奢《ごうしゃ》な衣に身を包んだ皇太后が扇を持って腰を据えている。そして、そのすぐ傍に俐尹が控えていた。

梓春の脳内に、先程の桜煌と夏月とのやり取りが次々と蘇《よみがえ》ってくる。

皇太后はなぜかこちらに向かってきていた。梓春は主上に対するように、咄嗟《とっさ》に膝《ひざ》をつき、身を屈《かが》める。その横で長清は梓春よりも深く身体を曲げていた。

「采妃ではないか」

すると、頭上から凜《りん》とした威圧感のある声が降ってきた。

「最近、おまえは桜煌と仲がよいと聞くが……わらわがあれだけ外に出るなと言い付けたのに、あやつも品のない華に誑《たぶら》かされおって。やはり皇帝向きではないのう。一生、離宮で母の祈禱《きとう》でもしていればよかったものを」

それは、吐き捨てるような言い方だった。皇帝に対して、そして采妃に対してひどく礼を欠いた言い草だが、敢《あ》えて大きな声で周囲に聞こえるように放ったようだ。

「采妃、そんなに小さくなってどうしたのか。面をあげよ。ほれ」

梓春は言われるがままにゆっくりと頭をもたげる。

　すると皇太后は扇で口元を隠し、細めた流し目で梓春を射貫《いぬ》いた。橙《だいだい》の瞳《ひとみ》と額の梅花粧が印象的である。

「采妃は毒を盛られたと聞いたが。しかしまあ、生きていたのは幸いだったのう」

　皇太后は「はぁ……」と、ため息をひとつ零《こぼ》し、扇で梓春を指す。

「まったく、おまえを見ていると気味が悪い。あの太史令といい、なぜここにおるのか分からぬ」

　突然放たれた否定的な言葉に、梓春は背中が汗ばむのを感じる。

「もうよい、去《い》ね」

　そして、皇太后は興味をなくしたかのようにさっと扇を振った。

　去れと言われたところで、動けるはずもなく。

　ただ座りつくす梓春を横目に、皇太后を乗せた輌子は大仰に後宮を練り歩いていく。

　一行は鵲鴒宮へ向かうかと思いきや、方向を変え、絢静宮へと進んで行く。

「瓚煌はどこに行ったのかえ」

「恐れながら、わたしには見当がつきませぬ」

「まったく、困った子だのう」

　そのような皇太后と俐尹のやり取りが梓春の耳をついた。

　一行が過ぎると、通りの端で叩頭《こうとう》していた官吏たちは持ち場へ去っていく。梓春は初めて皇太后と対面したが、辺りの様子からするにこれが日常の一部なのだろう。

皇太后は、前帝の皇后であった眞恵嬰《しんけいえい》だ。眞氏は代々宮廷の上流階級に身を置いてきた一族であり、彼女は前帝の即位時より既に皇后の座にいた。

その後、御世《みよ》替わりまで皇后は入れ替わることなく、嫡母皇太后になっている。

――あの二人……やっぱり、俐尹の裏には皇太后がいる。

彼女の傍に俐尹が控えていたことにより、彼が皇太后の側近だと明らかになった。

「采妃様、驚きましたね……まさか、皇太后様と出会うなんて」

長清がいつもより気遣わしげに声をかけてくる。

「ええ……」

梓春はこくりと頷《うなず》く。彼女の、蛇のように鋭い瞳《ひとみ》のその奥に、真っ暗闇が覗《のぞ》いたようであった。丸呑《まるの》みされてしまったら、もうお終《しま》い。そんな感じがする。

どうやら、皇太后は采妃を嫌っているようだった。言葉の端々から棘《とげ》を感じる。

「長清は皇太后様をどう思う？」

「どう、とは？」

「そうね……いい人だとか、怖い人だとか」

「あー……正直に言えば、あまり関わりたくはないですね」

長清はそう言って、「ここだけの話ですよ」と小声で続ける。

「皇太后様は主上を嫌っているようなんです。まあ、情勢を考えればだいたい察しはつきますが。俺は主上に仕えてたんで……複雑な感じですね」

「そう」

長清の苦々しげな表情から、皇太后を快く思っていないことが読み取れる。

桜煌と皇太后の対立は、後宮内で想像以上に表面化しているようだ。

「あっ、そういえば、皇太后様も遭遇したらしいですよ」

「遭遇？」

「例の、女の幽鬼です」

幽鬼は庭園の西で出ると言われていた。庭園の西には、ちょうど絢静宮がある。

「なので、最近は夜に絢静宮の外には出ないようにしているのだとか」

「へえ」

梓春は絢静宮側の通りに行ったことがないから、幽鬼を見たことがない。

――こんなにも噂されているのだから、一度見てみたいものだな。

「ふう……」

梓春は自室の椅子に凭《もた》れてひと息つく。目前の卓上には書物が積み重ねられていた。

「まあ、あるわけないよな」

梓春はぐいっと両手を天に伸ばし、身体を捻《ねじ》る。今日は気疲れしてしまった。

采月宮に戻ってきてから、近年の後宮の記録はないかと書棚を漁《あさ》ったが、それらしきものは何もない。そういったものは妃《きさき》の宮ではなくて、書閣にあるのだろう。

この作業は、桜煌たちとの会話で知った事実による衝撃を紛らわすためでもある。

夏月のこと、梓春の死の理由、皇太后……。これらのことを受け止めるには、時間と休息が必要だった。

「占星術の書？」

梓春は一番上に置いていた書物を手に取り、ぱらぱらと捲《めく》って斜め読みする。

書物には、東西南北の方角がどうだの、彗星《すいせい》と流星がこうだのなどと詳しく書かれてあるが、梓春にはまだ難しい。

占星術と聞いて、まず思い浮かぶのは冬莉である。彼女には、ここに書かれてある理論的な手法に加えて、直感的なものが備わっているに違いない。

「采妃様、お茶をお持ちしました」

「ああ、茗鈴」

お盆を持った茗鈴が房室に入ってくる。芹欄ではないのが珍しい。

「あれ、芹欄は？」

「芹欄なら風邪気味みたいで……采妃様に伝染《うつ》すといけないからと、寝台に籠《こも》ってます。明日は薬司に行くみたいですよ」

「そうなの。心配だわ」

ただの風邪だといいのだが。最近よく外出に付き合わせてしまったから、身体を冷やしてしまったのかもしれない。

「今日は朝からお疲れ様でした」

「ありがとう」

茗鈴は卓に蓋碗《がいわん》を載せ、盆を胸に抱えて微笑む。

「何を読んでいたのですか？」

「これは占星術の書よ。茗鈴も、占いは好きかしら」

「あんまり馴染《なじ》みはないですけど、わくわくしますね！　これは、なんて書いてあるんですか？　難しそうな図ですねぇ」

茗鈴はそう言って、梓春が手に開いた頁の二十八宿の挿絵を指さした。その挿絵は二十八宿を東西南北・四神の区画に割り振り、円形に表した図である。

「これは星宿で……って、あれ？」

――今、茗鈴は〝なにが〟ではなく、〝なんて〟と言ったか。

彼女はこの図の意味ではなく、この図に書かれた文字について尋ねてきた。

「采妃様？」

茗鈴は言葉の途中で固まってしまった梓春を、不思議そうな面持ちで見つめる。

そんな彼女に対して、梓春は恐る恐る尋ねた。

「茗鈴……あなた、もしかして字が読めないの？」

「はい、そうですけど……あれ、采妃様は知ってますよね？　あっ、そうか、記憶が！」

茗鈴は首を傾げ、そして納得したふうに頷いた。

たしかに、字が読めない宮女はたくさんいる。華幻宮の兎兎だってそうだ。茗鈴が字を読めないなら、あの布切れはどういうことなのだ。

「じゃあ、字も書けないってこと……？」

「はい。恥ずかしながら、わたしは字を学んでいないので……」

梓春は予想外の事態に胸騒ぎがして、閉じた書物を卓の上に置き、茗鈴と向き合う。

「ねえ、単刀直入に聞くけれど……あなた、近頃裏門で何かしているわよね？」

梓春が問うと、茗鈴は瞳を揺らして「そ、その」と唇を震わせた。

――当たりだ。この反応は肯定以外にない。

しかし、字が読めないし書けないのはなぜだ。あの布切れは誰が書いたのだ。

「茗鈴、言って」

「うっ……すみませんっ！」

もう一度名を呼ぶと、茗鈴はぎゅっと目を瞑《つむ》り、勢いよく頭を下げる。

「顔をあげて。裏門で何をしていたの？　誰と連絡をとっていたの？」

「だ、誰と……？　あっ、いや、それは……」

おずおずと顔をもたげた茗鈴は、まだ歯切れが悪く、真実を話そうとしない。

「茗鈴」

「こ、小鳥です！　怪我をした小鳥を見てたんです！　眠れているか心配で……」

「え、は？　小鳥……？」

「隠すつもりはなかったんです！　でも采妃様は鳥が苦手だから……すみません……」

――いったい、何を言っているんだ？

梓春は開いた口が塞《ふさ》がらない。

内通相手のことを仄《ほの》めかしたはずなのに、返ってきたのは小鳥の報告だ。どうにも話が食い違っている。

「待って、つまり、茗鈴は裏門で小鳥の様子を見てたってこと？　夜にコソコソと？」

「はい……」

梓春が動揺しつつ確認すると、茗鈴は眉《まゆ》を下げて縮こまってしまった。

これは、どういうことだ。布切れの話題を逸《そ》らし、梓春を騙《だま》そうとしているのか。

梓春はそう考えるが、茗鈴の様子を見ると、どうにもその考えは的外れな気がする。

「じゃあ、小鳥は今も裏門にいるの？」

「はい……見に行きますか？」

「ええ」

梓春が頷《うなず》くと、茗鈴は灯籠《とうろう》を準備して手に持つ。彼女と一緒に房室を出て、棟をぐるりと回って裏に着く。

茗鈴がしゃがみこみ、灯籠で照らしながら裏門近くの草むらを掻《か》き分けると、中から小鳥が姿を現した。可愛らしい小鳥は草や枝で見事な巣を作っている。

「うそ、本当だ」

気持ち良さそうな顔をして眠る小鳥を前に、梓春は頭を抱える。

——あの布切れで、外部と接触していたんじゃないのか……？

「あなた、ここで誰かと内通していたんじゃないの？　私のことを布切れに書いて……」

「内通!?　なんのことですか……？　わたしはこの子の世話をしていただけです！」

茗鈴は慌てて手と頭をぶんぶんと横に振り、否定する。

「そうなの……」

「はい……そんなに怪しまれてたなんて、最初からご相談するべきでした……」

梓春がガックリ項垂《うなだ》れるのと一緒に、茗鈴もへなへなと萎《しお》れてしまった。

「……これからは堂々と世話をしていいわよ。夜より日中の方がいいでしょう？　私は気にしないから」

「本当ですか!?　ありがとうございます！」

励ますように言葉を絞り出すと、茗鈴は嬉《うれ》しそうに小鳥を撫《な》でた。

房室に戻った梓春は、さっそく寝台に寝転ぶ。枕元で蠟燭《ろうそく》の火が微《かす》かに揺れている。

「あーもうっ！」

茗鈴が布切れのことを知らないのであれば、梓春が持っているあれはなんなのだ。

——まさか、長清が何らかの理由で自作自演を？

しかし、そんなことをする意味が分からない。第一、彼は桜煌からの推薦であるし、梓春自身も彼のことは昔から知っているから、疑いたくない。

もしくは、茗鈴の小鳥の世話は表向きで、やはり、裏で何者かと内通しているとか。

「はぁ……」

梓春はため息をつく。事態は思っていたよりも複雑だ。

本音を言えば、俐尹のことだけに集中したい。

けれど、今の梓春は采妃だ。采妃を殺した犯人も見つけなければ、また命が危ない。

「そうだ」

布切れから犯人を追うのは中止だ。別の角度から見れば、真実が分かるかもしれない。

采妃が毒を盛られたときの詳しい状況を、梓春は知らない。そこを探るところから始めなければ。なんとかして、芭里の話を聞けないだろうか……。

「彼女の他に誰か……」

芹欄と茗鈴には聞いたが、二人はその場には居合わせなかったと言っていた。

以前は他にも侍従がいたはずだ。彼女らに当時の様子を聞いてみようか。

――そういえば、璉萃宮には流流がいたっけ。明日、彼女に会いに行こう。

「長清とも話し合わなければな」

梓春は蠟燭の灯《あか》りを吹き消し、穏やかな睡魔に身を任せた。

第四章　毒を盛ったのは誰？

翌朝、梓春は長清を房室に呼んだ。外は晴天であるが、梓春の気は晴れないままだ。

「長清。あの布切れは、本当に茗鈴が裏門の外に置いたの？」

「はい？」

率直な質問に、長清はきょとんとしながら首を傾げる。

「昨日茗鈴を問い詰めたら、布切れなんて知らないって言ってたの」

「ええ……？　でも、最近もずっと裏門に通っていますよ」

「それは小鳥の世話をしていたらしいわ」

「小鳥……？　本当ですか？　たしかに、昨夜は采妃様と一緒におられましたね」

長清は釈然としない様子で眉間《みけん》に皺《しわ》を寄せる。昨日の梓春と同じような反応だ。

「じゃあ、あれから、裏門で何かやりとりしているところは見た？」

「いいえ、あの日が最後です」

「ふーん」

「采妃様、もしかして俺を疑ってます？　ひどいっ！」

梓春が疑わしげな視線を向けると、長清は大袈裟《おおげさ》に悲しんでみせたが、構わず続ける。

「ねえ、本当に茗鈴だったの？　というか本当に見たの？　幻覚とかじゃないの？」

「たしかに俺は見ましたよ。髪はおさげで、髪飾りも襦裙《じゅくん》も、いつもの茗鈴のものでした。それに、あの布切れがあるんですから、幻覚じゃありません」

「そう……」

長清は「でも、おかしいですね」と、困ったように頭の後ろに手を置く。嘘をついている様子はない。あの日、裏門で内通が行われていたのは間違いないらしい。

「はあ、後宮って恐ろしい場所ね……」

生まれ変わったら悠々自適な暮らしが待っていると思いきや、犯人捜しの毎日だ。梓春が采妃と入れ替わったのは、采妃の無念を晴らせという啓示だったりするのだろうか。

他にも、布切れについて考えたことがある。

一つ目は、梓春が先走ってしまっただけで、遅効性というのはあの日の毒とは関係ないのではないかということだ。それならそれで問題なのだが、なにか別の案件かもしれない。

あれから、食膳《しょくぜん》には気をつけているが、特に変わった様子はない。采月宮の侍従が少ないこの状況で采妃が死ねば、犯人が特定されやすいというのもあるのだろう。

あともう一つ。現状、采月宮にいる人間は四人だけだ。あの日の夜、裏門へ行ったのが茗鈴ではないのだとしたら……という嫌な想像である。

「長清、芹欄はどこ？」

「薬司に薬を貰《もら》いに行きました」

「じゃあ、茗鈴は？」

「先程、炭を貰いに外へ」

芹欄と茗鈴の姿を見かけなかったが、どうやら、二人は留守にしているようである。

梓春は璉萃宮へ向かうために外套《がいとう》を羽織る。今日の目的は、毒を盛られた日のことについて、元々采月宮の侍女であった流流に事情を聞くことである。

「お出かけですか？　今日も俺がお供しましょうか」

「いいえ。采月宮を無人にするわけにもいかないし、私だけで行くわ」

「承知しました。お気をつけて」

長清に見送られ、梓春は采月宮を後にした。


璉萃宮に着くと、その門は開かれており、ちょうど庭先に璉妃が立っていた。晴れ晴れとした日和なので、侍女と一緒に春の花を愛《め》でているようである。

「あら、采妃。珍しいわね。どうしたの？」

梓春に気づいた璉妃は驚いたように眉《まゆ》を上げて、団扇《うちわ》で口元を隠す。

「突然ごめんなさい。流流はいるかしら？」

「流流？　ああ、元々采月宮の侍女だったわよね。行く宛てがないって懇願されたから迎えたのだけど……勝手にごめんなさいね」

「いいのよ。むしろ、助かったわ」

申し訳なさそうにする璉妃に、梓春は首を横に振る。

「そう……？——流流を呼んでちょうだい」

璉妃は隣に立つ侍女に言い付ける。

しばらくすると、青白い顔の流流がやってきた。梓春としては二度目の対面だ。

「さ、采妃様！　何か御用でしょうか……」

「突然ごめんなさいね。あなたに聞きたいことがあるの」

「私に、ですか……？」

流流は先日の出来事が後ろめたいのか、おろおろと視線をさ迷わせている。

「こんなところでは冷えてしまうわ。こちらへどうぞ」

璉妃は梓春と流流を小さな東屋《あずまや》まで案内してくれた。

そして、「わたくしは席を外すわね」とにっこり笑い、来た道を戻って行く。

「ねえ、私が毒を盛られた日、流流も采月宮にいたわよね？」

「えっ⁉」

早速本題を切り出すと、流流はびくりと肩を揺らす。

「どうなの？」

「あ、いや……はい、いましたけど……」

流流は上目遣いに梓春の様子をうかがいながら、おずおずと答える。

「ああ、違うの。別にあなたを疑っているわけじゃないのよ」

「そうですか……！　よかった……」

梓春がそう言うと、流流はほっとした様子で強《こわ》ばっていた表情を緩めた。

「私は毒のせいで覚えてないの。あなたが知っていることを教えてくれれば、それで構わないわ。その日の夕餉《ゆうげ》のとき、采月宮には誰がいたの？」

「ええと、私とその他にも数人……侍従はほとんどいたと思います」

「そうなのね。そのとき、尚膳や芭里に不審な様子はなかった？」

「私は外で苗木の手入れをしておりましたので、詳しくは分からないんです。でも、尚膳と他の官吏はいつものように房室の中に夕餉を運んで、すぐに帰っていきましたよ」

「芭里の他には、中に誰かいた？」

「すみません。ずっと見ていたわけじゃないので、芭里以外は覚えてなくて……」

思いの外、流流はしっかりと答えてくれるが、当時の状況はあやふやなままである。

「じゃあ、茗鈴は？」

「茗鈴？　ああ、あの子は私の傍で掃除をしてましたよ」

「本当!?　その時間帯はずっと一緒だったの？」

「ええ、まあ。えっ、茗鈴を疑ってるんですか？　それはないと思いますけど……」

「そうなのね……」

流流の話が本当ならば、毒の犯人は茗鈴ではない。振り出しに戻ってしまった。

――直接、芭里に聞くしかないか……。

芭里ならば、何か真実へ近づく情報を知っているはず。刑司に彼女の居場所を教えてもらおう。追放されたとはいえ、居場所を把握している可能性が高い。

その後は、許可さえあれば妃《きさき》でも城下に下りられると聞いていたから、芭里に会いに行くことだって可能なはずだ。


梓春は流流と璉妃に感謝を伝え、璉萃宮を出る。

そして、鶺鴒宮の近くまで足を運び、これからどうやって刑司へ行く許可をもらおうかと思案していたところ、背後から聞き馴染《なじ》みのある声が降ってきた。

「采妃ではないか」

「わっ、何してるんです……⁉」

そこには変装した桜煌が立っていた。またお忍びのようだ。周囲の官吏たちは気づいていないようで、皇帝が近くにいるのにもかかわらず平然としている。

「私は後宮にちょっと戻ってきたのだ。采妃はこんなところでどうしたんだ」

「その……私に毒を盛った犯人のことで、刑司に聞きたいことがありまして……」

「刑司に？」

桜煌は腕を組む。変装しているが、正体を知る梓春からすれば纏《まと》う雰囲気が別格だ。

「はい。実は真犯人は見つかっていないんです」

「それは真《まこと》か。私も何かあると思っていたが……」

梓春が言うと、桜煌は眉間《みけん》に皺《しわ》を寄せる。

「それでは、真犯人を見つけるために刑司に？」

「そうです。なので、ちょうど主上に許可を貰おうと思っていたところなんです」

「それは会えて良かった。それなら、私も付いていこう」

「え？」

「刑司の人間はあなたが思っているよりも警戒心が強い。私がいた方がいいと思うぞ」

桜煌に背中を押され、梓春は戸惑いながらも刑司へと向かった。

刑司につくと、受付の官吏が迎えてくれた。

「采妃様……ですよね。何か御用でしょうか」

桜煌は侍従のふりをして、後ろで静かに控えている。特に口出しをする気はないようだ。

「私に毒を盛った件で追放された芭里について、教えていただきたいのですが」

「采妃様の……ああ、一日の事件ですね。少しお待ちください」

官吏は「菰山《こざん》殿！」と誰かを呼びながら、奥に下がって行く。

やがて、奥から上級職であろうふくよかな男が現れた。背と鼻はやや低くて、全体的に丸みを帯びている。

「これはこれは、采妃様。芭里について何をお聞きになりたいのですか？」

菰山はそう言って、あからさまに作り笑いを浮かべる。

――ん？　待てよ。この声、どこかで聞いたことがある気がする。

彼の声を聞いた瞬間、梓春の記憶が疼《うず》くが、隅に引っ掛かったまま思い出せない。

「芭里に直接尋ねたいことがあって。彼女の居場所を教えていただきたいのです」

「すみませんねぇ。いくら采妃様といえど、罪人については教えることができません。それに、彼女は追放された身ですから、その後は私共には関係ないのです」

菰山はそう言って、わざとらしく手と頭を横に振る。

『は、はい。今日最後まで碧門に残ってたのはこいつです、間違いねえ』

そのとき、梓春の脳内にあの日の記憶が蘇《よみがえ》ってきた。

これは、梓春が殺される前に聞いた、俐尹ではなく素人の方の言葉だ。

「まさか、あのときの小太り!?」

「コブトリ……？」

梓春が思わず叫ぶと、菰山はぎょっとして仰《の》け反る。

――こいつだ、あの素人の男だ……！

この声、目、背丈、雰囲気……。あのときは全身黒装束であったから、顔を見たわけではない。けれど、梓春の記憶は目の前にいる男があのときの刺客だと訴えている。

この男は直接梓春を殺してはいない。だが、間違いなく俐尹と共犯だ。

許せるはずもなく、梓春の中に怒りがふつふつと湧いてくる。

刑司の中に刺客が隠れていたのなら、事件の捜査を進めなくて当然だ。

「あのう、どうされましたか？」

菰山は黙りこくった梓春に尋ねる。梓春が睨《にら》むと、菰山は「ヒッ」と喉《のど》を鳴らした。

とんだ巡り合わせだが、共犯者の素性が分かったのは幸いだった。絶対に証拠を摑《つか》んで、こいつも捕まえてやる。だが、今は芭里のことが先だ。

「……じゃあ、芭里の居場所はあなたも分からないの？」

「まあ、知らないこともないですけどねぇ……」

梓春が問うと、菰山は顎先《あごさき》を撫《な》でて勿体《もったい》ぶったように話す。いちいち気に障る男だ。

「私の事件なんだから、教えてくれたっていいでしょう。芭里は今どこに？」

「駄目です。お教えできません」

「なぜ？」

「それは……その、決まっているからですよ」

菰山は頑《かたく》なに教えようとしない。困った。本当にそんな決まりがあるのだろうか。

梓春が眉《まゆ》を下げて上目遣いに菰山を見ても、彼は首を横に振るだけである。

「――これを」

すると、ずっと黙っていた桜煌が前に進み出た。

桜煌は懐から何かを取り出し、目の前の迎賓台にそれを置く。

「こ、これは、皇帝の玉簪《ぎょくしん》!?」

「ん!?」

菰山は置かれた玉簪を見て仰天した。同様に、梓春も驚きに目を見開く。

これは、詔勅などに使われる皇帝の権威を表すもので、印綬《いんじゅ》のようなものだ。

こっそり桜煌の顔をうかがうと、彼は顎をくいと動かした。これを使えということか。

「えっと……私は主上から言いつかっているんです。芭里の居場所を教えてください」

「コホンッ、主上のお申し出であればいいでしょう。これは少し耳にしただけですが……宮殿から追放された芭里は、城下町にある霞夢楼《かむろう》で働いてるらしいのです。まあ、ただの噂ですがね」

菰山は声を潜めて言う。玉簪があるからか、素直に話してくれた。

彼の話に信憑性《しんぴょうせい》があるかどうかは分からないが、霞夢楼を訪ねてみることにしよう。

「そうなのね。ありがとう」

梓春は菰山に形だけの礼を述べて、玉簪を手に刑司を出る。

「主上、ありがとうございます。このような大切なものまで貸していただいて」

「構わない。采妃はあの菰山という官吏と知り合いなのか？」

「あ、いえ。少し見かけたことがあるだけで……」

梓春が誤魔化すと、桜煌は「そうか」とだけ返す。まだ話すべきではないだろう。

「……あの、梓春の件は何か分かりましたか？」

周囲に人がいないのを確認して、梓春は桜煌に尋ねる。

「ああ。調べたところ、絢静宮付きの高官は明達《めいたつ》、良潜《らせん》、炳惇《へいとん》、俐尹の四人だ。このうちの誰かが犯人だろう。木札を持っていない奴を捜せば見つかるはずだが、皇太后がいる手前、まだしばらく探れそうにない」

着実に近づいてきている。この調子で、俐尹まで辿《たど》り着いてくれればいいのだが。

「そうですか……あっ、そうだ。剣のことは聞きましたか？」

「剣？」

「蕓妃が梓春の剣を拾ったみたいで、今は私が預かっているんです」

「む、本当か？」

瞠目《どうもく》する桜煌に、梓春はこくりと頷《うなず》く。昨日、桜煌に剣のことを話すのを忘れていた。

「梓春が殺される前に犯人と争ったならば、その犯人には切り傷や刺し傷があるかもしれないと思いまして」

「たしかにそうだ。その剣は証拠になるかもしれない。そのまま預かっていてくれるか」

「わかりました」

「私の誕生祭で、義母上《ははうえ》は宦官《かんがん》たちを連れてくるはずだ。そして、兄上と私を狙うか、瓚煌を玉座にと反旗を翻すだろう……」

桜煌は真剣な面持ちで話す。その心情は計り知れない。

「……瓚煌様は、皇帝になりたいと思っているのでしょうか」

「私にはわからない。瓚煌とは話したことがないからな」

帝位争いについて瓚煌自身はどう思っているのかと、梓春は疑問に感じていた。皇太后のように利己的な考えを持ってはいないのだろうか。

「あの後、兄上といろいろ話し合ったのだが、私たちは即位礼の前に義母上の不正を訴えるつもりだ。その際に、梓春の件も告発しよう」

「いいのですか……？　大変なことになるかもしれないですよ」

「構わない。それに、彼女には他にも問い詰めたいことがあるからな」

そう話す桜煌の眼差《まなざ》しには決意が宿っている。誕生祭は、玲瓏殿にとって波瀾《はらん》の宴《うたげ》になることだろう。梓春もその場に身を置くことになる。梓春自身が当事者なのだ。

「采妃はこれから芭里に会いに行くのか？」

「はい。明日にでも霞夢楼を訪ねてみます……宮殿の外に出てもいいですか？」

「許可する。だが一人は危険だ。明日、信頼できる護衛を采月宮へ向かわせよう」

「ありがとうございます……！」

梓春は桜煌に対して、深々と礼をする。本当に頼りになる皇帝だ。

誕生祭では、梓春は妃《きさき》として桜煌の傍に侍《はべ》ることになる。この身体で守り抜けるかという不安もあるが、いざという時は、門兵の責務である皇帝の護衛を全うする心積りだ。

翌朝、梓春は薬湯を飲み朝餉《あさげ》をすませて、出掛ける支度をする。

昨日まで寝込んでいたらしい芹欄も復活していて、「ご心配をおかけしました」と梓春に頭を下げた。

「采妃様、太史令様がいらっしゃったのですが……」

采月宮で桜煌が用意してくれる護衛を待っていると、茗鈴が来客を告げた。

「太史令って……冬莉？」

「はい、冬莉様です。お通ししてもよろしいですか？」

「ええ、構わないけど……」

いったいどうしたのだろう。冬莉にはいくつか聞きたいことがあったから、向こうから会いに来てくれるのはありがたいが。

「やあ、采妃」

茗鈴が連れてきたのは、宦官に扮装《ふんそう》した冬莉であった。以前、妃の身なりで采月宮を訪れたのは、冬莉曰《いわ》く「君の驚く顔が見たかったから」らしい。

「冬莉、どうしたんだ？」

「どうしたって、采妃の護衛だよ。主上から聞いてるでしょ？」

「冬莉が⁉」

「うん。まあ、僕はただの付き添いで、実際は屈強な武官を二人用意してあるから安心して。後宮の外で待ってるよ」

桜煌が冬莉を寄越《よこ》すとは。もしかしたら、冬莉が勝手に付いてきたのかもしれない。

「で、今日はどうして城下町に？　詳しいことはまだ聞いてないんだ」

「実は……」

芭里に会いにいくことと、以前から悩んでいた桜煌への贈り物も買いたいことを冬莉に告げると、彼女は快く承諾してくれた。

侍女たちには本来の目的を明かさず、冬莉と城下町に行くことだけを伝える。芹欄は渋ったが、護衛がいることを話すと、「お気をつけて」と見送ってくれた。

宮殿から城下町までは、冬莉が手配してくれた馬車に乗って移動する。途中で合流した武官の護衛二人は馬に乗って、馬車の後を付いてきた。

「そうだ、これ」

揺れ動く馬車の中で、冬莉は美麗な薄布を取り出した。

「これはなんだ？」

「罪人に会いにいくんだ。目立ったら危険だろう？　これを着けるといいよ」

冬莉はそう言って、薄布を梓春に手渡す。不思議に思いつつその布を広げてみると、それは口元を覆う面紗《めんしゃ》であった。簡素なものではなく、細やかな装飾が施されている。

たしかに、今回の目的は事件の捜査だから、妃としては目立たない方がいい。

梓春はそう思い、面紗を頭の後ろで結ぶ。

「ふふ、似合ってる。僕はいつもこれを着けてるよ」

冬莉は、目元の半分が隠れる粉紅金の仮面を取りだして身に着ける。

仮面は小さな顔には少し大きいが、冬莉の幽艶《ゆうえん》さを際立たせていた。

「でしょ？　お気に入りなんだ」

「おっ、なんかかっこいいな」


城下町に着くと梓春たちは馬車から降りて、通りを歩いていく。

華やかな提灯《ちょうちん》が街道の両側に並び、辺りを鮮やかに彩っていた。どこか浮世離れした後宮とは対照的に、人々の生活感が満ちている。

梓春たちから少し離れた後ろには、護衛が二人控えている。細身の男と恰幅《かっぷく》のよい男で、目立たないように庶民の装いで身を包み、行き交う人々の中に馴染《なじ》んでいた。

「君の目的の人に会いに行く前に、まずは主上への贈り物を探そうか」

「ああ。冬莉は主上に何を贈るんだ？」

「天文時計だよ」

「天文時計？」

「そう。西方からの輸入品で、懐中時計のように小型のものなんだ。誰とも被《かぶ》らないし、主上も星に興味を持ってくれるかもしれない……ってね」

「へえ、洒落《しゃれ》ていて素敵だな」

梓春は、この間読んだ占星術の書にあった天文時計の挿絵を思い出す。

「君は何か決めてあるの？」

「主上は菓子作りがお好きだから、それに関連するものがいいかと思ってるんだが」

皇帝へ贈るものとして適切であるかどうかは分からないが、喜んでくれるものがいい。

「それ、すごくいいね！　あっちの店を見てみよう」

「あ、ああ」

梓春は城下町に詳しいらしい冬莉に手を引かれ、町の一角にある商店へと連れて行かれる。無口な護衛の二人は入口で周囲を見張ってくれている。

「思ってた以上にいろいろあるな……」

「そうなの。素敵なお店でしょ」

広い店内には美しい陶磁器の皿や茶壺《ちゃつぼ》など、様々な品物が揃えられていた。

梓春は、そのうちの伝統的な木製の餅型《もちがた》に目がいく。素材は紫檀《したん》や黒檀で、花や文様の装飾が施されている。この型で月餅《げっぺい》を作ると見栄えがするに違いない。龍《りゅう》の彫刻がされた茶壺も桜煌に似合うだろう。鬚《ひげ》の先まで繊細に彫られており、贈り物にぴったりだ。

「冬莉、決めたぞ！」

「おっ、いいものがあった？」

「ああ、餅型と茶壺を贈ろうと思う」

冬莉に見せると、「主上もきっと喜ぶよ」と微笑む。これで太史令のお墨付きだ。

梓春は紫檀の餅型と青龍の茶壺を買い、割れないように店主に包んでもらった。

商店を出ると、冬莉が近くの茶楼を示した。

「昼時だし、茶楼にでも入ろうか。僕に聞きたいこともあるんでしょ？」

梓春は図星を指され、肩を揺らす。なんだか、全部見透かされている気がする。

冬莉が指した茶楼には『龍雲茶楼《りゅううんさろう》』という看板が掲げられていた。

中に入ると、受付の男が舞台近くの高台の座敷に案内してくれる。そこは、他の客と距離があり、間には半透明の仕切りが置かれている。

梓春が前を見ると、舞台上に古風な恰好《かっこう》の男が二人立っており、演劇が行われていた。

「なんの劇だ？」

「史劇だよ。でも、僕は伝奇劇の方が好きだな」

舞台上では勇ましい楽が演奏されており、役者たちは長い口上を披露している。おそらく、武侠《ぶきょう》の史劇だろう。冬莉の言う伝奇劇は白蛇の伝説や悪鬼を祓《はら》う物語のことだ。

――ここで話を切り出していいのか。

そんな梓春の心を読んだかのように、冬莉が口を開く。

「大丈夫。ほとんど個室だし、劇に夢中で誰も僕たちの話なんて聞いてないよ。それに、この店は守秘が徹底している。僕の護衛もね」

二人の護衛は梓春と冬莉の後ろの席に座っていた。

梓春はひとまず安心して、冬莉に尋ねる。

「この前、鶺鴒宮へ行かせたのはなぜ？　歓迎してくれたが、呼ばれてはいなかったぞ」

そのとき、冬莉は「主上が君に話したいことがあるらしい」と言っていたが、桜煌は冬莉にそんな話をした覚えはないという。

「あー、采月宮へ向かう途中に玲煌様が鶺鴒宮へ赴くのを見かけてね。最近、彼は碧門に勤めていただろう？　君の知り合いだと思ったから、会うといいんじゃないかって」

「はっ？　あんた、夏月の潜入のことまで気づいてたのか⁉」

「へぇ。玲煌様、夏月って名前を使ってるんだね」

梓春の反応に冬莉は気分を良くしたのか、にやりと口角を上げる。

「まさか、かげ……玲煌様の情報を皇太后に渡したのは冬莉じゃないだろうな」

不審に思い梓春が尋ねると、冬莉は両手を振って否定する。

「いやいや、僕は誰にも言ってないよ。彼女に告げ口をするなんて以《もっ》ての外だ。第一、彼女は僕を嫌っているし、僕も彼女が苦手だ。いや、苦手というよりも、拒否反応かな」

「拒否反応？」

「……彼女は主上と相性が悪いんだ。主上の命運を占うと、皇太后の暗い影が見える。国政の陰りを暗示してるんだよ。実をいうと、君の事件についても主上に忠告したんだ」

「そうだったのか……」

どうやら、桜煌が動いてくれたのは、冬莉の手回しのおかげでもあるらしい。

冬莉も皇太后に懸念を抱いていたとは。いよいよ、夏月の仮説が正しい気がしてきた。

「君が殺された裏には彼女がいる。そうだろう？　この事件はただの殺人ではないよ」

「冬莉は全て分かってたのか？」

「いや……僕の占いと集めた情報を合わせてみると、真相が見えてきたってわけ」

冬莉は身振り手振りで教えてくれるが、梓春にはあまり理解できなかった。

「ところで、君はどうして罪人に会いに行くの？」

「采妃が毒殺された真相を知るためだ」

「真相……？　犯人は捕まったんじゃないのかい？」

「俺は彼女じゃないと思ってる。それを明らかにしなければならないんだ」

「ふうん、そうなんだ」

どうしてか、冬莉は芭里について深入りしてこなかった。

そこで、梓春はずっと気になっていたことを尋ねてみる。

「なあ、あの忠告はどういう意味なんだ？」

「忠告って？」

「『侍女には気をつけて』っての。俺は茗鈴のことかと思ってたが……」

「ああ、采月宮には茗鈴っていう侍女がいるんだね」

冬莉は意外そうな表情で手を打つ。何か認識が食い違っている気がする。

怪しむ梓春の機微に気づいたか、冬莉は「ああ、」と続ける。

「僕は直接采月宮の侍女を見たわけじゃないよ。君を占った結果、采月宮に凶兆が見えて、その中心に侍女がいた。だから、忠告したんだ」

冬莉の占いの腕は国一番だ。しかし、茗鈴はきっと関係ないな。ということは――。

梓春がそこまで考えたとき、客席から大きな拍手が湧き上がった。どうやら、劇は最終局面の剣戟《けんげき》へと突入したようで、舞台上では敵対した武将同士が斬りあっている。

「あっ」

そして、役者が剣を弾《はじ》き返した瞬間、その剣は本来向かうはずの舞台裏ではなく、客席の方へと飛んでいった。会場全体が凍りつき、「キャアッ！」と悲鳴が上がる。

「えっ？」

剣は宙を舞って、梓春の隣、冬莉めがけて飛んできた。冬莉はまだ気がついていない。

「危ないっ！」

梓春は叫ぶ。護衛の二人も冬莉に駆け寄るが、距離的に間に合わない。

そこで、梓春は咄嗟《とっさ》の判断で冬莉の前に躍り出て、携えていた扇を握り、構えをとる。

カンッ！

寸前のところで剣は扇に弾かれた。梓春が切っ先を防いだのだ。

観客全員が息を呑《の》んで見守る中、剣は乾いた音を立てて床に着地した。

「はぁぁ…………。危なかった……」

梓春が握り締めたままの扇を見ると、剣と接触した部分に凹《へこ》み傷ができている。こんな脆《もろ》いもので防げたのは幸運だった。

この剣は、舞台上の剣戟に使われる小道具であるから、本物の剣ではない。

しかし、偽物だとしても鋭利な鉄の塊がぶつかったら大怪我をしてしまう。

　梓春が安堵《あんど》の息を零《こぼ》していると、しばしの静寂の後、周囲から拍手と歓声が上がった。そして、「何者だ？」「美しい女仙だ」と観客は沸き立ち、梓春に視線が集まる。

「大変申し訳ありませんっ！」

　すぐに、剣を弾いた役者の男が、舞台上から駆け下りてきて叩頭《こうとう》した。大問題だが、梓春から言えるのは「気をつけて」という励ましだけであった。

「冬莉、大丈夫か？」

「ありがとう……。ちょっとびっくりしたよ」

　呆然《ぼうぜん》と立っていた冬莉は裾《すそ》を整えて座り直す。見たところ、怪我はないようで安心したが、流石の彼女も動揺したみたいだ。

　武術は体が覚えるものだと習ったが、采妃になった今でも、梓春の精神には鍛錬の記憶が染み付いているらしい。しかし、病弱だった身体と、小さくて柔らかい手のひらは、慣れない動きに悲鳴をあげていた。帰ったら労《いたわ》らなければ。

「……君、すごいね。思わず見惚《みと》れちゃった」

「これでも武官だったからな」

　梓春は下級門兵だが、いざというときのためにちゃんと鍛錬してきたのだ。その成果が、まさかこんなところで発揮されるとは思っていなかったが。

「君たちより優秀だ。これからは采妃を雇おうかな」

　冬莉は護衛に向かって、冗談めかして言うが、その語気が強いから半ば本気なのかもしれない。対して、護衛の二人は「申し訳ありません……」と縮こまるばかりであった。

その後、龍雲茶楼を出て、紅《あか》い柱の楼閣の前までやってきた。看板には『霞夢楼』と彫られてある。霞夢楼はいわゆる妓楼《ぎろう》で、ここが菰山の言う芭里の居場所なのだ。

「よし、行くか」

梓春が中に入ると、甘い花の香りが漂ってきた。柔らかな灯《あか》りが楼内を照らしている。

来客に気づいた女主人は、女である梓春に一瞬眉《まゆ》を上げるが、後ろにいる冬莉を見て瞬時に微笑みを取り繕う。

「ようこそ。華はお決まりですか？」

「すみません。ここに芭里という女はいますか？」

「ええと……、芭里をご希望で？」

芭里の名前を出すと、女主人は顔を強《こわ》ばらせる。

――やっぱり、芭里はここにいる！　しかし、これはどういう反応なんだ……？

梓春が戸惑っていると、後ろにいた冬莉が前に進み出て、懐から袋を取り出した。

「ああ、芭里を頼むよ。一番奥の広い房室を用意していただきたい」

「これはこれは……失礼いたしました。どうぞ、ご案内いたします」

銅貨の詰まった袋を目にした女主人は、突然恭しい態度になる。

「冬莉、私のを……」

梓春は銅貨を取り出そうとするが、太っ腹な太史令は得意げな笑みでそれを制した。

「大丈夫だよ」

梓春たちは女主人に案内され、奥の房室で待つ。中は広く、柔らかい絨毯《じゅうたん》が敷かれていて、梓春は床に置かれた座具に直接座る。その設《しつら》えからして、かなり良い房室だ。

「――失礼します」

やがて、格子戸の向こうから女の声がした。そして、戸が開き、妓女が現れる。彼女は銀の刺繍《ししゅう》が施された色鮮やかな絹の衣装を身に纏《まと》い、豪華に着飾っている。

妓女は下を向いたまま膝《ひざ》をつき、叩頭する。

「ようこそ、おいでくださいました」

梓春は神妙な気持ちになりながら、じっと妓女を観察していた。

――この女が、芭里なのか。

「顔を上げて」

梓春が言うと、芭里はゆっくりと頭を持ち上げた。同時に、梓春は面紗《めんしゃ》を取り外す。

「芭里、私よ。覚えているでしょう」

「ひっ……!? さ、采妃様……!?」

梓春が采妃としての素顔を露《あら》わにすると、芭里はこれ以上ないくらいに目を見開き、後ろに仰《の》け反った。可哀想なことに、その声は裏返ってしまっている。

「お元気で、いらっしゃったのですね……」

そして、芭里は瞳《ひとみ》と唇をわなわなと震わせた後、絞り出すようにして言う。

「どうして……どうしてこんなところに……私めになんの御用でしょうか」

芭里はハッとしたように頭を下げ、床に額を擦《こす》り付ける。そして、床に視線を向けたまま話す。その声はひどく震えていた。罪を責められると考えているのだろう。

「顔を上げて。私はあなたを責めに来たんじゃないの」

梓春はなるべく優しく声をかける。怯《おび》えられたままでは、話を聞けない。

「芭里、私は毒の真相が知りたいの。あなたはずっと罪を否認していたというもの」

そう言うと、芭里の息を呑む音が聞こえる。あと一押しだ。

「……あなたは毒を盛ってないのよね？　お願い、あの日の真実を教えて」

そこで、芭里はおもむろに顔を上げた。その目には涙が浮かんでいる。

「今更、信じてもらえないとは思いますが、毒を盛ったのは私じゃないのです……」

芭里はようやく梓春の目を見た。涙に濡《ぬ》れた真っ直ぐな瞳である。

「そう……あのとき、どんな状況だったの？　私は毒の影響で覚えてないのよ」

「そうなのですね……あの日、私は尚膳《しょうぜん》から御膳を受け取り、采妃様の房室まで運びました。そして、枕元にお仕えして、汁物を口にお運びしたのです……そしたらっ……」

芭里はそう言って、わっと顔を覆ってしまった。ここまでは聞いた通りの話である。

「毒見はしなかったのね？」

「本当に申し訳ありません……まさか、毒が入っているなんて思わなくて……」

たしかに、妃《きさき》の食事とはいえども、毎日毒見をするわけではない。重大なときに毒見を怠ったために芭里は罰を受けたが、毒見をしないこと自体はさほど不自然ではない。

「尚膳はどんな方？　彼女も罰を受けたのよね」

「温厚で気のいい御方です……彼女が毒を盛る理由はないと思います。尋問の際も涙を流して、必死に否定していました」

「そうなのね……」

梓春は尚膳のことを知らないが、後宮の中でもかなり上の立場である者が、毒を盛るなどという大胆なことをするだろうか。まして、関係が薄いのであれば動機もない。

「あなたは料理を受け取ってから私に食べさせるまで、一度も目を離さなかったの？」

「いえ……御膳を卓に並べて、その後は薬湯の準備のために、別室に行きました」

「その間、誰かが私の房室に入った？　宮の中には誰がいたの」

梓春が聞くと、芭里はさあっと顔の色をなくし、肩を揺らして視線をさ迷わせる。

——これは、絶対に何か知っているな。

芭里が目を離した隙に、房室に入った者が犯人である可能性が高い。

「采妃様の房室に入ったのは見ていません。でも、その近くでは……」

芭里は下唇を噛《か》み、言い淀《よど》んだ。

「誰なの？　教えて」

梓春は優しい声音で言葉を促す。すると、芭里は重々しく口を開いた。

「――芹欄です。薬を取りに行く際に、廊下で彼女とすれ違いました」

「芹欄……!?」

梓春は思わず声を上げて、その場に立ち上がる。鼓動が速くなり、胸がざわめく。

茗鈴が布切れに関与せず、事件のあった時間には流流と一緒にいたことを知ってから、ずっと考えていたのだ。長清が裏門で見たのは、茗鈴ではなく芹欄だったのではないかと。

そもそも、采妃が妃になる前から共に過ごして、采月宮で采妃の一番近くにいたのは芹欄だ。彼女ならば、気づかれずに毒を盛ることも可能に思える。

「そうか、そうだよな……」

梓春の頭に、甲斐甲斐《かいがい》しく世話をしてくれた芹欄が思い出される。

あんなにも、采妃を慕っている様子なのに、どうして。理由がまったく分からない。

――もしも、あの笑顔の裏で、今も采妃の命を狙っているのだとしたら……。

そんな恐ろしい想像に、梓春は心の底が冷えるのを感じた。

「……芭里は知っていたのね。なぜ刑司に言わなかったの。これは大変なことなのよ」

「混乱して、当時は思い至らなかったのです！　こうして玲瓏殿の外に出て初めて、疑念が浮かび上がってきて……でも、彼女かもしれないと訴えたところで、采妃様が一番信用しているのは芹欄です。皆、私を信じてくれるわけがない……」

ぽつりぽつりと話していく芭里に、梓春は「そう……」と小さく相槌《あいづち》を打つ。

采妃ではないから、芭里に対してそれは違うと断言することはできなかった。

「それに、直接毒を入れたところは見てませんし、彼女が采妃様のお命を狙うなんて、信じられません……」

芭里は芹欄を疑いつつも、彼女が犯人だとは信じきれない様子だ。梓春も同じである。

──誰かに脅されていたのか？　それが、裏門で内通していた相手……？

芭里の証言がある以上、確実な証拠はないにしろ、芹欄が一番怪しくなってしまった。

「もう少しだけ辛抱していて。私が真相を暴いてみせるわ」

梓春は項垂《うなだ》れる芭里を励ますように、彼女の肩に手を置く。

「私は生きていたし、典薬も毒による影響もなく健やかだと言っていた。もしかしたら、あなたと尚膳も呼び戻せるかもしれない」

梓春がそう言うと芭里は「ありがとうございます……」とすすり泣く。

「……采妃様、変わられましたね。以前は諦《あきら》めたような表情をしておられましたが、今は生き生きとしていらっしゃいます」

芭里はそう言って微笑んだ。そして、後ろにいる冬莉を見て首を傾げる。

「そちらの御方は？」

「最近知り合った御方よ。いずれ、ちゃんと紹介するわね」

梓春がそう言うと、冬莉は拱手《きょうしゅ》した。芭里は、そのいずれがいつ訪れるとも分からないと知っているだろうに、「はい……！」と殊勝に笑ってみせた。

「それじゃあ、戻るわね」

長居しすぎるのもよくない。梓春が面紗をつけて立ち上がると、芭里も同様に立つ。

するとこれまでずっと黙っていた冬莉が口を開いた。

「しばらくこの房室を取ってある。君はここにいなよ。裏に戻るよりはいいだろう？」

冬莉は芭里にそう言った。

すると、芭里は涙で濡れた瞳を丸くさせて、また涙ぐみ、冬莉に深々と礼をする。

突然に追放されて生活に困り、妓楼で働くことになった彼女の心境を思うと、梓春はやるせない気持ちになった。


芭里と別れた後、梓春と冬莉、護衛二人は房室を出て、長い楼の廊下を歩いて帰る。

『――宮廷の方は――なのだとか』

すると、通りかかった格子戸の奥から話し声が聞こえてきた。

冬莉は口元に人差し指をかざして、梓春を戸の近くに手招きする。

『そうそう。今上は傲慢《ごうまん》で無能だと聞いた。国家の資金も使いまくって日々贅沢三昧《ぜいたくざんまい》だとよ。俺らのことなんて考えてないんだ』

『酷《ひど》い話ですわね』

『それに比べて、弟君の瓚煌様は民思いで聡明《そうめい》であらせられるとか。前帝はなぜ、瓚煌様を皇太子に封じられなかったのか。皇太后様が日々嘆いておられるそうな』

――主上のことか……？　傲慢で無能など、見当はずれにも程がある。

梓春の中の桜煌像と一致しないその言いぶりに、驚くばかりである。

真偽はどうであれ、宮殿の外にも瓚煌派、皇太后派が広がっているというのはこういうことなのだろう。裏金を受けとった領主たちが噂を流しているに違いない。

「はは、ひどい言いっぷりだね」

中の会話を聞いた冬莉は笑う。

皇太后の裏を暴き、即位礼を無事に終えた後は、こういった民たちを納得させるのが次の課題となるのだろう。

帰路の途中で、冬莉は唐突に切り出した。

「采妃……いや、梓春。自分がやらなきゃって、抱え込んでるでしょ。僕も芭里の話を聞いていたから、僕が証人だ。困ったときは助けになるよ」

「冬莉……ありがとう」

梓春は心の底から感謝する。今日は冬莉が一緒にいてくれたおかげで心強かった。

ふと、玲瓏殿を見上げると、その荘厳な様は城下町とは別世界のように感じられる。

梓春は再びあの場所に戻り、そこで采妃として過ごしていくのだ。

采妃の事件も、梓春の事件も、どちらも真相が見えてきた。桜煌は即位礼の前に決着をつけるつもりだという。采月宮の騒動もそれまでに終わらせたい。

「うう、しんどい……」

翌日、梓春は昼頃になっても、まだ寝台に横になっていた。

ものすごく身体がだるい。格子窓から差し込む陽の光が、いつもより眩《まぶ》しく感じる。

昨日は城下町から戻ってきた後、夕餉《ゆうげ》もとらず、誰も房室に入れずに眠ってしまった。

『芹欄、本当はあなたが毒を盛ったのね？』

そう聞ければどんなにいいことか。半信半疑な状況ではまだ無理だ。今後、あの布切れの犯人は裏にいる人間とまた連絡をとるはず。現場を取り押さえて問い詰めよう。

——それにしても、頭が痛い。

最近ずっとこうだ。頭の奥が鈍く痛むのである。入れ替わった当初の痛みとは何か違う気がする。風邪でも引いたのだろうか。

「流石に変だな……塡油に見てもらおう」

長清に留守を頼み薬司に行き、塡油に調子が悪いことを伝えると、診察室に案内された。

「粗末なところで申し訳ありませんが……それでは、診ていきましょうか」

塡油は梓春の腕に手を添える。静寂に包まれて、呼吸がやけに鮮明に聞こえる。

「少し脈が乱れていますな。病ではないのですが……」

脈を診た塡油は、はっきりしない様子で腕を組む。

「風邪ではないの？　最近、うちの侍女も風邪を患っていたわ」

「そうなのですね……頭痛の他にも何か症状がありますか？」

「身体が重いくらいよ。とにかく、ずっと頭痛が辛《つら》くて」

梓春が答えると、塡油は顎鬚《あごひげ》に手を当てて険しい顔をする。

「どうやら、普通の風邪とは少し様子が違うようです。以前、私がお渡しした薬は飲んでいますか？」

「あっ」

「ええ。朝餉と夕餉前に」

食膳《しょくぜん》は侍女が受け取り、采妃の房室まで運ぶ。薬はいつも芹欄が煎《せん》じてくれて――。

そこで、梓春は嫌な想像をしてしまい、心臓が跳ねる。急に身体が冷えてきた。

「私が処方したもの以外に何か飲みましたか？」

「他には主上からいただいた人参《にんじん》と……侍女が煎じてくれているから、詳しくは……」

「ふむ……やはり、流行《はや》り風邪でしょうか。最近は風邪によく効く生薬があるのですが、これは采妃様には……」

塡油はそう言いながら戸棚の引き出しを開けようとして、ピタリと固まってしまった。

そして、梓春に向き直り、神妙な顔で口を開く。

「采妃様、あなたの侍女が最近風邪をひいたと言いましたよね。誰ですか？」

「芹欄よ」

塡油は「芹欄……」と復唱して、奥の棚に置かれた帳簿を取り出し、ぱらぱらと開く。

そして、紙の上に目をやったまま、梓春に尋ねた。

「いつも、采妃様の薬を煎じているのは芹欄ですか？」

「ええ……」

嫌な予感が駆け巡る。たった数秒の塡油の言葉を待つ時間が、数分にも思えた。

「采妃様、遥伽国には〝幽蛇《ゆうじゃ》〟という薬があります。その薬は、采妃様にお渡ししたような安定薬や疲労回復薬との飲み合わせは禁忌なのです。仮に一緒に飲むと、幽蛇の毒性が溢《あふ》れてしまいます……その初期症状は、ひどい頭痛なのです」

「え？」

「帳簿を見ると、数日前に芹欄に幽蛇を処方しております。そして、その前にも同じ薬を処方したという記録があります。幽蛇は新しい薬ですので、希望されない限り処方しないのですが……それに、処方する際には禁忌について何度も念押しします」

塡油が説明してくれるが、梓春の耳にはそれ以上入ってこなかった。

幽蛇、禁忌……。塡油ははっきりとは言わないが、彼の言いたいことは分かった。

つまり芹欄は、梓春が処方された生薬と幽蛇の飲み合わせを知った上で、それを梓春に摂《と》らせていたということなのか。

「ちょ、ちょっと待って！　禁忌って……私は死ぬかもしれないってこと!?」

「安心してください。進行していなければ解毒可能です。ですが、毎日摂取していると、幽蛇の毒性が徐々に身体を蝕《むしば》み、ついには鼓動を止めてしまうのですよ」

焦る梓春に対して、塡油は落ち着いていた。

しかし、そう言われても安心できない。薬を飲み始めて既に五日は経っているのだ。

「私の頭痛は、本当にその幽蛇のせいなの……？　薬湯に混ぜられてたとでもいうの？」

梓春は念のために、もう一度脈を診てもらう。

すると、塡油は「幽蛇の可能性があります。どうか、お許しください。私の注意が足りず……」と深く頭を下げた。

「芯《しん》に響くように頭が痛みませんか。加えて、進行すると身体が重くなってくるのです」

その通りだ。ズキズキとした痛みがあり、今日は全身に力が入らずに我が身がとても重く感じられた。

梓春が半ば放心したまま頷《うなず》くと、塡油は戸棚から茶色く細い生薬を取り出した。

「采妃様、今日から毎日この薬を飲んでください。これは翳蛇《えいじゃ》といって、幽蛇の毒性を消すことができます。今日から飲めば、まだ間に合うはずです」

塡油はそう言って、その場で湯を沸かし、翳蛇を煎じてくれた。

梓春は碗《わん》を受け取り、時間をかけて飲み干す。そして、深呼吸する。これで一安心だ。

病は気からというが、心が軽くなった分、身体の倦怠《けんたい》感も和らいだ気がする。

「先生、ありがとう……」

「いいえ……采妃様、今夜は芹欄が煎じた薬は飲まずに取っておいてください。そして、信頼できる侍従……そうですね、長清に私のところへ届けるよう頼んでください」

「わかったわ」

言わずとも、塡油の瞳《ひとみ》は目的を語っていた。幽蛇の有無を調べてくれるのだろう。

——もしも、本当に幽蛇だったなら、芹欄は本気で俺を殺そうとしている……。

梓春は塡油に別れを告げて、帰り道を弱々しく歩く。明らかになった事実が、梓春の足取りを鉛のように重くしていた。


「……帰りたくないな」

梓春はこのまま芹欄と会うのは気が引けて、庭園に立ち寄り、長椅子に腰かける。

ここは桜煌と初めて会った場所だ。春風が穏やかに梓春の素肌を撫《な》でて心地よい。

庭園を眺めていると、木立の奥の方から二つの影が歩いてくる。黒髪の青年と壮年の男だ。

梓春は記憶を手繰り寄せる。あの男たちは数日前鶺鴒宮から帰る際に見かけた二人だ。

「あの二人、誰なんだろう」

梓春は思案しているうちに、黒髪の青年と目が合う。

すると、青年は分かりやすく肩を揺らして、壮年の男に何かを耳打ちした。

「采妃様！」

「ん？」

そして、青年は采妃の名を呼び、足早にこちらへと向かってくる。

歳は采妃と同じぐらいだろうか。豪華な衣服を身にまとい、金の頭飾が煌《きら》めいている。黒髪は後ろで束ねており、つんと高い鼻とつり目がちの橙《だいだい》の瞳が特徴的だ。

「采妃様っ！　この間は助けていただいてありがとうございました。そして、先日は逃げてしまってすみません。母上に見つかりそうで……」

青年はきらきらとした視線を梓春に注ぐ。そして、力強く拱手礼《きょうしゅ》をした。

はて、誰だろう。この青年を助けた記憶がないから、入れ替わる前の話だろうか。

「瓚煌様！　ちょっと待ってください！」

すると、息を切らした壮年の男が、叫びながら追いかけてきた。

「えっ⁉」

――この方が瓚煌様⁉

梓春《せんかく》は啞然《あぜん》として、目の前の青年をまじまじと見つめる。

「亘鶴、僕は采妃様に話がある。おまえは周囲を見張っていろ」

「瓚煌様！　采妃様とお会いになったことが知られれば、皇太后様になんと言われるか」

「だから、見つからないようにおまえが見張ってるんだ。頼んだからな」

青年――瓚煌はまだ幼さを残した声色で、壮年の男――亘鶴に言い付けた。

まさか、こんなところで瓚煌と会うとは思っていなかった。たしかに、皇太后に一番よく似ているが、桜煌や夏月と近い雰囲気も感じる。

「ええと、瓚煌様……？」

「はい。采妃様が捜しておられたのはこの手巾《しゅきん》ですよね。ずっとお渡ししなければと思っていたのですが、直接お礼を申し上げたくて……」

梓春が恐る恐る声をかけると、瓚煌は懐から薄絹の手巾を取りだした。牡丹《ぼたん》の刺繍《ししゅう》が施されているそれは、丁寧に折り畳まれている。

そして、瓚煌がこちらに差し出すので、梓春は反射的にそれを受け取ってしまった。

「ありがとうございます……？」

梓春はなんのことか分からず、手巾を手に固まっていると、瓚煌が首を傾げる。

「あれっ、違いましたっけ？」

「いえ……実は今、先日の毒のせいでそれ以前の記憶が曖昧《あいまい》で……」

「そうだったんですね、すみません……。それじゃあ、僕のことも覚えてないですか？」

「ええ、ごめんなさい……」

毒の件は瓚煌も知っていたのだろう。瓚煌は眉《まゆ》を下げて話し出す。

「采妃様とお会いしたのは、先月の末頃です。母上からいただいた大事な腕輪を落としてしまって……ちょうど、雪の降る夜にこの庭園で捜していたら、采妃様と出会ったんです」

瓚煌はそう言って、少し離れたところの石畳を指した。

「采妃様も失くした手巾を捜してたみたいで、それと一緒に僕の腕輪も捜してくれたんです。そうしたら、采妃様が草むらの中から腕輪を見つけてくれました」

「そうだったのですね。覚えてなくてごめんなさい」

「いえ、気にしないでください！……結局、采妃様の手巾は見つからなくて。事前に特徴を聞いていたので捜していると、数日前に、その手巾をこの庭園で拾ったんです」

どうやら、瓚煌はその日からずっと捜してくれていたらしい。

「ありがとう。おかげで助かったわ」

桜煌と政権争いをしている瓚煌はどのような人物なのだろうと思っていたが、少し話しただけでも優しい青年だとわかる。兄の命を狙うような人物には見えない。

「あの……ひとつ、主上にお会いできたら伝えて欲しいことがあるのです」

少しの沈黙の後、おずおずと切り出した瓚煌に、梓春は首を傾げる。

「えっと……何を伝えればよろしいですか？」

「玲瓏殿では僕と兄……主上の対立が噂されていますが、僕は主上と皇帝の座を争う気も皇帝になる気もありません。でも、母上は違う……」

瓚煌ははっきりと言い切った。やはりそうだ。瓚煌は朝廷の現状を望んでいない。

「母上は、僕の知らないところで悪事を画策している。最近は表立ってきているので、嫌でも分かります。『僕の即位を望まず、主上を支えて欲しい』といくら訴えても、母上は僕の意見など聞いてくれないのです」

皇太后が瓚煌を皇帝にしようと必死になっているのは、皇帝の生母の座を手に入れるためだ。実子が皇帝になれば、世の中を都合よく操れると考えているのだろう。

「采妃様、母上は即位礼の前に主上を狙うつもりです！　僕は血を見たくないし、争って欲しくない……。直接主上にお話ししようと思ったのですが、機会がなくて……」

瓚煌は、万が一にも周囲に聞かれないよう小声にしながらも、語気を強めて言った。

これは桜煌の読み通りだ。桜煌は誕生祭で自分が狙われるだろうと推測していた。

「瓚煌様、わかりました。私から主上にお伝えします」

「お願いします」

梓春が深く頷くと、瓚煌はほっとしたように肩の力を抜いた。

「そして、手巾もありがとうございます。大切に持ってくれていたんですね」

梓春がお礼を言うと、瓚煌は嬉《うれ》しそうに微笑みを零《こぼ》した。

手巾には牡丹の他に梅花の刺繍もある。これは、采妃が母から貰《もら》ったというあの簪《かんざし》と同じ花の形だ。采妃の手巾で間違いないだろう。

「瓚煌様ー！」

やがて、亘鶴がこちらへ駆けてくる。気がつけば、空は薄暗くなり外灯が次々と灯《とも》されていった。まだ完全に日は落ちていないが、じきに星が光って見えるだろう。

「そろそろ帰りましょう。怖がりなんですから、また幽鬼と遭遇したら大変ですよ」

「ぼ、僕は幽鬼なんて怖がってないぞ！」

瓚煌は顔を赤くして、亘鶴の肩を軽く叩《たた》く。

「幽鬼？」

「コホンッ……庭園と絢静宮の間の通りに、一際大きな梅の木があります。その木の下の、深く暗い影ができる場所を通ると、女の幽鬼が出るんです」

梓春が尋ねると、瓚煌は幽鬼が出るという場所を手で示してくれる。

「瓚煌様は見たのですか？」

「まあ……はい。でも、すぐに追い払ってやりました！」

「そうなんですね！」

瓚煌は胸を張るが、亘鶴は解せない表情だ。きっと、本当は怖がっていたのだろう。

「その幽鬼、どんな感じでしたか？　実は生きてる人間だったりしませんか？」

「長い髪で顔はよく見えなかったのですが、恐ろしい声で恨み言を連ねていましたよ」

「なるほど……」

「でも、たしかに人間かもしれないですね」

瓚煌はそう言って微笑んだ。その表情からは安堵《あんど》がうかがえる。

「僕はそろそろ戻ります。長く一緒にいれば、母上に見つかってしまうかもしれません。会えてよかったです！」

「こちらこそ、ありがとうございました……！」

梓春が礼を言うと、瓚煌は軽く会釈し、「帰るぞ」と亘鶴を呼び付けて去っていった。

采月宮に帰る前に、幽鬼が出るという場所に寄ってみよう。運が良ければ会えるかもしれない。

庭園の外側の通りを歩いていくと、瓚煌の言っていた梅の木が見えた。

「あった！　あの木だな」

木のすぐ脇が曲がり角になっていて見えづらく、人気が少ないから、幽鬼が出るには絶好の場所だ。

梓春は辺りを警戒しながら、忍び足で梅の木に近づいていく。

いよいよ、梓春は梅の木が落とす影へと足を踏み入れた。そのとき。

「ひっ！」

ガサッと、物陰から大きな音が響き、梓春は思わず情けない声を出して立ち止まる。

そして音に釣られて、その方向へ視線を向けると――。

目の前には長い銀色の髪を垂らした白装束の女が立っていた。それを見た梓春は目をぎゅっと瞑《つむ》って思い切り叫び、地面に尻《しり》もちをつく。

「う、うわぁぁあああ！！！」

――まさか、本当に幽鬼が出るなんて！

そして恐る恐る目を開くと、まず、女の足が目に入った。鞋《くつ》を履いておらず、素足のままだ。

梓春は固唾《かたず》を呑《の》み、そのまま視線を上げていく。

女は真っ白の長袍《ちょうほう》を着ており、腕は袖《そで》に隠されて見えない。

──いや待て、これは……やっぱり人間か？

梓春は徐々に冷静になってきていた。なんだか、幽鬼にしては人間味がありすぎる。

「フフフ……」

「ヒッ」

女は不気味な笑声を上げて、梓春の肩を手で摑《つか》むので、その感触にびくりとする。

──どうしよう！　逃げるか……!?

梓春が逡巡《しゅんじゅん》の末、逃げることを決意したとき、女が口を開いた。

「ははは！　いいね！　今の反応、最高だよ！」

「………は？」

腹を抱えて笑い出した女に、梓春は啞然《あぜん》とする。

「って、おーい。僕だよ、僕！」

女は、梓春の顔の前で手を振り、そして、銀色の髪をもう片方の手で剝《は》ぎ取る。するど、その内側から、竜胆《りんどう》色の髪と見覚えのある美しい顔が現れた。

「おまっ、何やってんだ!?」

「ふふ、幽霊ごっこだよ」

女──冬莉はそう言って、銀髪を手にしながら笑った。

梓春は深いため息を漏らす。この数日間で、冬莉に何度驚かされたかわからない。

「はぁ……話題になってる幽鬼の正体は、おまえだったのか？」

「うん、僕だよ」

冬莉は白銀の鬘《かつら》を撫《な》でながら、平然と言ってのけた。

「もう少しこっちに来て」

冬莉は木の幹の裏に、梓春を押し込む。そして、その隣に座り込んだ。

「とう――」

「静かに。まだ誰か来るかもしれない……幽鬼が人間だって知られたら、今までやってきたことの意味がないでしょ」

冬莉は周囲を警戒しながら、梓春の口元近くに人差し指を立てた。

梓春はこくこくと頷《うなず》き、声をひそめて冬莉に尋ねる。

「冬莉は、なんでこんなことしてるんだ？」

「皇太后を追い込むためだよ」

「はぁ？」

――皇太后を？　なんで、ここで皇太后の名前が。

梓春はわけが分からず首を傾げる。

「そうだね……梓春は、この銀髪から誰を思い浮かべる？」

冬莉は鬘を梓春の前に掲げた。銀髪といえば――。

「主上？」

「正解！」

最近、梓春は桜煌とよく会う。彼の銀髪は光に照らされて煌《きら》めくので、印象的だった。

「でも、今回は女だ。僕は彼の生母である霖妃の霊のふりをしてたんだ」

「霖妃？　なぜそんなことを？」

桜煌の生母が霖妃であるというのは、以前彼の口から直接聞いた。

霖妃は前帝時代の後宮における五妃の一人だった。そして、彼女は梓春が衛府《えふ》に入る前に亡くなった。梓春が霖妃について知っていることはごく僅《わず》かで、その程度である。

「まあ、君なら話してもいいか。関係ないこともないからね……実は、霖妃を毒殺したのは皇太后なんだよ」

「えっ⁉」

冬莉の暴露に、梓春は思わず叫んでしまい、慌てて両手で口を押さえる。

まさか、霖妃の死に皇太后が関わっていたなんて。それでは、桜煌は実母を殺した女を義母としていることになる。

耳を疑う話だが、梓春は妙に納得できた。

それは、鶺鴒宮で梓春殺害の件について話し合った時に、桜煌が以前にもあったと言っていたからである。ようやく、あのときの桜煌の言葉と夏月の表情の意味が分かった。

「君、霖妃と皇太后の関係は知ってる？」

「いや、知らないな」

「あの二人、仲が悪かったんだよ。皇太后——恵嬰《けいえい》は初めから皇后の座にいたから、皇帝の正室としての誇りがある。けれど、皇帝は恵嬰ではなく霖妃を寵愛《ちょうあい》した。後宮内では霖妃が原因の傾国が噂されるほどにね」

霖妃はそれほどまでに愛されていたのか。梓春が玲瓏殿に出仕した頃には、霖妃の話も、桜煌の話もまったく聞かなくなっていた。

「そんな中、恵嬰は後宮で最初の皇子を産んだ。当時、皇帝は初の皇子に喜び、彼女への寵愛も深まったように見えた。皆、皇太子は決まったと思ったらしい」

「だが、第一皇子は……」

梓春は言葉を詰まらせる。皇太后の産んだ皇子には、瓚煌の上に第一皇子がいた。しかし、この皇子は生まれつき病弱で生後一年足らずで亡くなった……という話を、衛府の先輩から聞いたことがある。

「そう。残念なことに亡くなってしまった。爺《じい》様の話だと、皇太后は病床に臥《ふ》してしまうほどの嘆きぶりだったそうだ」

壮絶な話に、梓春は自然と固唾を呑む。

「その後、数年が経って、皇帝最愛の霖妃が皇子を出産した。その翌年に恵嬰も二人目の皇子を産んだわけだけど……」

冬莉はそこで少し間を空けて、その後、腕を組み直して話を続ける。

「当時の恵嬰の心情はこうだろうね。――再び嫡子を産んだが、皇帝の寵愛が全て霖妃に注がれている今、自分の皇子は皇太子に選ばれないかもしれない。皇后の座も危うい状況だ。亡き第一皇子の無念もある。さて、こうなったときに彼女はどうするか」

——そうなれば、彼女は霖妃に対する嫉妬《しっと》と焦燥を膨らませていくだろう。

梓春は皇太后の心情を推測し、容易に結論へと辿《たど》り着く。

「つまり、霖妃を殺したのは嫉妬と、皇后・皇太子の座を守るため？」

「そうだろうね。真実は本人に聞かないと分からないけれど。霖妃を毒殺した後、彼女は今の主上を離宮に追いやり、皇太子の座から遠ざけようとした」

「……寵妃が殺されたのに、前帝は黙っていたのか？」

「実行犯はすぐに処刑されたよ。けれど、恵嬰はお咎《とが》めなしだ。前帝は黒幕に気づかなかったのかもしれないし、自身の体裁のために、皇后を罰せなかったのかもしれない」

冬莉はそう言って肩を竦《すく》めた。

「霖妃のことは分かったが……どうして、冬莉がそんなこと知っているんだ。そもそも、その件が幽鬼のふりをするのとなんの関係がある」

「関係あるんだよ。数ヶ月前、僕が主上に皇太后のことを忠告したときに、彼女が霖妃を殺したという真実を教えてもらったんだ。皇太后は残酷な人間だってね」

桜煌が皇太后のことを語るとき、常に冷たい顔をしていたことを思い出す。彼は母の死を胸に抱え続けてきたのだろう。

「霖妃は死ぬ間際、その場に居合わせた主上に『皇后に殺される』と告げたらしい。その証拠がないっていうから、僕が確かめてみようと思ったんだ。その方法が、これ」

冬莉は自信満々に言うが、梓春はまだ話の繋《つな》がりが読めずに困惑する。

「ひと月くらい前から、絢静宮の近くで霖妃のふりをして、皇太后を脅かしてたんだ。彼女が銀髪の女の霊を見たら、霖妃を思い出すはずだ。信心深い彼女は怖がり、いずれボロが出てくるだろう……ってね」

「ボロ？　そんな子供騙《だま》しで上手《うま》くいくのか？」

梓春は怪しむ。冬莉の変装は上手だが、よく見れば人間だと丸わかりだ。

「はは、主上にも呆《あき》れられたよ。でも、君の想像以上に人間の心理は脆《もろ》いんだよ」

「そうなのか？」

「うん。皇太后は霖妃の霊に成りすました僕を見た後、霖妃毒殺に関わった側近の宦官《かんがん》に、再度、霖妃殺害の件の箝口令《かんこうれい》を出した」

「箝口令……本当か？　そんな内部の情報、どうやって手に入れたんだ」

「実は、良潜《らせん》という宦官を絢静宮に潜入させていてね。彼が上手いことやって、情報を摑《つか》んでくれたよ」

「良潜……？」

どこかで聞き覚えのある名前に、梓春は記憶を手繰り寄せる。

たしか、以前刑司を訪ねたとき、桜煌が話していた絢静宮の四人の宦官のうちの一人に、そんな名前の男がいた。

「良潜は非常に美しい宦官で、人の懐に入り込むのが上手い。皇太后を酔わせるのもね。

彼女は酔いと焦りから、当時はいなかった良潜にも漏らしてしまったんだろう」

「なるほど。すごいな……冬莉はそんなことをしてたのか」

「まあね。でも、僕だけの力じゃないよ」

冬莉は天才占師で、太史令という高い地位にある。

それに加えて、今回は桜煌が裏についているから、あちこちに融通が利くのだろう。

「それで、良潜が摑んだ情報は、主上には伝えたのか？」

「もちろん。証拠が揃い次第、君の件と合わせて告発すると言っていたよ」

冬莉はそう囁《ささや》く。なんだか、嬉《うれ》しそうだ。

桜煌は以前の会話で、即位礼の前の告発を考えていると言っていた。これだけの悪事が知れれば、皇太后の権威も失墜する。重い罰が下るのは間違いない。

「今夜も皇太后を動揺させるために霖妃の霊に成りすましていたんだな。でも、証言を引き出せたならもう十分じゃないのか」

「いや。幽鬼である信憑性《しんぴょうせい》を増すには、多くの人の目に付いた方がいいからね」

「それもそうか」

たしかにそうだ。皇太后を訴えるまでは、噂を流し続けた方がいい。

「なあ、さっき言ってた、この件が俺にも関係があるってのはどういうことだ？」

「僕は霖妃を見た事があるんだ。君というか……采妃は霖妃に似ているんだよ」

「霖妃に？」

「髪の色も目の色も全然違うけれど、雰囲気が似てるっていうのかな……だから、君も皇太后に目をつけられてるんだよ」

冬莉の言葉に梓春は息を呑《の》む。

五妃会の帰りに俐尹が言いかけた言葉と皇太后の視線の意味を、やっと理解できた。皇太后が采妃のことを嫌っているのは、采妃が霖妃に似ているからなのだ。

「今日はもう戻るよ」

冬莉は鬘《かつら》を手に立ち上がる。

「それじゃあ、またな」

「うん。次会うのは誕生祭かな。嵐が吹くだろうね。君も覚悟した方がいいよ」

「ああ、わかった」

梓春は手を振り、蕓星宮の方へ歩いていく冬莉を見送った。

星を見上げながら夜道を辿り、采月宮に戻ると、自室で芹欄が出迎えてくれた。

「おかえりなさい。夕餉《ゆうげ》のご用意ができていますよ」

梓春は彼女と目を合わせることができずに、ただ「ありがとう」と曖昧《あいまい》に微笑み返す。

丸卓の上には、上品な皿に載せられた料理たちが香りを漂わせながら鎮座していた。中でも、醋醤肉絲《ツージャンロウスー》は一等食欲をそそられる。

これは、肉を細切りにして生姜《しょうが》や葫《にんにく》、葱《ねぎ》などの野菜と炒《いた》めた料理だ。梓春は一度だけご馳走《ちそう》として食べたことがあるが、辛めの味付けがとても好みだったのを覚えている。

「……芹欄、今日の薬はもう用意してある？」

「はい、こちらに」

梓春は覚悟して聞いたのだが、芹欄は平然と湯碗《ゆわん》を持ち上げ、梓春に差し出す。

受け取った梓春は、褐色の薬湯を見つめる。もしも、幽蛇が入っていたら――。

「采妃様？」

芹欄は湯碗を持ったまま動かない梓春を不思議そうに見つめる。

梓春が薬を飲むときは、いつも芹欄が傍にいた。今日も見守るつもりなのだろう。

「芹欄。私、ちょっと風邪気味で……あなたに伝染《うつ》したらいけないから一人で食べるわ。

今日はもう自室に戻って大丈夫よ。後片付けも気にしないで」

「えっ、大丈夫ですか⁉」

梓春は湯碗を卓に置き、芹欄の説得を試みる。

「コホンッ……軽いものだから大丈夫よ。さあ、伝染ってしまうわ」

梓春は入口の方へ芹欄を誘導する。

芹欄は渋りつつ、最後は「お大事にしてください」と言って房室を出ていった。

「さて……」

次は、長清にこの薬湯を薬司まで届けてもらわなければならない。

梓春は周囲に芹欄の姿がないのを確認してから、そっと窓を開ける。

房室の外では長清が外灯に火を灯《とも》していた。梓春が「長清！」と名を呼ぶと、彼はこちらを振り向き、歩いて近づいてくる。

「近くに芹欄はいない？」

「はい。自室に帰っていくのを見ましたよ」

声をひそめて言うと、長清も声量を絞って答えてくれる。

そこで、梓春は白い薄絹で包んだ湯碗をそっと窓まで持って行き、長清に差し出す。

「これを薬司の塡油先生に届けて欲しいの。決して誰にも気づかれないように」

「これは……？」

「薬湯よ。零《こぼ》さないように気をつけて……詳しいことは後で話すから」

「わかりました。塡油殿に渡せばいいんですね」

「ええ。私からと言えば伝わるはず」

薬湯を渡すと、長清は困惑しつつも頷《うなず》き、周囲を見回して窓際を離れていった。

「ここに、毒は入っていないよな……」

梓春は窓を閉め、房室に残された料理を見つめる。

腹の音が鳴るが、用心のために食べないことにした。尚膳《しょうぜん》には悪いがそのまま持って帰ってもらおう。前に桜煌から貰《もら》った菓子を食べれば、食欲もなんとかなるはずだ。

そして、しばらく経った後、長清が戻ってきた。急いで届けてくれたようだ。

「無事に届けましたよ。塡油殿は明日、采月宮に来るそうです」

「わかったわ。夜遅くまでありがとう」

今夜、塡油が薬湯を調べてくれて、明日結果が分かるということだろう。

「……長清、近くに茗鈴はいる？」

「茗鈴なら、また小鳥の世話をしてます」

「そう。ちょっとここへ呼んで欲しいの」

「わかりました」

芹欄が内通していたなら、同じ棟で過ごしている茗鈴は異変に気がつくはずだ。

長清が見た人影は、髪はおさげで、髪飾りや襦裙《じゅくん》も普段の茗鈴のものだったと言っていた。芹欄は茗鈴のふりをしていたのだろうかと梓春は推測する。

「采妃様、お呼びですか？」

「茗鈴、こっちにおいで。小鳥の様子はどう？」

梓春は茗鈴を自分のもとへ手招きする。

「怪我は治ったんですが、あの場所が巣になったみたいで、毎晩帰ってくるんです……」

「そうなのね。五妃会の日の夜も、小鳥のために裏門へ行ったの？」

「ええと……あの日は采妃様がお倒れになったので、心配でそれどころではなく……いつの間にか寝て、目覚めたらもう日が昇っていました」

茗鈴はそう言って、申し訳なさそうな顔をする。

一方、梓春は内心で手を打った。あの日、裏門に行ったのは茗鈴ではない。

「その夜の芹欄の様子はどんな感じだった？」

「わたしと同じで落ち着かない様子でした。そういえば、その日の夜、芹欄が枸杞《くこ》茶を淹《い》れてくれたんです！　寝付けない時に効くとかで。おかげで、ぐっすり眠ってしまったのかもしれません」

「枸杞茶？」

梓春は眉《まゆ》をひそめる。夜に枸杞茶を飲むのは珍しいことではない。

しかし、茗鈴の言いぶりからするに、その茶はいつも飲むわけではないらしい。

──まさか……睡眠薬が？

「茗鈴、その前にも芹欄が枸杞茶を淹れてくれた日はある？　その日は裏門に行った？」

「はい！　采妃様がお目覚めになった日の三日後くらいに。あの日も、ぐっすり眠ってしまいました。枸杞茶を飲むとよく眠れると言いますが、すごいですね……！」

素直に感心する茗鈴に対し、梓春は複雑な心境だった。

──やっぱり、芹欄なのか。

おそらく、時々小鳥のために裏門に行く茗鈴に扮《ふん》して、芹欄は誰かと内通していたのだろう。睡眠薬で茗鈴を眠らせて、彼女の服を着て裏門に行ったのだ。

二人は歳の頃も背丈も同じくらいだ。そして、夜は暗くて提灯《ちょうちん》がなければ、顔はよく見えない。仮に誰かに見られたとしても、それは自分ではなく茗鈴だと主張できる。

「ねえ、芹欄が枸杞茶を振る舞ってくれる日は、事前に決まっているの？」

「いいえ、決まってはいないんですけど、明日どう？　っていつも前の日に誘ってくれるんです。ふふ、実は明日も枸杞茶の日なんです」

「あ、明日⁉」

「采妃様もご所望ですか？　芹欄に言っておきますね！」

「ううん、私はいいの……茗鈴、今の話は芹欄には言わないで。わかった？」

茗鈴は不思議そうにしながらも「はい」と頷いた。

梓春は胸に手を当てて気を落ち着かせる。明日は、梓春にとって勝負の日だ。


約束通り、翌日の午後に塡油が采月宮を訪ねてきた。外はしとしとと小雨が降っており、塡油は傘を持参していた。

「やはり、幽蛇が混ざっていました」

房室の中でそう告げる塡油は、昨日にも増して険しい表情をしている。

「そう……調べてくれてありがとう」

「采妃様、芹欄は禁忌のことを承知しているはずなので、これは故意でございます」

「ええ、そうね」

それは、予想通りの結果だった。覚悟はしていたから落ち着いていられる。

今夜、塡油には付き添ってもらい、長清には内通相手を捕まえてもらうことにした。

芹欄と茗鈴は塡油がいることを不審がったが、「体調が優れなくて」と言うと納得してくれた。芹欄は梓春の証言に、幽蛇の効き目を感じていることだろう。

やがて、日が暮れた。梓春は房室の灯《あか》りを点《とも》さないまま、窓から外の様子をうかがう。

「――来た」

おさげの髪に、黄色い小花の髪飾りを付けた娘が西の棟から出てきた。

遠目からでは茗鈴にしか見えないが、あれは茗鈴のふりをしている芹欄だ。本物の茗鈴は、今頃枸杞茶を飲んで、ぐっすり眠っていることだろう。

芹欄は周囲を警戒しながら、裏門の方へ歩いていく。その拳《こぶし》には布切れがあるはずだ。

「先生はここで待ってて。じきに、長清が相手を捕まえてきてくれるはずだから」

「承知しました」

梓春は外へ出て、西の棟へ続く道で芹欄を待ち伏せる。

雨は止《や》んだが、いつもより湿度が高く陰気である。

そして、数分も経たないうちに、裏から芹欄が歩いて出てきた。

「芹欄、何してるの」

「なっ、采妃様……⁉」

梓春が声をかけると、芹欄はびくりと肩を揺らし、これ以上ないほどに目を見開く。

「さ、散歩です。起きていらっしゃったのですね……早く戻らないと冷えますよ！」

「散歩？　わざわざ茗鈴の恰好《かっこう》に着替えて、人目を盗んで？」

「いや、これは……」

芹欄はバツが悪そうに視線を逸《そ》らす。青い顔で下唇を噛《か》み、瞳《ひとみ》を揺らしている。

「外にいるお相手は長清が捕まえているはずよ……あなた、私に毒を盛ったわね？」

梓春が単刀直入に問うと、芹欄はヒュッと喉《のど》を鳴らす。そして、身体を震わせた。

「中で話しましょう。何か事情があるのよね……？」

梓春が一歩踏み出したそのとき、芹欄はいきなり懐から何かを取り出し、口に含む。

「えっ？」

——な、何を食べた……⁉

梓春が混乱していると、芹欄はぐうっと苦しそうにもがいて、地面に倒れ込む。

「芹欄⁉」

梓春が芹欄の肩を摑《つか》んで覗《のぞ》き込むと、彼女は真っ青な顔で気を失っていた。

「まさか、毒を……」

その決意の強さに、梓春は圧倒される。芹欄は一瞬で全てを悟り、自害を試みたのだ。

——この娘は、そこまでして采妃を……。

恐る恐る芹欄の左胸に耳を当てると、鼓動が聞こえた。大丈夫、まだ生きている。

「先生っ！」

梓春は房室の中まで走り、待機していた塡油を呼ぶ。

「こっちに来て！　芹欄が毒を！」

塡油はその一言で状況を察したのだろう。梓春と共に駆け足で芹欄のもとへ向かった。

「采妃様……これは、どういう状況で？」

長清が怪訝《けげん》な顔を見せる。戻ってきた彼は、力の抜けた黒装束の男を担いでいた。

あの後、梓春の代わりに、塡油が芹欄を寝台まで運んでくれた。今は脈診中だ。

「こちらに」

塡油の邪魔にならないよう、梓春は長清を隣の房室に手招きする。

「芹欄が、自分で毒を飲んだの……」

「えっ、毒を⁉　命は大丈夫なのですか……？」

「わからない。今、先生が診てくれているわ」

「そうですか……」

梓春が苦々しい表情で言うと、長清は心配そうな顔をする。二人とも、まさかこんな事態になるとは思っていなかったのだ。

「俺の方は内通相手を捕まえました。手刀で気絶させたんで、しばらく目覚めないかと」

「ぐっすり眠ってるわね。ここに寝かせてくれる？」

梓春が言うと、長清は頷《うなず》き、男を絨毯《じゅうたん》の上に寝かせる。

すると、今まで俯《うつむ》いていて見えなかった男の顔が露《あら》わになった。

「菰山……⁉」

その男の正体に、梓春は肝を潰《つぶ》す。

長清が担いでいたのは、刑司の菰山だった。そして、梓春を襲った男でもある。

──どういうことだ、菰山と芹欄が内通を……？

「もしかして、采妃様は面識がおありですか？」

「ええ、まあ……」

「そうですか。俺もまさか刑司が絡んでるとは思いませんでした……これが、先程拾った布切れです。芹欄が書いたものでしょう」

梓春は長清から布切れを受け取り、視線を文字の上に滑らせる。

『幽蛇を用い始めました。苑桃蓮は近頃具合を悪くしています。誕生祭の頃には効き目が出るでしょう。成し遂げましたら、先に約束しましたように、わたしはなんでもします。また金鱗花《きんりんか》の次の日に、状況をお伝えします』

布切れにはそのような内容が走り書きされていた。粗い墨が布地に滲《にじ》んでいる。

「これは……」

あまりにも恐ろしい内容に、梓春は顔をしかめる。

梓春が幽蛇を飲み続けていたら、桜煌の誕生祭の頃には毒が全身に回っていたかもしれないということだ。約束とは何を指し、金鱗花の次の日とは何なのか、梓春には分からない。

梓春が布切れを手に悩む後ろで、長清が菰山の手足を縛り、逃げられないようにする。

そして、菰山のことは長清に任せ、芹欄がいる房室へと戻った。

寝台の傍で塡油が薬箱を前に唸《うな》っていた。芹欄は青白い顔のまま横たわっている。

「先生、芹欄は……」

「ひとまず、応急処置を施しました。脈はまだ不安定ですが、このまま治療を続ければ命を落とすことはないでしょう。しかし……」

「しかし？」

「いつ昏睡《こんすい》状態から目覚めるかは、芹欄の生命力次第です」

塡油はそう言って目を瞑《つむ》り、首を横に振る。

「芹欄の治療を続けてくれる？　彼女には聞かなければならないことがあるの」

「わかりました。芹欄には罪を償ってもらわねばなりませんから」

「ありがとう」

芹欄を塡油に託して、梓春は菰山の眠る房室の椅子に座り、彼が起きるのを待つ。その間、長清は扉に凭《もた》れかかって、じっと菰山を観察していた。

やがて、一刻ほど経った頃に菰山が身動《みじろ》ぎ、その窪《くぼ》んだ目をゆっくりと開く。

「菰山、起きたのね」

梓春が近づくと、菰山は寝ぼけ眼を丸くし、啞然《あぜん》として房室を見回す。

「采妃様⁉　な、何ですかこれは⁉」

縛られた手足に気づいたのか、菰山はがさごそと身体を動かして逃れようとする。

しかし、両手両足が不自由では、上体を起こすのが精一杯だ。

「静かに。暴れたらだめ。自害もだめよ。あなたにそんな度胸はないだろうけどね……

後ろを見なさい。頼もしい侍従がいるから、逃げようとしても無駄よ」

菰山は後ろを振り向き、長清を見ると、状況を悟ったのか血の気のない顔で黙り込む。

「あなた、私の侍女と手を組んで、私を殺そうとしてたの？」

梓春の率直な言葉に菰山は体を強《こわ》ばらせる。そして、震えた声で言う。

「私じゃありません！　私はただ決まった日に文を取りに来いと命令されただけで……」

「命令？　誰に？」

「あっ、いや……クソッ！」

菰山は墓穴を掘ったことに気がついたのか、荒々しく舌打ちする。

梓春殺害の件から、菰山が皇太后の派閥にいることは分かっていた。冬莉の話から、皇太后が采妃を嫌っていることも知っている。

「ねぇ、誰に命令されたの？」

「そ、それは……」

「長清」

「はい。──菰山、采妃様の質問に答えろ」

梓春が名を呼ぶと、長清は懐から匕首《あいくち》を取り出して、菰山の首元に添える。

「ヒッ……言う！　言いますから暴力はやめてください！」

すると、菰山は冷や汗を流しながら降参した。

「り、俐尹様です！　従えば金をあげると言われて……私は采妃様を殺すつもりなんてありません！　本当です！」

「俐尹……？」

――またあの男か……！　まさか、こんなところで繋《つな》がるなんて……。

菰山は俐尹からの命令を受けていた。俐尹は皇太后の配下だ。そして、皇太后は采妃を嫌っている……。この件も、裏に皇太后がいるに違いない。

「じゃあ聞くけど……月初めに、私に毒を盛ったのは芹欄？」

「……おそらくは」

「おそらく？　なぜ分からないの」

「私が命令を受けたのは采妃様が倒れてからで、それまでの詳しい事情は知りません！」

菰山は知らないようだが、芭里の証言から芹欄であるのはほぼ間違いない。

「ふうん。どうしてここで内通を？　芹欄が刑司に行けば済むんじゃないの」

「そんなの知りませんよ……！　関係のない侍女を外に行かせるより、宦官《かんがん》の私が中へ行く方が、危険が少ないからじゃないですか？」

「へえ」

菰山は言葉を詰まらせながらもよく喋《しゃべ》る。よほど命が惜しいのだろう。

なんにせよ、芹欄が絢静宮と繋がっていることが明らかになった。問題なのは、芹欄は皇太后に脅されているかもしれないということである。

霖妃に似ている采妃を憎んだ皇太后が、芹欄を脅して、采妃に毒を盛らせた。そして、失敗したから、別の毒を用いて再び采妃を殺そうとしている。これは有り得る話だ。

「最後に教えなさい。あなたたちは、どうやって連絡の日取りを決めていたの？」

「……数日に一度、金鱗花が振る舞われますよね」

「金鱗花？」

「は、はい。昨日は醋醤肉絲《ツージャンロウスー》の中に入っていました。その次の日が、私が文を受け取る日なのです」

金鱗花とは福を象徴する花のひとつだ。後宮ではそういう習慣があるのだろう。

「これだけ話したんですから、私のことはお許しを！」

「そうね……今日のことは誰にも話してはだめ。話したら、私が主上に告発するわよ」

「なっ、私は何もしてませんよ！　それに私は刑司の高位にいる……そう簡単には……」

「この内通だけで十分よ。主上の判断ならば、誰も庇《かば》いきれないでしょう？」

「くっ……わかりました……」

菰山は顔中に汗をかき、首を縦に振る。俐尹に対する忠誠心はあまりないようだ。

「もう戻っていいわよ。いつも通り、この布を俐尹に渡して」

梓春は菰山を縛っていた紐《ひも》を解《ほど》き、布切れを握らせる。皇太后を泳がせるためだ。

すると、菰山は青ざめた顔ですぐに采月宮を出ていった。

この男は都合が悪くなると保身に走る。桜煌の面前で暴露させよう。芭里の証言だってあるし、幽蛇の証拠もある。桜煌が告発するときに、采妃毒殺の件も問い質《ただ》そう。

◆❋◆

それから二週間近くが経ったが、芹欄が目覚めることはなかった。

茗鈴には、芹欄が采妃の命を狙っていること、自分で毒を飲んだことを正直に話した。

彼女は深く衝撃を受けて涙ぐんでいたが、今は芹欄が目覚めるのをじっと待っている。

「いよいよ、明日が正念場だ」

気がつけば、桜煌の誕生祭が明日に迫っていた。

誕生祭は後宮の外にある儀式用の大広間で行われる予定だ。参加するのは皇太后、妃《きさき》、親王、宰相などの高官たちとその侍従である。

「采妃様、主上から使者が来ております」

梓春が思案していると、長清が来客を告げた。こんな日暮れになんの用だろうか。

「二人きりで話がしたいと申しているのですが……お通ししてもよろしいでしょうか？」

長清は眉《まゆ》をひそめて怪訝《けげん》そうな表情を浮かべる。

「ええ、通してちょうだい」

その言いぶりに不思議に思いながら、梓春は頷《うなず》く。

「内密の話でもあるのかしら」

第五章　波瀾の宴

采月宮の房室の中に、皇帝の使いだと名乗った男と梓春が取り残された。

ふわりと結い上げた銀髪は艶《つや》めき、その紫の両目は光り輝いている。

――また、この人は……。

楽しげな笑みを見せる男に、梓春はしてやられたという気分になる。

「ええと……主上。どうしたのですか。なぜ、変装してここに？」

「雨宸に采月宮に行きたいと伝えると、今日は明日に備えて鶺鴒宮から出るべきではないと止められてな。そこで、雨宸の隙をついてこっそり抜けてきたわけだ」

「はあ……」

男は使者でもなんでもなく、皇帝その人だった。

桜煌の脱出の才能には脱帽する。もしくは、案外、雨宸が間抜けなのかもしれない。

「明日、私は十八になり、正式に即位する。今日は覚悟を伝えに来たんだ」

桜煌は先程と打って変わって、真剣な表情を見せる。

「覚悟、ですか？」

「そうだ。初めて采月宮を訪れた日、采妃は悩んでいた私を勇気づけてくれた。あなたのおかげで、皇帝としての覚悟と皇太后に向き合う決心がついた」

真っ直ぐ梓春の目を見て話す桜煌に、胸を打たれる。

あのとき、梓春は思ったことをそのまま口にしただけだ。

けれど、その言葉が桜煌の力になれたのなら、いち臣下としてこの上ないことである。

「明日、皇太后が領主たちへ裏金を流した件と、兄上の命を狙い人違いで梓春を殺したことを告発する。そして……」

桜煌は視線を下に落とし、わずかばかり言い淀《よど》んだ後、言葉を続ける。

「私の母、霖妃を毒殺したことも問い詰めるつもりだ」

固い決意に、梓春は静かに息を呑《の》み、それから深く頷く。

冬莉の話で知っていたが、桜煌の口から皇太后と霖妃のことを聞くのは初めてだった。

「驚かないのか？」

「……皇太后様と霖妃様の確執を冬莉から聞いてしまいました。申し訳ありません」

「ほう。随分と仲がいいみたいだ。太史令があなたに言うのであれば、それが正しいんだろう。私も打ち明けたかったからちょうどいい」

桜煌はそう言って、なぜかほっとしたような顔を見せた。

「主上。皇太后様との話し合いの場に私も参加させていただけないでしょうか」

「もちろん。あの木札を私に見せてくれたのは采妃だから、あなたの証言も必要だ」

「ありがとうございます」

梓春は頭を下げる。問い詰めたとき、俐尹はどのような反応をするのだろう。

「……実は、先日瓉煌様とお会いしました」

「瓉煌に？」

「はい。瓉煌様は皇帝になるつもりはなく、主上に逆らうつもりもないと仰《おっしゃ》っていました。あと、誕生祭の日に、皇太后様が主上を狙うつもりだとも……」

梓春は、瓉煌の言葉を桜煌に伝える。すると、桜煌は「やはり」と頷いた。

「くれぐれも、明日は気を付けてください」

「安心しろ、私は死ぬつもりはない」

「ええ、信じてます」

明日一番危険なのは間違いなく桜煌だ。皇太后が何を企《たくら》んでいるか分からない。帳《とばり》によってその姿は隠されるだろうが、それでも大勢の前に出るわけである。

「采妃」

桜煌が一歩前へ踏み出す。そして、手を伸ばして、梓春の手を握った。

「主上……!?」

梓春は突然のことに驚く。

「こう見えて、私も不安なんだ。友として……妃として、傍で見守っていて欲しい」

桜煌は瞼《まぶた》を閉じて囁《ささや》く。その睫毛《まつげ》が微《かす》かに震えている。梓春は、桜煌の手のひらから伝わる温もりを受け止めて、両手で桜煌の手を握り返した。

「はい。ちゃんと見ています。頑張ってください」

桜煌がそう言うと、桜煌は「ありがとう」と力強くも優しい笑みを見せてくれた。

◆ ◆

四月三日。天も桜煌の誕生日を祝うかのように澄み切った青空で、桜も満開に咲き誇っている。春らしい麗《うら》らかな日和だ。

梓春と長清は誕生祭の会場である大広間の入口に来ていた。

今日の梓春は白と桃色で彩られた襦裙《じゅくん》を纏《まと》っていた。織司が仕立ててくれた新しいものだ。揺らめく髪には、桜煌から貰《もら》った簪《かんざし》が煌《きら》めき、周りには小花の飾りが映えている。

梓春が大広間の中に入ると、既に大勢が着席していた。

中央には舞台が設置されており、玉座の前には帳が下ろされている。その左右に皇太后と親王の席があり、広間の右手側には妃《きさき》が、左手側には官吏が座っていた。

「桃蓮、久しぶりね」

席に座ると、華妃が挨拶《あいさつ》をしてくれた。それに対して、梓春も「久しぶり」と返す。

今日の華妃は紅と金の襦裙を身に纏っており、黒髪がいつにも増して艶めいて見える。

続けて、華妃の隣の雀妃が、梓春に向かって微笑んだ。その奥に璉妃が座しており、梓春に手を振ってくれる。

「あれ、あの御方は……？」

ふと、雀妃が扉の方を見て驚いた声をあげた。梓春もつられてそちらに視線を向けると、白桃色と薄紫の襦裙がしなやかに揺れるのが見えた。

「蕓妃！」

梓春は声を上げる。男装ではなく、蕓妃としての装いの冬莉がこちらに向かって歩いてきていた。太史令だと気づかれないためか、目元には面紗《めんしゃ》を着けている。

「もしかして蕓妃……？　来るとは思わなかったわ」

「まあ、美しい方ですね……！」

慣れた所作で璉妃の隣に座った冬莉を見て、華妃と雀妃が驚きの声を上げる。

驚き顔で冬莉に話しかける璉妃に、冬莉はにこやかに笑い返した。

しばらくすると、玉座の左手側に瓚煌と玲煌――夏月がやってきた。

「夏月だよな…？」

梓春は夏月の姿を見て驚く。茶髪が黒髪に変わっていたからだ。そういえば、潜入のために染めたと言っていたから、あの前帝譲りの色が本来のものなのだろう。

舞台を挟んだ向かい側では、滅多に現れない玲煌の登場に高官たちが騒然としている。

「皇太后様だわ」

親王が登場してから少しして、華妃が呟《つぶや》いた。前方を見ると、皇太后が、宦官《かんがん》を四人従えて歩いている。梓春はその宦官の中に俐尹を見つけて、身が引き締まる。

やがて、大広間に銅鑼《どら》の音が響く。開始の合図である。

「皆様、準備が整いました」

玉座の傍に立つ雨宸は、はっきりと通る声でそれだけを告げて、帳の中へと消えていく。その周囲には近衛《このえ》兵が立っており、桜煌の護衛は厳重であった。

『素晴らしい宴《うたげ》を迎えられることに感謝する』

そして、帳越しに凜《りん》とした声が聞こえ、誕生祭が開幕した。

初めは、臣下が用意した管弦の演奏や舞姫による舞踊などが披露される。梓春はこういった宮廷文化を初めて体験するので、思わず見入ってしまった。

「目新しいものも見たいのう……漣妃は琴《きん》の腕が自慢らしいが、披露してみてはどうだ」

催しが一段落した頃、それまで黙っていた皇太后が、扇で口元を隠しながら言った。

「もちろんですわ。主上がよろしければ、ここで一曲お披露目いたします」

漣妃は優雅に立ち上がって言う。動じていないあたり、流石名家のご令嬢である。

「フフ、華妃も舞を習っていたと聞いたぞ。漣妃と合わせて踊ってみてはどうかのう」

皇太后は次に、華妃を指名した。華妃は立ち上がり、「御意の通りに」と一礼する。

大広間に期待が広がるのと反対に、梓春は焦っていた。皇太后はふくみ笑いを浮かべている。この流れからして、次は別の妃を指名するに違いない。

――何か言われたところで、俺は何もできないぞ……。

そんな梓春の心配をよそに、琴の音が響き出す。璉妃が繊細な旋律を奏でるのに合わせて、華妃が軽やかに舞う。観衆は皆、その美しい調べに耳を傾け、舞に魅了される。

璉妃の琴と華妃の舞が終わると、今度は雀妃が詩歌の朗読を披露するという。

「精一杯、心を込めて贈ります……！」

雀妃はそう意気込み、桜煌に向かって立って詩を吟じる。可憐《かれん》な妃は羽のように柔らかな声で言葉を紡いでいき、陽の光が降り注ぐようであった。

「――幸せな春の宴が永遠に続きますように」

雀妃はふわりと微笑んでそう締めくくり、周囲の視線に恐縮しながら席に戻っていく。妃たちの素晴らしい演技に、梓春は先程から感心しきりである。

「なかなかよかったぞ。さて、蕓妃と采妃は……」

皇太后はそう言って、梓春と冬莉を交互に見た。

――妃ばっかり指名して……やっぱり、俺たちが狙いだな。

彼女は采妃と冬莉を嫌っている。無理を言って舞台上で恥をかかせる気だろう。

「主上、皇太后様」

そのとき、皇太后が何かを言う前に、涼し気な声が放たれる。冬莉だ。

「皆様はご存じないと思いますが、采妃は扇舞が得意なのです」

そして、冬莉は梓春を見ながら言いきった。どよめきは増し、視線が梓春に集まる。

――なに言ってるんだ!?

唐突な台詞《せりふ》に梓春はぎょっとする。すると、背後から「それは本当ですか……!?」と、長清が小声で驚くのが聞こえる。

「私が横笛を奏でるので、采妃は扇舞を披露しましょう。皇太后様、どうでしょうか」

冬莉は勝手に話を進める。皇太后は眉根《まゆね》を寄せ、「ならば見せてみよ」と言い放った。

そして、冬莉は困惑している梓春のもとまで近寄ってきて、耳打ちする。

「龍雲茶楼で見た剣戟《けんげき》を覚えてる？　君は武官だから武芸は得意だよね。それを、扇でやってみせるだけさ。皇太后にひと泡吹かせたいだろう？」

「……そういうことか」

にやりと口角を上げる冬莉に、梓春も不敵な笑みをみせる。そう、武芸は得意だ。

舞台上に上がった梓春は扇を構え、冬莉は横笛を取りだして、口元に添える。

前方を見ると、皇太后や夏月の視線が刺さり、桜煌の気配を帳越しに感じた。

そして、冬莉の口元から美しい音色が響く。彼女の指先は自由自在に笛を操り、美しい旋律が奏でられる。梓春はその音楽に合わせて、大胆に扇を振り、舞を披露する。

ふと、感心したようにこちらを見つめる夏月と目が合った。その眼差《まなざ》しに梓春の気分が上がり、くるりと花のように舞う。冬莉も楽しげに笛を吹いている。

「はぁ……は……」

やがて、音楽が終わり、梓春は扇を天に掲げて動きを止めた。息が上がっている。

すると、左右から梓春たちを賞賛する声と、拍手喝采《かっさい》が巻き起こった。

「いい舞だったよ、楽しかった！　皆も喜んでくれたみたいだ」

「よかった……冬莉こそ、笛を吹けるなんて知らなかったぞ」

演舞の大成功に、梓春は冬莉と手を合わせる。他の妃にも劣らないものを披露できた。

『采妃、素晴らしい舞であった。藝妃の音色も実に心地よい』

桜煌が言った。皇太后は何も言わなかったが、悔しげな表情がうかがえる。

「桃蓮、仙女みたいだったわ……！」

「すっかり見惚《みと》れてしまいました！」

華妃と雀妃も賞賛の言葉をくれる。女ではないが、褒められて悪い気はしない。

それからしばらくすると、再び銅鑼が鳴り、膳司《ぜんし》の官吏たちが宮廷料理を運んでくる。

「これは美味《うま》そうだ……」

梓春はごくりと喉《のど》を鳴らす。目前の卓上には、高級魚の甘酢《あまず》漬けや蒸し鶏、燕《つばめ》の巣、桃饅頭《ももまんじゅう》が並べられていた。

それらは、縁起の良い素材をふんだんに使用した豪華な料理ばかりだ。

料理が楽しみな一方で、心配事もある。桜煌の皿には毒が入っているかもしれない。きっと入念に毒見をしているはずだ。そうは思えど、不安は拭《ぬぐ》えなかった。

『……うん、美味だ』

しかし、梓春の心配は杞憂《きゆう》だったようで、帳《とばり》の中からは桜煌の明るい言葉が聞こえてくる。梓春はよかった……と胸を撫《な》で下ろした。

食事の次には、臣下から皇帝へ贈り物をする時間が設けられている。

宰相たちは名書家の書や龍《りゅう》の彫刻、翡翠《ひすい》の宝玉を贈っていた。璡妃《しゅきん》は高貴な朱色の腰飾りを、華妃は繊細な銀製の香炉を、雀妃は春の花が刺繍《ししゅう》された手巾を、それぞれ桜煌に贈った。冬莉が用意した天文時計は西方風の造りが物珍しく、桜煌も喜んでいた。

——皇太后は、いつ桜煌を狙うんだ……？

その間も、梓春はずっと警戒しており、ちらちらと皇太后の様子をうかがう。

「采妃様」

そして、思考に浸っているうちに、雨宸に呼ばれる。梓春の番が来たのだ。

梓春が立ち上がるのに合わせて、桜煌の前に贈り物が運ばれる。

「主上、謹んでお祝い申し上げます。私の贈り物なのですが……これは、青龍の茶壺《ちゃつぼ》です。主上の長寿とこの国の繁栄を願い、尾が揺らめく龍の彫刻を選びました……！」

梓春は緊張しながらも、桜煌に気持ちが伝わるように、選んだ理由を述べていく。

『ありがとう。共に茶を飲むのが楽しみだ』

桜煌の嬉《うれ》しそうな声を聞いて、梓春は自然と笑みが零《こぼ》れる。

「もうひとつは、紫檀《したん》の餅型《もちがた》です」

梓春がそう言うと、大広間の空気が揺れるのを感じた。皆、皇帝に対する贈り物にしては奇妙だと感じたのだろう。

そんな空気感に構わず、梓春は続ける。

「春らしい花の型にしてみました。喜んでいただけると幸いです」

きっとほとんどの人は、桜煌が菓子作りが好きなことを知らないはずだ。なんだか、優越感が湧き上がってくる。梓春が餅型を選んだ意図は、桜煌にだけ伝わればいい。

『これは驚いたな……すごく嬉しい贈り物だ。采妃、感謝する』

桜煌が先程よりも楽しげな声色で言うので、梓春も嬉しくなる。その反応からして、気に入ってくれたはずだ。

梓春は、「やりましたね」と囁《ささや》く長清に、得意げに笑ってみせた。


贈り物の次に用意されていたのは花見だ。玲瓏殿で一番大きな桜を見るのである。満開の桜は豊穣《ほうじょう》の象徴とされており、この花見は国家の繁栄を祈るために行われるという。

大桜は後宮の外の庭園にあるので、大広間からはそう遠くない。

そこには全員ではなく、桜煌と皇太后、夏月、瓚煌、五妃、彼らの侍従、そして花見の指揮役である郭脹《かくちょう》という男が行くことになった。

——なにか、嫌な予感がする。

移動の道中で、梓春はそう思った。

今、先頭には桜煌を乗せた鳳輦《ほうれん》が行き、その後ろを皇太后と夏月、瓚煌が歩いていく。皇太后は轎子《きょうし》には乗らず、後ろに宦官《かんがん》四人を連れていた。

俐尹以外は顔と名前が一致しないが、同じ男には思えぬ美しい佇《たたず》まいをしているのが、冬莉が用意した間者の良潜だろうか。残り二人が、明達と炳惇という名の宦官のはずだ。梓春の位置は彼らのさらに後ろだった。桜煌からは距離があり、何かあった時に駆けつけられるかどうか分からない。

大広間から出る前に、梓春は皇太后が郭脹に妖艶《ようえん》に微笑むのを見た。

──わざわざ、主上を外に出させたんだ。これは、ただの花見じゃない……。

胸騒ぎがするが、他の皆は大桜に期待を寄せて浮かれた調子で語り合っている。

「……なあ、なんだか嫌な予感がしないか？　気が張っているせいかもしれないが……」

梓春は冬莉の隣に近寄り、声を潜めて話しかける。すると、冬莉は答える。

「僕もだよ。良潜の話が正しければ、そろそろ何か起こるかも。注意しておかないと」

「ああ……」

冬莉と梓春は互いに顔を見合わせて頷《うなず》く。どうやら、同じことを感じていたらしい。

やがて、鳳輦は大桜に辿《たど》り着いた。その傍には、雨宸と夏月が立つ。

「わっ、すごい……」

梓春は優雅に咲き誇るその花を見て、感嘆の声を零す。

大桜は想像以上に色鮮やかだった。花弁が池の水面《みなも》に舞い散り、きらきらと陽の光を反射している。後宮の中にも桜は咲いていたが、この木は迫力が段違いだ。

「主上、遥伽国にはこんな言い伝えがあります。──桜の花弁が綺麗《きれい》な弧を描き、ひらひらと空を舞う。それを手のひらの上に載せて、そっと息を吹きかけると幸運が訪れる……というものです」

突然、郭脹が帳の中にいる桜煌に声をかける。彼は他の高官と比べるとまだ若く、髭《ひげ》の生えていないひょろりとした男だ。

「この儀式を〈桜の息吹〉と名付けましょう。主上も、皆さんも試してみませんか？」

郭脹が声をかけると皇太后は「風流だのう」と微笑み、妃《きさき》たちも楽しげに頷いた。

『よかろう』

桜煌はそう呟《つぶや》き、帳からそっと手を伸ばす。一部ではあるが、桜煌が帳から外に出たのはこのときが初めてだった。綾《あや》越しに、桜はちゃんと見えているのだろうか。

「空を見上げ、花弁を見つめるのです。風がありますので、すぐに降ってくるでしょう」

その言葉に、梓春も大桜を見上げると、花弁は風にあそばれて自由に動き回っている。

「捕まえられるかしら」

「難しそうね」

はしゃぐ妃たちの横で、梓春は嫌な予感が拭えずにいた。

そして、周囲を観察していると、皇太后の近辺の様子がおかしいことに気がつく。

「えっ……？」

なぜか、彼女の傍には宦官が二人しか立っていないのだ。元々は四人いたのに……。

――待て、俐尹もいない！

まさか……と、梓春は慌てて鳳輦の方を見る。そこには、中から素手を伸ばす桜煌と、周りを囲む数人の近衛兵《このえ》がいた。彼らは皆天を仰ぎ、大桜に目を奪われている。

「さあ、大きな風が吹きましたよ！」

梓春が早鐘を打つ胸を押さえていると、郭脹が声を張り上げた。わっと周囲がざわめく。

「あっ」

その瞬間、大桜の向こう側に何か光るものが見えた。低い塀の上だ。光の先は――。

――まずい！　あれは金属の反射だ！

梓春は身を翻して鳳輦の方へ駆けていく。

「今です！」

郭脹が大声で叫ぶ。鳳輦の近くにいる雨宸や桜煌の近衛兵、瓚煌たちは郭脹に気を取られて、まだ向こう側の異変に気がついていない。

――このままじゃ間に合わない！

梓春が動揺していると、何かに気がついた様子で辺りを見回す夏月が目に留まる。

シュッ！

「夏月！　主上を守れッ！！！」

何かが放たれる微《かす》かな音が耳に届いたと同時に、梓春は思い切り叫んだ。

「なんだ!?」

「采妃様？」

叫び声に、周囲の視線が梓春に集まる。皆、ぎょっとした表情で梓春を見ていた。

「桜煌っ！」

そのとき、夏月だけは梓春の声に反応して、素早く鳳輦の前に躍り出た。

彼は啞然《あぜん》とする近衛兵の腰から剣を抜き、飛来物を弾《はじ》く。

「これを放った刺客を捕らえろ！　絶対に逃がすな！——桜煌、無事か⁉」

夏月が切羽詰まった顔で近衛兵に指示を出し、帳《とばり》の中を覗《のぞ》く。

一歩遅れて、雨宸が「主上！」と叫び、他の妃たちは悲鳴を上げた。夏月の後ろで絶句していた瓚煌は、夏月の指示に表情を変え、「兄上っ！」と鳳輦へ駆け寄っていく。

『私は無事だ、何があった？』

すると、鳳輦の中から凜《りん》とした声が聞こえ、梓春は一気に肩の力が抜けて、「よ、よかったぁ……」と、その場にへたり込んでしまう。

「これは……」

安堵《あんど》したのも束の間、梓春は地面に落ちた飛来物を見て、瞠目《どうもく》する。

それは、先の尖《とが》った弓矢だった。

この先端に、毒液か何かが仕込まれているのだろう。夏月が防がなければ、この矢は、帳の外に伸ばされた桜煌の腕に刺さっていた。

向こう側に潜む刺客は、間違いなく桜煌を狙っていた。この花見は罠《わな》だったのだ。

「采妃様！　主上！　ご無事ですか⁉」

梓春を追ってきた長清は、真っ青な顔であたふたしている。

「私は大丈夫よ。主上もご無事みたいです」

「安心しました……そして、申し訳ありません。異常に気がつきませんでした……」

長清はそう言って深く腰を折った。その拳《こぶし》は、ぎゅっと握り締められている。

警戒していなければ気がつけないほどの、些細《ささい》な違和感だったのだ。刺客は手練《てだれ》だ。

梓春が真相に近づく一方、皇帝の暗殺未遂という大事件に、周囲は騒然としていた。

侍従たちは自身の主《あるじ》を庇《かば》うように身を寄せて立ち、郭賑は不安げな表情を浮かべて慌てふためいている。その中で、皇太后は無表情で扇を広げていた。

——この矢は皇太后の仕業に違いない。きっと、郭賑と結託してたんだ。

梓春は疑念の眼差《まなざ》しを皇太后に向ける。

「誕生祭は中止です。安全のため、皆様は大広間にお戻りください。即位礼は予定通り行いますので、しばらくご待機を。私たちは暁清宮《ぎょうしん》へ向かいます」

そこで、雨宸が桜煌からの伝言を告げる。暁清宮は桜煌の外朝の住居だ。

華妃が梓春に「戻りましょう」と声をかけてくれるが、雨宸が口を挟む。

「申し訳ありません。采妃様はお残りください」

——来た。ここで、皇太后に仕掛ける気だ。

梓春は雨宸に頷く。すると、華妃は不安げな表情で、先に大広間へと戻っていった。

華妃と別れると、今度は夏月がやってくる。

「采妃様、私はあなたのおかげで動くことができました。采妃様、あなたは――」

「ご無礼をお許しください！　弓矢が反射する光が見えて、咄嗟《とっさ》に叫んでしまいました」

何か言いたげな夏月に対して、梓春は慌てて礼を執る。先程は、親王に対して偉そうに命令をしてしまった。不敬であるし、妃として相応《ふさわ》しくない行動だっただろう。

「顔を上げてください。むしろ、私が感謝するべきです。ただ――」

「ただ……？」

「……いえ、落ち着いたらまた話しましょう。今はそれどころじゃありませんよね」

夏月は首を緩く振り、桜煌のもとへ戻っていった。

鳳輦《ほうれん》は大桜から離れていく。梓春は、夏月は何を言おうとしたんだろう……と、彼の言葉の続きを考えながら、長清と共にその後ろを付いて行った。


「この場にわらわがいる必要はあるのか。刺客は刑司に任せて、宴《うたげ》を続ければよいだろう。それに、采妃と蕓妃までもこの場にいるのはなぜだ」

暁清宮の一室で、皇太后は他人事《ひとごと》のように言い放つ。

現在、ここにいるのは、皇太后と彼女の宦官《かんがん》二人、夏月と彼の側近、瓚煌と亘鶴、郭朓、梓春と長清、冬莉、雨宸、そして鳳輦から降りて素顔を見せた桜煌だった。

郭朓は初めて見る皇帝の素顔に恐れおののき、顔を上げられないでいる。長清や亘鶴などの侍従たちも、声には出さないが驚いていた。

「義母上《ははうえ》、じきに近衛兵が刺客を捕らえるはずです。狙われていたのは、私だけじゃないかもしれない。采妃と蕓妃がいるのは、聞きたいことがあるからです」

桜煌は曖昧《あいまい》に答える。彼は中央の玉座に腰掛けていた。

皇太后はその近くに座っており、すぐ傍に宦官が控えている。

桜煌は、この暗殺未遂が皇太后の仕業だと確信しているのだろう。この場で皇太后を問いつめるはずだ。面子《メンツ》も揃っている。

一方、皇太后は桜煌の思惑に気づいていないのか、一貫して余裕ありげな様子だ。

「主上！　刺客を捕らえました！」

そんなとき、近衛兵の一人が勢いよく飛び込んで来た。

「よくやった。連れてこい」

桜煌が淡々と近衛兵に命令すると、皇太后は目を見張って立ち上がった。

梓春は、彼女の息を呑《の》む様子と表情の変化を見逃さなかった。明らかに動揺している。

「主上の御前だ、動くなよ」

近衛兵に連れてこられたのは、手を縛られ、口枷《くちかせ》をされた黒装束の男だった。

「ご報告いたします！　主上を狙ったのはこの男――絢静宮の宦官、俐尹です！」

近衛兵はそう言うと同時に、刺客の頭巾《ずきん》を引き上げる。その瞬間、空気が張り詰めた。

そこに現れたのは、まさしく俐尹の顔だった。憎い、あの男だ。

「俐尹だと？　それは真《まこと》か」

「はい！　弓を背負って逃げるところを捕らえました。衛兵数名が目撃しております」

皇太后は報告した近衛兵を睨《にら》む。爪を弾く様子から、相当な苛立《いらだ》ちがうかがえる。

「義母上、これはどういうことですか……？　俐尹はあなたの侍従ですよ」

「わらわは知らぬ！　俐尹が勝手にやったことだ。皇帝の命を狙うなど有り得ない……」

桜煌に問われると、皇太后は忌々《いまいま》しいものを見るように俐尹を見下ろした。

やはり、大桜の向こう側にいたのは俐尹だ。皇太后はシラを切る気なのかと、静かに成り行きを見守る梓春は、眉《まゆ》をひそめて皇太后を睨みつける。

「俐尹の口枷を外せ」

桜煌の命令に、近衛兵は俐尹の口を塞《ふさ》いでいた布を解《ほど》いた。

楽になったというのに、俐尹は身じろぐことさえしない。

「俐尹、おまえは誰に命令されたのだ？」

「私の独断です。処罰するなら、さっさと刑司へ連れて行ってください」

「おまえ一人でこのような反逆を行えるはずがない。皇太后の指示ではないのか」

「違う、私が主上を狙ったのです！　皇太后様は関係ない！」

俐尹は必死に首を横に振り、頑《かたく》なに言い張る。

「そうか。――義母上、率直に聞きますが、義母上が仕組んだことではないのですか？」

痺《しび》れを切らした桜煌は、俐尹ではなく皇太后に尋ねた。

「……わらわを疑っておるのか？　何も知らぬと言っておろう！」

桜煌の言葉に、皇太后は顔をしかめて言い放つ。

「俐尹、わらわの名を汚すつもりだったのか！　たしかに、日頃から媚《こ》びるような目付きをしていたのう。忠誠心が高いから仕方なく使ってやっていたというのに、勝手に思い上がってみっともないことを！」

そして、皇太后は俐尹に対して、蔑《さげす》むような声で捲《まく》し立てる。

——この女……自分の侍従だった者に、そこまで言うのか。咄嗟に出た言い逃れにしても、あまりにひどい。昔からこうやって周囲を騙《だま》し、罪から逃れてきたのか。

「ああ、恐ろしい……この穢《けが》らわしい反逆者め」

しまいには、皇太后は隣の宦官に縋《すが》り付き、大袈裟《おおげさ》に身を震わせる。

その瞬間、しおらしくしていた俐尹が表情を変え、切羽詰まったような声で叫ぶ。

「なっ、反逆者だと⁉」

その声には怒りが籠《こも》っており、その場にいた者の視線が俐尹に集中する。

「皇太后様！　私を愛しているというのは嘘だったのですか⁉　私はあなたのためにここまでしたというのに……っ！」

俐尹は膝《ひざ》を床についたまま、ぐっと胸を反らせて、皇太后に訴える。その瞳《ひとみ》に光はなく、心の底から絶望したような表情だった。その表情に、梓春はぐっと息を呑む。

「何を言っておる！　わらわは関係ないだろう⁉　はやくこやつを連れていけ！」

俐尹の嘆きに対して、皇太后は恐ろしい剣幕で叫んだ。

しかし、桜煌は皇太后の言葉に耳を貸さず、冷静に俐尹に問いただす。

「俐尹、もう一度聞こう。おまえに私を殺せと命令したのは、皇太后だな」

「……私は皇太后様のために心魂を傾けてきた。皇太后様を信じて、愛していたのだ！　その愛が本物だと思っていたからこそ、失敗したときは命さえ捨てる覚悟だった……。だがそれは、私の独り善がりに過ぎなかったようだ……」

俐尹は桜煌の問いに答えるのではなく、闇を宿した表情で、床に向かって呟《つぶや》くように言葉を紡いだ。

そして、今度は「ふふ……ははは……！」と壊れたように笑い出す。

その瞳は、梓春があの日見た鋭い瞳ではなく、諦《あきら》めを宿した暗がりのようだった。

「黒幕は明白だ！　皇太后を捕らえろ！」

桜煌は近衛《このえ》兵に命令する。俐尹の独白を、質問に対する肯定だと捉《とら》えたようだ。

「何をする！　わらわが誰か分かってやっているのか!?」

桜煌の命令を受けた近衛兵たちは、すぐさま皇太后と隣に立つ宦官二人を拘束した。

「郭脹、あなたにも聞きたいことがある」

桜煌は、騒動に紛れて逃げ出そうとする郭脹を睨む。彼も皇太后派の一人なのだろう。

桜煌に矢を当てるために、皆の注意を引けと命令されていたのだと考えられる。

「皇帝まで俐尹に惑わされたのかっ！」

皇太后は髪を揺らして、扇で桜煌を指して喚《わめ》く。

「──皇太后様、もうおやめください」

そのとき、入口から若い宦官が姿を現した。

「良潜……？」

皇太后はその宦官を見て声を震わせる。信じられないというような顔だ。

一方、宦官──良潜は流れるような動作で、桜煌の傍に歩いて行き、拱手《きょうしゅ》する。

「俐尹を尾行していましたが一歩遅く……主上を危険に晒《さら》してしまい申し訳ありません」

「よい。良潜のお陰で俐尹を捕らえることができた」

良潜の謝罪に対して、桜煌は首を横に振る。

良潜は白い手で横髪をさらりと肩へ流す。女のような艶《なま》めかしさを持つ垂れ目が印象的だ。人を惑わせる美貌《びぼう》だと冬莉も言っていた通りで、皇太后も惚《ほ》れ込むわけである。

「なっ、良潜！　おまえもわらわを陥れる気か!?」

より一層取り乱す皇太后に対して、桜煌は冷静に告げる。

「良潜はこちらが用意した間者だ。あなたは初めて気づいたようだが」

「このっ、裏切り者め……！」

皇太后は目じりを吊《つ》り上げて、良潜に恨みのこもった眼差《まなざ》しを向ける。

「私がここで刺客を待ったのは、あなたに問い詰めたいことがあるからだ」

「おまえと話すことなど何もない！」

抗《あらが》う皇太后を見る桜煌の瞳は、冷たく罪人を咎《とが》める色をしていた。

「母上っ！　兄上の話を聞いてください……！」

そのとき、それまでずっと黙っていた瓚煌が口を開いた。その声は微《かす》かに震えている。

「瓚煌、おまえまで……」

瓚煌の言葉に、皇太后は動揺し大きく目を見開く。そこで、桜煌が畳み掛ける。

「あなたの罪は今回の件だけではない。あなたは数ヶ月前から、国中の領主を買収していたのだ。そのことに気づいた兄上は碧門に潜り込み、不正の証拠を摑《つか》もうとした」

桜煌は証拠の帳簿を掲げ、罪状を淡々と告げる。

「兄上の行動に勘づいたあなたは、自身の宦官《かんがん》に兄上を殺せと命じた。違いますか？」

桜煌に問われ、皇太后は眉間《みけん》に皺《しわ》を寄せる。図星だと感じているのだろうか。

「……その宦官はどのようにして見つける気だ。証拠なんてないだろう？　まさか占いとは言うまい。第一、玲煌は死んでいないではないか！」

「ええ、兄上は死んでいません。しかし、その代わりに李《り》梓春という門兵の男が命を落としてしまった。犯人は兄上と梓春を間違えたのだ。――この木札を見てください」

桜煌は戸棚から手巾の包みを取り出し、中から絢静宮の木札をつまみ上げる。

すると、その木札を見た皇太后は顔を引き攣《つ》らせた。

「これは、梓春が殺された夜に華幻宮の侍女が碧門付近で拾ったものです。その侍女は背の高い男の影を見たと言っていた。――俐尹が絢静宮の木札を持っているかどうか確認しろ」

桜煌に指示された近衛兵が俐尹の腰を探るが、そこに木札はない。

「おい、木札はどこにある」

「探したってあるわけがない。主上が手にしている木札は私のだ。その梓春とかいう男を殺したのはこの私！　全て皇太后の指示だ！」

「俐尹！　おまえはいつまで戯言《ざれごと》を！」

「戯言……？　主上の言う通りですよ！　私は玲煌様を殺せと命令された……人違いだと分かったのは男が死んだ後だったがな」

暴露を止めようとする皇太后に対して、俐尹は乾いた笑い声を零《こぼ》す。

梓春は俐尹の様子を見ているうちに、今まで彼に抱いていた憎しみが皇太后へと転換されていくのを感じた。全て、この女の仕業なのだ。

「梓春を殺した刺客が俐尹である証拠はまだあるよ。梓春の剣だ。その切っ先には血が付いている。――つまり、俐尹には梓春に付けられた傷が残ってるはずだ」

そのとき、冬莉が言った。梓春は、この前話したあの傷のことだと察して口を開く。

「俐尹殿に剣傷はありませんか？　脚や腹……腕などに」

梓春が言うと、近衛兵が俐尹の衣服を捲《めく》り、その肌を確認していく。

そして、右腕を触ったときに、その手を止めた。

「右腕に切り傷があります！　かなり深く、これは鋭い剣で切られたものかと！」

「俐尹、この傷はいつ付いたものだ？」

「……その梓春とかいう男に抵抗されたときですよ」

桜煌が尋ねると、俐尹はすんなり白状した。自暴自棄になってしまっている。

「もう言い逃れはできないな。俐尹は義母上《ははうえ》の命令だと言っているが、真《まこと》ですね？」

「わらわは……」

皇太后はまだ知らないふりを決め込むようだった。梓春は耐えかねて、沈黙を破る。

「俐尹殿！　梓春を殺した時に仲間がもう一人いませんでしたか？」

「菰山という男がいますよ。皇太后の指示で雇ったんです」

梓春が問うと、俐尹は虚空を見つめて淡々と答えた。

「おまえたち、菰山を連れてこい！」

桜煌は近衛兵に命令する。

そして、数名の近衛兵が刑司に向かった後、桜煌は尋問を続ける。

「義母上、もう認めたらどうですか。それに、あなたの罪はまだある」

桜煌の詰問はまだ終わらない。桜煌は目を閉じて、そして深呼吸してから口を開く。

「あなたは霖妃を殺した。そうでしょう？」

「は……？」

「良潛が、あなたの告白を聞いています」

桜煌が言うと、皇太后はびくりと身体を震わせる。

「俐尹、おまえも知っているだろう。全て話せ」

「……十年前、皇太后は霖妃の毒殺を計画し、その実行役である霖妃の侍女は処刑された。毒は城下の闇市で入手した。その店の主人を問い詰めれば、皇太后に毒を売ったことを認めるでしょう」

「黙れっ！」

無感情に情報を吐き出す俐尹に、皇太后は怒声を浴びせる。

「皇太后！　あなたの悪行の数々を私が知らないと……何も対処しないとお思いか。これだけの証拠がありながら、まだ自分は何も知らないとおっしゃるのですか！」

桜煌は鋭い眼差しを皇太后に向ける。その瞳《ひとみ》には悲しみと憎しみが込められていた。

俯《うつむ》いて黙り込む皇太后に対して、冬莉が囁《ささや》くように言った。

「皇太后様、このままでは霖妃の霊に末代まで呪われてしまいますよ……？」

その言葉に、皇太后は怯《おび》えた表情で顔を上げる。幽鬼作戦は効果覿面《てきめん》のようだ。

「母上、罪をお認めください！　もうよいではありませんか……！」

瓚煌が皇太后に声をかける。悲痛な表情と声から、その複雑な心境が垣間《かいま》見えた。

「……っ！　役立たずめ！　わらわはおまえのためにやったというのに！」

「母上……」

皇太后は瓚煌に尖《とが》った眼差しをぶつける。

切なく息を呑《の》む瓚煌を見て、梓春は皇太后に対して、ますます怒りが込み上げてくるのを感じた。結局、瓚煌のためというのは建前で、私利私欲しか考えていないのかと。

「認めないのならもういい！　だが、母上を弔うためにも罪は償ってもらう！」

桜煌が叫ぶと、皇太后は項垂《うなだ》れる。握り締めた彼女の拳《こぶし》から、扇が軋《きし》む音が聞こえた。


沈黙がその場を制してしばらく経った頃、近衛《このえ》兵が菰山を連れて入ってきた。

菰山は周囲を見回して、険悪な場の雰囲気に怯えた表情を浮かべる。

「久しぶりだな」

桜煌が声をかけると、菰山は訝《いぶか》しげに玉座に座る桜煌を見上げる。

そして、近衛兵が「主上だ」と言うと、菰山は「えっ⁉」と、驚愕《きょうがく》に目を見開いた。

驚くのも無理はない。以前、梓春の後ろで控えていた侍従の正体が皇帝だったのだ。

あのときの無礼を思い出したのか、菰山はだらだらと額に汗をかいている。

「菰山よ。先月、おまえは俐尹と共謀して梓春という男を殺したな？」

「しゅ、主上……それは、いったいなんの話でしょうか……」

「俐尹が自白した。正直に話さなければ、即刻死罪だ。答えろ」

「なっ……わ、私は俐尹様に命令されただけです！　殺したのはこの男で私は違う！」

桜煌が脅すと、菰山はすぐに白状した。自分は悪くない……と必死に俐尹の罪だと訴える。

一方、名指しされた俐尹は「これも、全部皇太后の命令だ」と自嘲《じちょう》気味に笑った。

「これで証言は出揃った。皇太后の罪も、おまえたちの罪も明らかだ」

桜煌はそう言い、険しい表情でこめかみを指で揉《も》む。

「主上、私からもひとつよろしいでしょうか」

梓春が手を挙げて尋ねると、桜煌は頷《うなず》いた。あのことを聞くには今しかない。

「実は……少し前から、この男が采月宮の侍女である芹欄と内通しています。芹欄は私に毒を盛り、その経過を菰山に伝えていました」

梓春が菰山と采月宮の関係を語ると、次第に桜煌の顔の色が変わっていく。

「なんだと……!? 無事なのか!?」

桜煌は血相を変えて梓春に問いかける。話を聞く夏月や瓚煌も険しい表情をしていた。

「はい、典薬のおかげで平気です。――このことから、先月に私を毒殺しようとしたのも芹欄だと思うのです。あの件で追放された者も、芹欄が怪しいと証言していました」

「なぜ私に言わなかった！ ずっと前に分かっていたはずだ……」

梓春が本題に入る前に、桜煌は珍しく苛立《いらだ》った様子で梓春に詰め寄る。

――主上が怒っているのは、俺を心配してくれているからだ。

そのことが分からないほど、梓春は鈍感ではない。

「すみません。確証がなかったので……しかし、菰山は俐尹の手下です。裏に皇太后様の存在があるのではないでしょうか」

梓春はそう言って皇太后を睨《にら》む。しかし、皇太后はこちらを見ずに、黙秘を続けた。

すると、桜煌はますます眉間に皺を寄せて、菰山に問う。

「くっ、また皇太后か……菰山、知っていることを全て話せ」

「俐尹様に命令されて、毒の経過を把握するために采月宮に文を取りに行けと言われました……しかし、私は何も知りませんし、毒には関与していません！」

「わかった、もういい。口を閉じろ」

桜煌は菰山の弁明が煩わしいのか、手で彼を黙らせた。

菰山は俐尹の裏に皇太后がいたことを知らないらしい。ここまで来ると哀れだ。

「俐尹、この件も皇太后の指示か？」

「ええ、その通りです。我々はただの捨て駒だったようですがね」

桜煌の問いに、俐尹は虚《うつ》ろな目で答える。もはや、彼の心は折れてしまっている。

「眞恵嬰、あなたはどれだけの罪を……！」

桜煌は皇太后を睨みつける。固く握りしめた彼の拳は震えていた。

すると、皇太后は乾いた笑いを漏らす。

「ハッ……おまえらは全部知っていたのだな。わらわは踊らされていたのか……」

皇太后は反論することなく、自嘲する。華麗な襦裙《じゅくん》も、蘇芳《すおう》色の髪も乱れていた。

「……一つだけ、教えてください。あなたが母上を殺したのは、ただの嫉妬《しっと》が理由なのですか。母上はあなたのことを好いていたのに、あなたには情の欠片《かけら》もなかったのですか！」

桜煌が声を震わせて尋ねる。

「あるわけがないだろう!?　あの女は、わらわから主上も居場所も何もかも奪った。ついには皇子を産み、皇后の座まで奪おうとした！　あの女のせいで、我が子の無念も晴らせなかった！　全てあの女が悪いのだ……！」

吐き捨てるように言う皇太后に、桜煌は堪《たま》らないというように唇を噛《か》み締める。

「皇太后を刑司に連行しろ！　俐尹と菰山は主犯、明達、炳惇、郭脹も尋問対象とする！」

桜煌は腕を広げて、全員に聞こえるように命じた。断罪だ。

やがて、近衛兵が俐尹や菰山たちを連行し、残るは皇太后だけとなる。

後宮で初めて皇太后を目にしたときは、あんなに恐ろしく大きな存在だと思ったのに、虚栄が剝《は》がれた今はとても小さく見える。

梓春はそのように思い、皇太后を眺めていると、ふいに彼女がこちらを見た。そして、高らかに笑い出す。

「ハハ！　おまえは芹欄がわらわの指示で毒を盛ったと考えているようだが、それは違う。最初に毒を盛ったのも、二度目も全て彼女の意思だ。わらわは助言したまでよ」

「えっ……？」

梓春は、皇太后の話す内容をすぐには理解できなかった。

「あの侍女は、わらわがおまえを嫌っているのを知っていたのだろう。彼女は、采妃の命を奪えたら瓉煌の妃《きさき》にしろなどと、わらわに申し出てきたのだから！」

皇太后は梓春に憐《あわ》れむような視線を向ける。それはまるで、霖妃と似ている采妃に槍《やり》を突くことができ、心底喜んでいるかのようだった。

──本当に、芹欄が自分の意思で……？

「そんな……」

梓春が予想外の事実に動揺しているうちに、皇太后は笑いながら房室から連れ出されていった。

「──采妃、大丈夫か」

桜煌は動けずにいる梓春のもとまで寄り、優しい声をかけてくれる。

「はい……侍女の件は私におまかせください。それよりも、即位礼を急がねば」

梓春は動揺を抑え込み、目前のことに集中する。

皇太后の話はただの嘘かもしれない。芹欄が目覚めるまで真相は分からないのだ。

「皆、付き合わせてしまって悪かった」

桜煌は房室を見回して言った。すると、その場にいる者たちは首を横に振る。

「主上、皇太后の処罰はどうするつもりですか」

「ふむ……」

夏月が桜煌に尋ねると、桜煌は瓚煌に視線を移した。

皇太后は瓚煌の生みの親だ。現状は、彼にとって残酷な状況だろう。

しかし、既に覚悟が決まっているのか、その橙《だいだい》の瞳は真っ直ぐな光を宿していた。

「兄上、僕のことは気にしないでください。母上には正当な処罰を願います」

瓚煌はそう言って拱手《きょうしゅ》する。

「わかった。予定通り、大広間で即位礼を行う。皇太后の罪は私が皆に伝えよう」

桜煌は瓚煌に深く頷いた後、雨宸を連れて房室を出ていく。

「長清、私たちも行くわよ」

「采妃様……本当に大丈夫ですか？」

「ええ。ちゃんと主上の即位礼を見届けないと」

心配してくれる長清を安心させるように、梓春は柔らかい笑みを作る。

——まだ全て終わっていない。主上にとっては、ここからが始まりなんだ。


梓春が大広間に戻ると、落ち着かない様子の華妃が駆け寄ってくる。

「桃蓮、主上はご無事だった⁉」

「ええ。心配いらないわ」

「よかった……でも、あなたの顔色も悪いわよ。大丈夫？」

「大丈夫。それよりも、即位礼が始まるわ。話を聞きましょう」

梓春は華妃を安心させるように笑って、大広間の奥を示した。

そのとき、前方で銅鑼《どら》の音が鳴った。

「これより、即位礼を始めます。——黄《こう》殿、どうされましたか」

開式を告げた雨宸が挙手した男に目を留め、発言を促す。

黄敦嘉《とんか》は門下侍中《もんかじちゅう》という役職を持ち、その地位は黎氏に次ぐ宰相だ。

「主上、刺客はどうなりましたか。このまま始めてもよろしいのですか！」

敦嘉は一礼して尋ねる。これは真っ当な疑問だろう。

「私が説明しよう」

そのとき、帳《とばり》の中から桜煌が姿を現した。面布を外した素顔のままである。

すると、それまで一切素顔を見せなかった皇帝が素顔を見せたことに、周囲がざわめき、「主上⁉」「なぜ御姿を⁉」などと四方から驚愕《きょうがく》の声があがる。

華妃は鈍い動作で梓春の方を向く。嘘でしょ……とでも言いたげだ。華妃は侍従に変装した桜煌を見たことがあるから、目の前の光景が信じられないのだろう。

桜煌は手を上に掲げて、騒がしい会場を静まらせる。

「私が遥伽国の皇帝、羅《ら》桜煌だ。皆に伝えなければならないことがある」

桜煌はしっかりと前を見据えて話す。その声に、臣下たちも桜煌に向き直った。

「この度の刺客は、皇太后である眞恵嬰の仕業である。彼女は私を殺《あや》めようとした。皇帝に対する反逆行為は、皇太后であっても許されることではない！」

そう断言する桜煌に、臣下たちは驚愕の声を上げる。

「眞氏の罪はこれだけではない。ひと月前玲煌の命を狙い、その結果人違いで武官を殺した。加えて、采妃の毒殺未遂にも関与している。そして、十年前に霖妃を殺したのも眞氏だ」

桜煌は皇太后の悪行の数々を並べ立てていく。

すると、最初は疑わしげな表情を浮かべていた者の様子も、次第に変わっていった。

「よって、眞氏から嫡母皇太后の号を剝奪《はくだつ》し、生涯廃宮へ幽閉とする！」

桜煌は罪状を言い終えると、皇太后の処罰を宣言する。

その宣言を受けた桜煌派らしき者はすぐに拱手し、皇太后派であろう者は悔しげに項《うな》垂《だ》れた。瓚煌は、静かにその判決を受け止めているようだった。

生涯幽閉という刑は皇族に科されるには重刑だ。しかし、所業から考えると妥当な刑だろう。この他にも、彼女の悪行はまだまだ隠れているはずだ。

「彼女の話はこれで終わりだ。儀式を始めよう」

桜煌が合図をすると、雨宸が冠を運んでくる。金で造られた冠は光り輝いていた。

宰相の黎氏が一礼をして、桜煌のもとまで歩み寄り、台に置かれた冠を持ち上げた。

その様子を見守る梓春は、形容し難い興奮に襲われる。

そしてついに、桜煌は黎氏から冠を戴《いただ》いた。黎氏が後ろに下がり、桜煌の姿が現れる。

桜煌は固く口を結んで、前を向いていた。

「皇帝陛下の栄光を祈ります」

黎氏が祝辞を述べると、どこからともなく「皇帝陛下万歳！」という声が上がる。

「皇帝陛下万歳！」

感極まった梓春も、声を上げた。この場に立ち会えたことが誇りである。

やがて、桜煌はゆっくりと立ち上がった。そして皇帝としての言葉を紡ぐ。

「臣下の中には、私がこの座にいることに納得していない者もいるだろう。それは承知している。だからこそ、これから、臣下や国の民に私が皇帝だと認めてもらえるよう、国のために尽力するつもりだ。――そして、そのためには皆の力も必要だ」

桜煌は右から左まで臣下を見渡して、それから自分の胸に手を添える。

「どうか、私についてきてほしい」

その言葉には強い思いが込められていた。それが、ひしひしと伝わってくる。

梓春は桜煌の覚悟を胸で感じ取り、敬意を込めて頭《こうべ》を垂れた。


厳かな即位礼が終わり、梓春は帰路を辿《たど》る。

堂々たる桜煌の姿に心を揺さぶられ、少し涙目になってしまった。

「采妃様っ！」

そのとき、采月宮の方から茗鈴が駆けてくるのが見えた。

「茗鈴？」

「采妃様っ！　芹欄が目を覚ましました……！」

「えっ、本当!?」

それは、梓春が待ち望んでいた報告だった。

「はい！　ですが、精神状態が良くなくて……塡油先生が対応してくれています」

「茗鈴、ありがとう！　今すぐ帰るわ！」

梓春は茗鈴に礼を告げ、早足で采月宮へと向かった。

「芹欄！」

采月宮に着き、梓春が房室に入ると、芹欄は寝台の上で上体を起こし、ぼうっと自分の手を眺めていた。元から細身であったが、随分痩《や》せてしまったように思う。

「采妃様、もう大丈夫です。後遺症もなく、数日後には元通りに回復するでしょう」

「先生、ありがとうございます」

梓春が礼を言うと、塡油は軽い礼で答え、芹欄の枕元から退いた。

「芹欄、あなたが目覚めてよかった……」

梓春がそう言うと、芹欄はゆっくりとこちらへ顔を向ける。

「……よかった？　本当に思ってますか？　どうして死なせてくれなかったんですか！」

芹欄は叫び、梓春の袖《そで》を摑《つか》む。そして言葉を続けた。

「怒らないんですか。わたしがしてきたこと、もう知ってるんでしょう……」

その声と表情には悲しみと諦《あきら》めの色が宿っており、梓春は息を吞《の》む。

「皆、芹欄と二人きりにしてくれる？　私は大丈夫だから」

梓春が伝えると、その場にいた塡油たちはただ頷《うなず》いて、房室から出ていった。

「芹欄、私はまだあなたの話を聞いてないわ。怒るのはそれからよ。どうして、私を殺そうとしたの？　私に何か恨みがあったの？」

　梓春は沈む娘の小さな手を握り、単刀直入に尋ねる。

　しかし、芹欄はその手を振り解《ほど》き、鋭い視線で梓春を睨《にら》む。

「恨みですか……？　ええ、そうです。恨みがあったんです！」

　梓春はその語気の強さに気圧《けお》される。芹欄の瞳には、言葉通りの怨恨《えんこん》が宿っていた。

「私は、あなたに何かしてしまったの？」

　梓春は二人の間で何があったのかを知らないから、尋ねることしかできない。

　すると、芹欄はくすりと笑みを零《こぼ》す。

　状況に見合わない笑みに梓春が困惑していると、今度は芹欄が問いかけてくる。

「采妃様、わたしが誰だか分かりますか？　わたしはあなたの侍女ですか？」

「え……？」

　采妃と同じ色をした眼差《まなざ》しが、梓春を突き刺した。

　今の言葉は、どういう意味だ。芹欄の意図が理解できない。

「ふふ、分からないですよね。采妃様は記憶がないですもんね。最初は騙《だま》してるのかと思ってたけど、違うみたい。本当に、あなたの記憶からわたしは消えてるんだわ」

　芹欄は梓春を見上げて、再び口元に笑みを浮かべた。しかし、その目は笑っていない。

「どういうこと？　何が言いたいの」

「――わたしの身体には、あなたと同じ血が流れてるの」

梓春が問い質《ただ》すと、芹欄は胸に手を添えて言った。

「は……？」

――同じ血だと……？

想定外の告白に梓春が呆気《あっけ》に取られているうちに、芹欄は真相を吐露していく。

「お姉様、わたしはあなたの侍女なんかになりたくなかった……！　わたしだって妃《きさき》として選ばれていいはずだったわ！」

「なっ、お姉様……⁉」

梓春は驚愕する。たしかに今、芹欄は梓春を〝お姉様〟と呼んだ。

――血の繋《つな》がりって、まさか……！

「いいわ。お姉様に教えてあげる。わたしの思いも全て」

芹欄はそれまでの侍女らしい姿勢と打って変わり、素を露《あら》わにする。

「お姉様とわたしは同じ家に生まれたけど、母親が違った。お姉様とわたしの違いはそれだけ。でも、お父様はお姉様ばかり愛して、側室の子であるわたしには見向きもしなかったわ」

「そんな……」

梓春は、芹欄の語る真実を受け止めるのに時間がかかった。

――采妃と芹欄は姉妹……⁉　采妃は正室の娘で、芹欄は側室の娘⁉

仮にそれが本当なのだとしたら、どうして芹欄は侍女としてここにいるのだろう。

「わたしはお姉様との差を感じて、毎日惨めに暮らしてたわ。そんな日々が変わったのは一年前……玲瓏殿から屋敷に、妃選抜の通達が来たの」

芹欄は過去を回想するかのように、格子窓の外を見つめる。

「病弱なお姉様が選ばれるわけない。ようやく、わたしのもとに幸運が訪れたと思った……それなのに、お父様が呼んだのはお姉様の名だった」

芹欄は悔しそうに声を震わせる。

「その後、お父様はわたしに侍女として出仕しろと言ったわ。わたしはお姉様にもいい顔をしていたから、仲がいいと思っていたんでしょうね。この命令は、お姉様への気遣いからよ。わたしの意思は尊重されなかった」

芹欄は溜《た》まっていたものを吐き出すように、次々と過去を告白していく。

梓春には、嫡子とそうでない者の間の確執がどのようなものかは想像することしかできない。同じ家の娘のはずなのに、姉の侍女になるというのは屈辱だったのだろう。

「なら、どうして断らなかったの？」

「断れるわけない！　お父様だけじゃなくて、お母様もわたしに宮中に行けと言ったわ。お母様はお父様に気に入られたかったのよ！」

「そう……」

「最初は、お姉様の小間使いとして生きていくのが運命だと辛抱してた。あの梅の簪《かんざし》だってお母様がわたしにくれるはずだったのに、気を引くために奥様にあげてしまった」

「梅の簪？」

以前、芹欄が飾ってくれたあの簪のことか。そのときの芹欄は悲しげな表情を浮かべたが、それは采妃の母を悼んでいるのだと思っていた。けれど、本当は違ったのだ。

「お姉様があの簪を挿しているのを見て、どんなに悔しかったか。わたしの大切なものは全てお姉様に奪われてしまう。なのに、お姉様にはその自覚もないのよ……！」

芹欄はそう言い切って、息を詰まらせる。

采妃なら、ここで謝罪の言葉を述べたかもしれない。けれど、梓春は采妃ではない。

「それが、私を殺そうとした理由？」

言葉を詰まらせた芹欄に、梓春は一歩踏み込んで尋ねる。

すると、芹欄は肯定も否定もせずに、「お姉様は覚えてないでしょうけど」と言葉を紡いだ。

「わたし、お姉様に手巾《しゅきん》をあげたの。それまで抱えていたお姉様への憎しみを断ち切るためにあげたのよ……お父様から貰《もら》った大事な布地を使って、何日もかけて刺繍《ししゅう》して。でも、お姉様はその手巾を失くしてしまったんですって」

――あの手巾だ、間違いない。

梓春は、庭園で瓚煌が渡してくれた牡丹《ぼたん》と梅が刺繍された手巾を思い出す。

いろいろと忙しくて、あれが采妃のものかどうかを確認するのを忘れてしまっていた。

「謝るお姉様の涙を見た瞬間、全てがバカみたいに思えた。所詮《しょせん》わたしの存在はその程度よ。どうしてお姉様が泣くの、幸せを享受しているくせにって腹が立った……」

芹欄が声を震わせる。これが彼女の本心なのだろう。

「毎日、お姉様は寝台の上で『私なんか妃に相応《ふさわ》しくない』と話していた。ええ、その通りだわ！　か弱いお姉様よりも、わたしの方が妃に見合っていたはずよ！」

「その想いから、私に毒を盛ったのね？」

梓春が尋ねると、芹欄は「ええ」とはっきり頷いた。

「でも、お姉様は生き返ったわ。やっぱり、わたしには運がないみたい……」

「私が目覚めた時、あなたは泣いてた。それも全部、嘘だったの？」

「そんなの悔し涙よっ！」

芹欄は涙目になり、梓春をきつく睨む。

「お姉様は、わたしが犯人だなんて全く思ってない様子だった。だから、もう一度やろうって考えたの。疑われないように、以前のように従順な侍女を演じ続けたわ……記憶がないみたいだし、いっそのこと、あなたの妹であった過去も捨てることにした。ふとした瞬間に同情の視線を向けられるのが、どれほど屈辱だったか……」

芹欄はすらすらと言葉を紡いでいく。これが最後だと思って投げやりになっているのだろうか。枷《かせ》が外れて、隠していた本音が溢《あふ》れ出してしまったのかもしれない。

「でも、お姉様に気づかれて、死ぬしかなかった。人生を賭《か》けた計画だったのよ……」

芹欄は言い終えると、そのまま口を閉ざしてしまう。

「──私は、皇太后様があなたのことを脅していたのだと思っていた」

梓春が呟《つぶや》くと、芹欄は「全然違うわ」と、小さく乾いた声で言った。

「あるとき、皇太后様はお姉様が嫌いだと知ったの。敵対する者には手段を選ばないことも。だから、お姉様の命を奪うと伝えれば、あの御方は味方してくれると思った」

「最初から、全てあなたの意思だったのね」

「そうよ。わたしは、今までお姉様に奪われてきたものを取り返すと決めた。妃の地位だって……！　だから、皇太后様に瓚煌様の妃にしてもらえるようにお願いしたの」

梓春は皇太后の言葉を思い返す。

『彼女は、采妃の命を奪えたら瓚煌の妃にしろなどと、わらわに申し出てきたのだから！』

皇太后の言った通りだったのだ。信じられない話だったが、こうやって芹欄の口から理由を聞かされると、それが事実だったと受け入れざるを得ない。

「お姉様も可哀想に……皇太后様は瓚煌様を皇帝にする気よ。すぐに玉座は奪取されるでしょうね。そうなれば、後宮も解散されてお姉様の居場所はなくなるわ！」

芹欄は梓春に哀れむような視線を送る。そうしないと自分を保てないのだろう。

「いいえ、それは違うわ。皇太后は捕まって罰を受けるし、瓚煌様が皇帝になることはない。つい先程、主上の即位礼が終わったの。私は妃のままなのよ」

「うそっ、そんな……っ!?」

梓春が告げると、芹欄は瞠目《どうもく》する。よほど皇太后を信じていたのだろう。

もう一つ、この娘に話すべきことがある。あの手巾のことだ。

「あなたがくれたのはこの手巾でしょう？　私が……いえ、記憶をなくす前の采妃が雪の中で捜していたのよ。失くしてしまってごめんなさいね」

梓春は袖《そで》に仕舞っていた牡丹と梅の手巾を取り出して、芹欄に見せる。

采妃は手巾を大切に思っていたから、ずっと必死に捜していたのだ。

「雪の中って……まさか、あの日お姉様が采月宮の前で倒れてたのは……！」

芹欄は声を震わせ、梓春に縋《すが》るような視線を向ける。

しかし、梓春はその雪の日のことを知らないのだ。頷《うなず》くことはできない。

「お姉様……っ！　どうして何も覚えてないの……」

何も言わない梓春に、芹欄は落胆する。そして、その場ではらはらと涙を流した。

難しい顔をした長清が房室に入ってくるまでの間、梓春たちは一言も話すことなく、ただ芹欄のすすり泣く声だけが響いていた。

梓春にできることはもうない。ここで優しく手を差し伸べても、それは彼女にとって屈辱でしかないだろう。

全て決着したことを悟った長清が、梓春に告げる。

「采妃様、芹欄を刑司に連れていきます」

頬に涙の跡が残る芹欄は、手を貸そうとする長清を拒み、「いいえ、自分の足で歩けます」と言いながら、自力で寝台から立ち上がる。

「お姉様、わたしに死罪を！　わたしは頑張った。あなたよりもずっと頑張った。その結果に賜る死ならば光栄だわ。お父様もわたしを見てくれるはずよ……！」

そう言って笑う芹欄は、憑《つ》き物が落ちてすっきりしたような表情をしていた。

そして、彼女はたしかな足取りで房室を出ていく。

「芹欄の処遇はどうしますか。采妃様に求刑の権利があるはずです」

「少し、考えさせて」

首を横に振る梓春に、長清は頷き、芹欄に付いて房室を出ていった。

「……なあ、采妃。どうして夢に出てこないんだ」

梓春は壁に寄りかかって目を瞑《つむ》り、瞼《まぶた》の裏に采妃を思い描く。

采妃が夢枕に立ったのは一度だけだ。教えて欲しいことがたくさんあるのに、あれ以降、夢に現れてくれない。

「俺はどうすればいい……？」

梓春は采妃に問いかけるが、答えが返ってくることはなかった。

終章

「采妃様、おはようございます！」

茗鈴が薬湯を盆に載せて、房室に入ってくる。

「おはよう……」

梓春は欠伸《あくび》をしながら、椅子に腰掛ける。

誕生祭から五日が経ち、玲瓏殿は急激に変化した。今まで素顔を隠していた桜煌が姿を現すようになり、臣下とも直接関わるようになったのが、その主な要因である。

芹欄の処遇については一晩中考えた。その結果、彼女を追放することにした。

彼女には宮中を出て自由に暮らしてもらう。妃《きさき》に毒を盛った罪人に対しては破格の待遇である。刑司には厳罰を求められたが、梓春は受け入れなかった。

結局、芹欄には采妃が死んだ真実を話していない。余計なことだと思ったからだ。

苑家には既に事件の顚末《てんまつ》が伝わっていた。二日前に采妃の父親から、采妃を案じる文が届いたのだ。しかし、そこには芹欄については何も書かれていなかった。

これから、芹欄は罪の意識を抱えて生きていくことになるだろう。父親の愛情も望めない。計画の成功も知り得ない。望む死罪も与えない。それが彼女に対する罰だ。芹欄は昨日玲瓏殿を出た。この先、彼女は自害するかもしれないが、それが自分で選んだ道だというならば、梓春には関係のない話だ。

けれど、感謝もしている。芹欄は梓春にいろいろなことを教えて、世話をしてくれたのも事実だ。彼女がいたから、梓春は慣れない後宮で楽しく過ごすことができた。

「塡油先生によると、この薬も今日までです。お疲れ様でした」

「茗鈴、ありがとう。先生にもお礼を言わないとね」

梓春は茗鈴が持ってきてくれた翳蛇の薬湯を飲み干す。梓春が采妃になってから、塡油にもお世話になりっぱなしだ。今度、労《いたわ》りの贈り物をしなければ。

「いろいろと問題は解決しましたが、瓚煌様はお辛《つら》いでしょうね」

「そうね……」

廃宮に送られた皇太后は自ら毒を飲んだという。屈辱に耐え切れなかったのだろうか。こんな形で母を失った瓚煌の心情は計り知れないが、桜煌によって正式に親王に封じられた彼は、これから桜煌を支える柱となっていくだろう。

絶望した俐尹も同じく首を吊《つ》ったらしい。皇太后の自死を聞かされた直後だ。梓春はそれを聞いた時、呆《あっ》気《け》ない死に方だなと気が抜けてしまった。仇《かたき》だったのに、いざ死んでしまうとどうでもいい気がしてくる。きっと、恨みが晴れたのだろう。

そして、皇太后と共謀していた菰山や郭賑、明達、炳惇は官位を剝奪《はくだつ》されて玲瓏殿から追放され、芭里と尚膳《しょうぜん》については罪を取り消し、宮中に戻ってこられるようにした。

「采妃様、蕓妃様がお越しになりました」

「えっ、もう？」

今日は采月宮で五妃会が開かれる日である。巳《み》の刻からのはずだが、まだ一刻早い。

「采妃様、ごきげんよう」

「早いぞ。まだ準備できてないんだが」

梓春は卓に頬杖《ほおづえ》をつき、くだけた態度で話す。冬莉は、後宮の中でも特に親しい者の一人だ。そして、現状、梓春の正体を知っている唯一の人間である。

「いいじゃないか。暇だったんだもの」

冬莉も梓春相手に好き勝手にくつろいで、椅子に凭《もた》れかかっている。

「君、何か僕に聞きたいことがあるでしょ？　顔に出てるよ」

冬莉は梓春の顔を覗《のぞ》き込んで、意味ありげに、にっと口角を上げる。

「なんでも分かるんだな……冬莉、俺の遺体を見つけたのは偶然じゃないだろ？」

「へえ、勘がいいんだね。僕が見込んだ妃なだけある」

冬莉はそう言って、梓春の肩をぽんぽんと叩《たた》く。

——やっぱりそうだ。

ずっと考えていた。梓春の遺体の第一発見者は冬莉だ。その冬莉がたまたま太史令であり、たまたま皇太后の腹の底に気がついている者だった。

普通、そんなことあるだろうか。偶然にしてはできすぎている。そう思ったのだ。

「僕は、君が殺された日の朝、『皇太后が玲煌様の潜入に気がついた』ってのを良潜から聞いたんだよ。それを玲煌様の臣下に伝えたんだ」

「冬莉だったのか……」

頭の中で点と点が繋《つな》がり、梓春は納得する。

夏月は、梓春が殺された日の朝に、皇太后に勘づかれたかもしれない……という報告を受けたと話していた。その情報源は絢静宮に潜入している良潜だったのだ。

「玲煌様はその日のうちに手を引いたと聞いたけれど、胸騒ぎがやまなくてね。それで、なんとなく夜空を見上げたら、采月宮から碧門へと線を描く流星が見えたんだ」

「それって、采妃と俺の暗示か？」

「結果的にはそうみたいだね。僕は流星が気になって、早朝に碧門へ行った。すると、近くに血痕《けっこん》が残ってたんだよ。普通の人は気づかないくらいだけど、僕は目がいいから」

「なるほど、それで俺を見つけたわけだ」

「そう。あとは星の導くままに川縁《かわべり》を歩いていった。すると、男の遺体が浮かんでるじゃないか！　本当、僕の寿命を縮めた責任を取ってほしいくらいだ……」

「はは……」

大袈裟《おおげさ》に嘆いてみせる冬莉に、梓春は苦笑する。

遺体なんて見たくて見るものではない。しかも、水にふやけて最悪な状態である。

梓春は自分の無惨な遺体を想像して身震いする。

「それでね、次の日の夜眠れなくて歩いていると、采妃と主上が庭園で密会してるのを見つけたんだよ。しかも、采妃の姿なのに中身はあの遺体の男！　これは運命だと思わない？」

冬莉は身を乗り出して、梓春に詰め寄る。その圧に負けた梓春は小刻みに頷《うなず》く。

「結果として、君は殺されてしまったけど、君のおかげで皇太后の裏を暴くことができた。今は宮中の諍《いさか》いも沈静化して、朝廷がいい方へと向かってる」

冬莉は嬉《うれ》しそうに語る。そして、「いわば、君は救世主だ！」と高らかに宣言した。

そんなふうに言われると少し照れくさい。

それに、梓春のおかげというよりも、桜煌や夏月、冬莉の力の方が大きい気がする。

「僕が采妃を選んだのは、采妃と君の入れ替わりを見越していたのかもね」

「えっ」

梓春は首を傾げるが、冬莉は冗談ではなく、本気で言っているようである。

冬莉が言うならそうなのかもしれない。梓春が采妃になるのも全て運命で決まっていたのだ……とさえ思われる。それなら、運命を決めた神はとんだ悪戯《いたずら》っ子だ。

「ところで采妃、時間は大丈夫なの」

「うわっ、大変だ！　そろそろ他の妃もやってくる！　冬莉も準備を手伝ってくれ！」

「えー、客人を使うのかい？」

「暇なんだろ？」

「仕方ないなあ」

提灯《ちょうちん》飾りを手渡すと、冬莉は文句を言いつつも飾り付けをしてくれる。

冬莉とのやり取りは、かつての夏月とのもののように気が置けない空気で心地いい。


采月宮での五妃会は穏やかな雰囲気で行われ、即位礼での桜煌の様子、これからの行事についてなど楽しい話題に花が咲いた。次は蕓星宮で開くようだ。

話題には上らなかったが、梓春が気になるのは今後の後宮のことだ。前帝は嬪の位も設けていたが、桜煌はどうするのだろうか。いろいろと解決したので、もう采月宮には来ないかもしれないし、会うにもどう理由をつければいいのだろう。

――せっかくの縁なのに、それは寂しいな……。

最初は皇帝の近くに侍《はべ》るなど畏《おそ》れ多いと思っていたが、桜煌の様々な面を知り、彼と親しくなれたと思っている。梓春は思いの外、桜煌と話すのを心待ちしているのだ。

妃たちがそれぞれ自分の宮へ戻っていった後、冬莉が帰り際に言った。

「采妃、そう気を落とさなくていいよ」

「なんのことだ」

「ふふ、主上は君のことを気に入っている」

「え？」

梓春は驚く。この占師には、今の不安な心さえも読まれていたのか。

「主上と救世主がいればこの国は安泰だよ。爺《じい》さまもお喜びになるね！」

「じゃあ、偉大な太史令様に聞くが、俺の未来はどうなんだ。いい感じか？　また死んだりしないだろうな」

梓春が尋ねると、冬莉は意味ありげに口角を上げた。

その反応に、梓春は固唾《かたず》を呑《の》んで彼女の見解を待つ。

「安心して。今のところ悪いものは見えない。君は采妃として上手《うま》くやっていけるよ」

「ほんとか⁉」

「本当さ。まあ、これは現時点での話だから、結局は君の行動次第かな」

「うっ、そりゃそうか……」

最終的に幸せな未来を掴《つか》むのは自分だ。自分で手に入れなければならない。

いくら太史令のお墨付きだろうが、それは変わらないということだろう。

「なら、采妃として精一杯生きてくことにする。幸せになるってのが次の目標だ」

梓春がそう言うと、冬莉は「そっか」と嬉しそうに笑った。


「突然の訪問、申し訳ありません」

梓春の目前で拱手《きょうしゅ》する男は、親王・玲煌――梓春の親友の夏月であった。

五妃会の翌日、突然采月宮を訪ねてきた。梓春は少し驚きながら夏月を自室の中へと案内する。

入れ替わり後に夏月と二人きりになるのはこれが初めてで、妙に落ち着かない。

「玲煌様、お越しいただきありがとうございます。今回はどのようなご用件で……？」

梓春はちらちらと夏月の様子をうかがいながら言った。その黒髪がまだ見慣れない。

「采妃様、ひとつお聞きしたいことがあるのです」

ただ事ではなさそうな表情でこちらを見つめる夏月に、梓春はどきりとする。

「どうしてそんなによそよそしいのです。以前は、夏月と呼んでくださったのに」

「えっ」

悲しげに眉《まゆ》を下げる夏月を前に、梓春は動揺する。

『夏月‼　主上を守れッ！！！』

誕生祭のときに、夏月と叫んでしまったことを言っているのだろう。

「――ところで、私は采妃様に夏月という偽名を教えていないのですが、どこでお知りになったのですか？」

「いや、それは、その……」

夏月は回りくどい聞き方をする。その紫の瞳《ひとみ》は笑っていない。

――おい、まさか……？

徐々に近づいてくる夏月に、梓春はじりじりと後退していく。

やがて、行き止まり、踵《かかと》が壁にぶつかってしまう。

「梓春！」

「はひっ⁉」

突然名を呼ばれ、梓春はびくりと肩を揺らし、胸の前で両手を合わせる。咄嗟《とっさ》に出たその仕草は、通常の拱手よりも力強く拳《こぶし》を握り合わせる武官の敬礼だった。

その反応を見た夏月は瞠目《どうもく》し、そして「はぁぁ……」と深いため息をついた。

「まさか本当に采妃が梓春だったなんて！　怪しいとは思っていたが……」

「な、な、なんで気づいて……⁉」

夏月の発言に、梓春は目が飛び出しそうなほど驚愕《きょうがく》する。

「おまえが采妃の恩人だというのがまず怪しい。それで采妃を観察していたのだが、どうにも仕草が梓春に似ている。極めつけはあの私の名を呼んだことだ。あとは……勘だな」

「もう！　知ってたんならはやく教えてくれよ！」

「確信を持ったのは誕生祭の日だ。あれから忙しくて、やっと会いに来られたんだぞ」

「たしかに、それもそうか。来てくれてありがとう」

そうだった。夏月はただの門兵ではなく親王なのだ。

礼を言う梓春に、夏月は表情を変える。強気だった眉は下がり、瞳が少し揺れている。

「梓春、すまない。おまえが死んだのは私のせいだ。どう償えばよいのか……」

夏月はそう言って頭を下げた。

梓春は目頭が熱くなる。夏月は梓春に対して罪悪感を抱え続けていたのだ。

「いいや、夏月のせいなんかじゃないさ。おまえは悪くない。それよりも、俺のことを必死に捜してくれていたと聞いた。それだけで嬉しいよ」

これが梓春の本心だった。夏月を恨む気持ちは微塵《みじん》もない。むしろ、梓春のことを心配してくれたのが、夏月もちゃんと友と思ってくれていたようで嬉しいのだ。

すると、夏月はもう一度「すまない」と頭を下げ、それから「ありがとう」と言った。

梓春は軽く拳を作って、夏月の胸を突く。すると、夏月は困ったように笑った。

「親友のおまえとまたこうやって話せるとはな……夢みたいだ」

「私の方が夢みたいだ。おまえが采妃になってるなんて、本当に驚いたぞ。……もう元には戻らないんだろう？」

「ああ。俺の肉体はもう埋葬されている。采妃の魂もこの世にはいない。だから、俺は采妃として生きていくことにしたんだ」

「そうか」

元の身体に戻れるのなら戻りたい。しかし、それは無理なのだ。

「驚いたのはこっちも同じだ。俺が経歴を尋ねても教えてくれなかったのに、まさか、親王だったとは。俺にはつれないのに、お妃様《きさき》には優しいんだな？」

「隠していて悪かった。そのせいでおまえは……」

梓春が冗談めかして言うと、夏月はまたしゅんと萎《しお》れる。相当こたえているらしい。

「あー、謝るなって！　俺も采妃になったことを隠してたんだ。おあいこだろ？」

「そうだが……」

「そんなに気にするなら、また俺と仲良くしてくれ。こう見えて、結構心細いんだぞ。いやしかし、皇帝の妃と親王が仲良くするのはあまり良くないのか……？」

「……ふふ、相変わらずだな、梓春は。よし、姿は変われどおまえは親友だ。そしておまえが桜煌の妃なら、私とは親族のようなものだ。仲が良くても構わないだろう。義兄《あに》上《うえ》と呼んでくれてもいいんだぞ？」

「うげっ、誰が呼ぶか！」

梓春と夏月の顔には、自然と笑みが浮かんでいた。

こんな些細《ささい》なやり取りでさえ懐かしい。まるで、碧門での日常が戻ってきたようだ。

夏月が碧門に潜入しなければ、友になることはなかった。これも運命なのだろうか。

「そういや、夏月の瞳の色は生まれつきなのか？　主上と良く似ている」

桜煌と初めて会った時に誰かと似ていると思ったのは、夏月の面影があったからだ。

梓春の問いに、夏月は「ああ、梓春は知らないか」と腕を組む。

「なんだよ」

「実は、私の母である柑《かん》妃は霖妃様の親戚《しんせき》なんだ。そして、私は父上と血が繋《つな》がっていない」

「へ!?」

さらりと告げられた事実に、梓春は間の抜けた声を上げる。

「霖妃様が亡くなられてお嘆きになった父上が、当時十歳だった私ごと母を後宮へと招いた。母は寡婦だったが、その容姿が霖妃様に瓜二《うりふた》つだったから、父上の目に留まったらしい。故に、私には帝位継承権がなく、争いから離脱していた」

「なるほどなあ。そんなこと、俺は全然知らなかったぞ……」

「公にはなっていなかったからな」

愕然とする梓春に、夏月はくすりと笑う。

梓春が宮中に出仕する前の出来事とはいえ、この五年間、第二皇子の秘密は知らなかった。柑妃はもう後宮にはいなかったからというのもある。

「――いや待て、柑妃は既に亡くなってるんだよな？　まさか、その原因って……」

背筋が冷えるのを感じる。霖妃によく似た妃の死は、嫌な想像をさせた。

「梓春、私は何も知らないんだ。母の死は疫病が原因だったと聞かされた……事実がどうであれ、今更何を言っても過ぎた話だ」

しかし、夏月は神妙な顔で首を横に振り、梓春の考えをやんわりと抑え込む。

その暗い表情に、これ以上踏み込んではいけないと理解し、梓春は口を閉ざした。

「それよりも、桜煌はおまえのことを随分と気にかけているぞ。采妃としても、梓春としても。もう、自分の正体を話したのか？」

「いいや、話していない。必要がないだろう……混乱させるだけだ」

「しかし、采妃として生きていくならば、今後一番関わりがあるのは桜煌だぞ」

「それはそうなんだが……」

正直、迷っている。正体を偽っていたことで、距離ができてしまうのが忍びないのだ。

はっきりしない梓春の額を、夏月はつんとつつく。

「まあ、決めるのはおまえだ。好きにするといい。だが、一つだけ頼みがある」

「どうした？」

夏月はいつにも増して、真面目な面持ちで梓春を見る。

「弟を支えてほしい。私も精一杯尽くすつもりだ」

「もちろんだ」

梓春は頷《うなず》く。

采妃として生きていく覚悟を決めたときに、生涯桜煌についていくと誓ったのだ。

すると、夏月はほっとしたように、「ありがとう」と顔を緩ませた。

「そういえば、采月宮の前で瓚煌を見かけた。気が向いたら相手をしてあげてくれ」

「えっ、瓚煌様が？」

梓春が首を傾げると、夏月は頷く。瓚煌が采月宮にいったいなんの用だろうか。

「夏月は瓚煌様と仲が良いのか？　主上はあまり関わりがなかったと言っていたが……」

「誕生祭の後から、話す機会が増えたんだ。私より四つも下だ。素直でかわいらしい」

夏月は口元を綻《ほころ》ばせる。兄弟仲良くしているようで安心だ。

「そろそろ帰らなければ。梓春、またな」

「ああ、また」

梓春は手を振る夏月の背中を見送る。碧門ではなく采月宮で別れるのが感慨深い。

「あー、すっきりした！」

夏月に正体を知らせないままでいることが気がかりだったのだ。

これで、姿は変わってしまったが、これからも友として関わりを持つことができる。

梓春はそれが心底嬉《うれ》しかった。

しばらくすると、夏月の言葉通り瓚煌がやってきた。彼と話すのはこれが二度目だ。

彼は房室に入るやいなや、梓春に向かって深く頭を下げる。

「采妃様、申し訳ありませんでした！」

「えっ？」

「母上は主上だけでなく、あなたにも酷《ひど》いことを……」

梓春はたじろぐ。まさか、瓚煌から謝罪を受けるなんて思っていなかったのだ。

「頭を上げてください」

梓春に言われて顔を上げた瓚煌は、困ったような、悲しいような表情をしている。

「瓚煌様が謝る必要はありません。あなたの方がお辛《つら》いでしょう……」

「辛くないと言えば嘘になります。でも、母上がしたことは許されないことです。母上が自ら命を絶ったというならば、僕に言えることはありません」

瓚煌はぐっと拳を握りしめて、一度深く息を吐く。そして、揺るぎない眼差《まなざ》しで「僕は前を向きます」と言った。

梓春は瓚煌の様子に安堵《あんど》する。皇太后のことは踏ん切りがついたのだろう。

「私も瓚煌様を応援しています！」

「ありがとうございます……！」

梓春が言うと、瓚煌は強《こわ》ばっていた表情を緩ませた。

「瓚煌様、この間は手巾《しゅきん》を見つけていただいてありがとうございました。あの手巾が、結果として、あの手巾は采妃にとっても、芹欄にとってもかけがえのないものだった。

本当に大切なものだったことを思い出したんです」

「いえいえ。助けになれたのなら、僕も嬉しいです」

瓚煌は嬉しそうに、にひっと笑う。たまに見せる無邪気な笑い方が桜煌に似ている。

先程、夏月が瓚煌のことを「かわいらしい」と言っていたが、たしかに愛《いと》おしく思えてくる。梓春より四つも下なのだから、兄性が顔を出すのも仕方がない。

二人はその後、桜煌や夏月のこと、瓚煌の新しい殿舎のことなどについて話した。

「采妃様、今日はお話しできてよかったです。今度は是非、僕の宮へいらしてください」

「ありがとうございます。楽しみにしてますね……！」

房室の外に出て梓春が別れの挨拶《あいさつ》をすると、瓚煌は礼をして帰っていく。

亘鶴と言い合いながら去っていくその背中を、梓春は微笑ましく見送った。

瓚煌が去った後、長清が声をかけてくる。

「采妃様、今日も客人が多いですね。ふふ、注目の的なんですかねえ」

浮かれた様子の長清に、梓春は微笑みながら尋ねる。

「あなたが采月宮にやってきて随分経ったけれど、気に入ってくれた？」

「そりゃあもう、素晴らしい主《あるじ》に仕えることができて光栄ですよ」

「ならよかった。これからも頼むわね」

「はい、采妃様！」

梓春が微笑むと、長清はにっかりと笑う。彼の明るさに救われる部分も多い。

「采妃様っ！　わたしもずっとお仕えしますよ！」

話を聞いていた茗鈴も駆け寄ってくる。梓春はその頭を優しく撫《な》でた。

「茗鈴もありがとう。あなたがいてくれたから、ここまでやってこられたわ」

「采妃様のお力です！　主上もお見えになって、采月宮がこんなに賑《にぎ》わうなんて……」

感激に目を潤ませる茗鈴の様子に、梓春は愛おしい気持ちが湧いてくる。

「ちょうど、采月宮の春の花たちも見頃ですね」

「うん。とても綺麗《きれい》……」

長清の言葉に梓春は庭の花々に目を向ける。白色、桃色、薄黄色など、色とりどりの美しい花が咲き誇っていた。芙蓉《ふよう》の苗の小さい芽もきらきらと輝いている。

「あっ、小鳥？」

そこに、かわいらしい小鳥が囀《さえず》りながら飛んでくる。見覚えのある白い鳥だ。もしかして、茗鈴が裏門で世話をしていたあの子だろうか。

「茗鈴、この小鳥って」

「はい！　もうすっかり調子が良くなったみたいで、自由に飛べるようになりました。でも、ずっと采月宮から離れないんです」

「ここが家だと思ってしまったのかしら」

「そうなんです……采妃様、この子をこのまま采月宮に住まわせてもいいですか？」

「もちろんよ。実はね、病が治ったときに鳥も苦手じゃなくなったの」

「えっ、本当ですかっ⁉　ありがとうございます……！」

茗鈴は嬉しそうに小鳥を撫でる。すると、小鳥もちゅんっとひと鳴きした。


夜も更け、梓春は月が昇った夜空をぼんやりと見つめる。そして、月明かりに惹《ひ》かれて窓に指を沿わせると、外の様子が騒がしいことに気がついた。

来客かと思い外に出ようとした瞬間、長清が嬉しそうな顔で房室に入ってくる。

「采妃様、主上がお越しになりました！」

「えっ！」

梓春は驚く。やはり、今日はとんでもない日だ。三兄弟が次々とやってくるなんて。

慌てて迎えに出ると、門の前には鳳輦《ほうれん》が止まり、雨宸が傍に控えていた。

そのとき、雨宸によって帳《とばり》が開かれて、月明かりを背に桜煌が降り立つ。

——あの日と同じだ……！

梓春の脳内に、桜煌が初めて采月宮を訪れた日の光景が蘇《よみがえ》る。

あの日の桜煌は面布を着けていたが、今日は素顔が露《あら》わになっている。鳳輦を担いできた近衛《このえ》兵も下を向いてはいるが、面布は着けていなかった。

皇太后の支配はもうなくなったのだ。彼女が桜煌の姿を必死に隠していたのは、霖妃の面影を視界に入れたくなかったからなのかもしれない。

桜煌と目が合う。輝く紫の瞳だ。何度見ても、その力強さには惹かれてしまう。

梓春はあの日の光景をなぞって地面に片膝《かたひざ》をつき、桜煌の言葉を待った。

「采妃、面を上げよ」

「はい、主上」

あの日と同じ言葉に導かれ、梓春は顔を上げる。すると、得意げに笑う桜煌がそこにいた。きっと、あの日も面布の下では、同じ表情をしていたのだろう。

懐旧にぼうっとしていると、桜煌が梓春の腕を引いて立ち上がらせる。

「ええと、久しぶりですね……」

「ああ……こうしていると、初めて訪れた日を思い出すな」

「はい」

桜煌も梓春と同じことを思っていたらしく、彼は月夜の采月宮を微笑みながら見渡す。

「雨宸、あれを」

「承知しました」

桜煌が言うと、雨宸は抱えていた大きな木箱を長清に手渡す。

「主上、これは？」

「あとのお楽しみだ。──雨宸、おまえはもう帰っていいぞ」

雨宸は頷《うなず》き、梓春に向かって「主上を頼みます。何かありましたら、鶺鴒宮に」と言った。それに対して、梓春は半ば反射的に「わかりました」と頷く。

すると、雨宸は近衛兵を指揮して、空の鳳輦を担がせて帰っていった。

「今日は戻らせるんですね？」

「ああ。ここに長居してもいいだろうか？」

「もちろんです！」

それだけ、話したいことがたくさんあるということだろうか。

桜煌が会いに来てくれたことに梓春は嬉しくなり、自然と笑みが零《こぼ》れた。

房室に二人きりになると、桜煌が卓上の木箱を開く。

「今日は手土産がたくさんある」

「わあっ！」

そこには、色とりどりの月餅《げっぺい》が入っていた。

どれも美味《おい》しそうで、夕餉は既に済ませたのに食欲がどんどん湧いてくる。

そうやって月餅を眺めていると、薄桃色の菓子が目に留まった。もしや、この形は。

「これ、もしかして……？」

「気づいたか？　これは采妃から貰《もら》った餅型《もちがた》で作ったものだ」

「やっぱり！」

ふんわり焼き目が付いた花形の月餅。梓春が贈った餅型を使って作ってくれたのだ。

「とても美味しそう……せっかくなので、一緒に食べませんか？」

「ぜひ」

高揚した気分で言うと、桜煌は目を細めて頷いた。

梓春は桜煌が贈ってくれた福寿桃の茶器で注いだ緑茶と一緒に、月餅を頬張る。

「美味しい！　この月餅、胡桃《くるみ》の餡《あん》が香ばしくて最高です」

「そうだろう？　上手《うま》くできたんだ」

梓春が言うと、桜煌は得意げな表情を浮かべた。

「そうだ、采妃。簪《かんざし》は気に入ってくれたか？」

「はい。素敵で、お気に入りです……！」

「それならよかった。やはり、よく似合っている」

桜煌は梓春の髪に飾られた簪を見て、顔を綻《ほころ》ばせた。

梓春は桜煌から贈り物をたくさん貰っており、采月宮に鳳輦が渡るのも二度目だ。

そんなことを考えているうちに、五妃会での他の妃《きさき》の様子が思い出される。

「あの……他の妃も主上のことを心配されていました。一度お話しされてはどうでしょうか」

誕生祭の場でも皆心配していたし、五妃会でも桜煌を話題にしていた。

梓春ばかり桜煌を知っているようで、なんだか申し訳ない気持ちもある。

「……采妃は、私が他の宮へ行ってもいいのか?」

すると、桜煌は少し拗《す》ねたように、梓春を上目遣いに見てくる。

「えっ?」

「ふふ、冗談だ」

梓春が言葉の意味が分からずに首を傾げると、桜煌は小さく笑って首を横に振った。

「あなたの言う通り、皆とも一度話をしてみようと思う」

そして、桜煌は真剣な面持ちで頷く。

蕓妃は占いで自分を選んでしまったからと言っていたが、他の三人は妃になることに積極的だったのだろうか。少なくとも、嫌がっているようには見えない。

自分はどうだろう。雲の上の存在だと思っていた皇帝と、こうして共に過ごすことができているのも、采妃と入れ替わったおかげだ。良くも悪くもいろいろなことが重なった結果だが、なんだかんだ、妃としての後宮の暮らしを満喫している。

「采妃、花を見に行かないか?」

ゆっくりと歓談を楽しんだ後、桜煌が梓春を誘った。

「花ですか？」

「誕生祭の宴《うたげ》で見た大桜だ。どうだ？」

「ぜひっ！」

梓春は興奮に身を乗り出す。誕生祭では警戒してばかりで、桜を愛《め》でるどころではなかったから、この誘いは嬉《うれ》しい。

梓春は桜煌と共に采月宮を抜け出す。途中、長清に見付かったが、笑って見送られた。

「夜の散歩って、なんだか背徳感がありますよね」

「少し分かる。それに、こんな夜遅くに桜を見に行くのは初めてだ」

護衛も連れず出歩く皇帝と妃の姿に、碧門の衛兵は驚く。しかし、桜煌が口元に人差し指を立てると、衛兵はこくこくと頷いて外に通してくれた。

やがて、二人は大桜の根元に辿《たど》り着いた。

「月明かりと相まって、とても綺麗《きれい》な桜ですねえ」

「そうだな。昼に見るのと夜に見るのとでは、印象が違うのがおもしろい」

夜風に揺れる花弁は幻想的で、桜の帳に包まれたような夢心地になった。

穏やかな沈黙の後、梓春は覚悟を決めて口を開く。

「主上」

「どうした」

桜を見上げていた桜煌は、梓春の方に視線を移した。とても優しい顔をしている。

「今から話すことは、主上を裏切ることになるかもしれません」

「言い難《にく》いことか？　私は何を言われても構わない。話してみろ」

桜煌は不思議そうに首を傾げて、梓春を促した。

――今だ。話すのは今しかない。

「実は……私は采妃ではなくて梓春なんです。主上もご存じの、門兵の梓春です」

梓春は桜煌の瞳《ひとみ》を見つめて、視線を逸《そ》らさないように、思い切って秘密を告白した。

騙《だま》していたと怒られるだろうか。顔も見たくないと言われるだろうか。

桜煌はおもむろに目を見開き、そして「梓春？」とだけ聞き返す。

「はい。采妃の身体と入れ替わってしまったというか、なんというか……中身は俐尹に殺された門兵の梓春なんです……って、こんなこと言われても困りますよね……」

梓春は桜煌に伝わるように、できるだけゆっくりと話した。

尻《しり》すぼみになってしまったが、これでも勇気を振り絞ったのだ。

すると、梓春の予想とは裏腹に、桜煌は「ははは っ！」と声を上げて笑った。

「なんだ、そうだったのか！　早く言ってくれればよかったのに！」

桜煌の様子に、今度は梓春が呆気《あっけ》に取られる番である。

「先程から神妙な面持ちでいたが、そういうことか。あなたは梓春なんだな？」

桜煌は一人で納得したように、うんうんと頷く。

――えっ、今の話で信じてくれたのか？　どこからどう見ても采妃でしかないのに、梓春は死んだって話だったのに……!?

「し、信じてくれるんですか!?」

「だって、嘘じゃないんだろう？　とても驚きはしたが……まさか魂の入れ替わりとは、この世には不思議なことがあるものだな」

言葉通り、桜煌の顔には驚きの色が浮かんでいるが、疑う素振りは見えない。

こちらを見据える真っ直ぐな眼差《まなざ》し。梓春をからかっているわけではない。その本心から、梓春が言ったおかしな事柄を信じてくれているのだ。

「怒らないんですか……？」

「なぜ怒る？　あの夜に庭園で出会った采妃は、梓春なんだろう？」

「それは、そうですけど……でも、本当の采妃じゃないし、妃どころか男だし……」

「私の中では初めからあなたが采妃だ。あなたが梓春だろうと男だろうと、それは変わらない。私が気に入ったのはあなたなのだから」

桜煌は微笑みながら、梓春の肩に力強く手を添えた。その眼差しは揺るがない。

「そう、ですか……」

梓春はなんとか言葉を絞り出す。目頭が熱くて、今にも泣いてしまいそうだ。

桜煌の言葉によって、ようやく、入れ替わってからの不安が全て解消された気がする。

「私以外にも知っている者が？」

「は、はい。嚢妃と玲煌様が」

「……太史令はまだしも、なぜ私より先に兄上が知っているんだ？」

「門兵時代の友人だったんです」

「ああ、なるほど。そこで出会っていたのか」

夏月が潜入調査をしていたことを思い出したのか、桜煌は合点がいった様子だ。

「では、本当の采妃はどこへ？　なぜ入れ替わったのだろう」

「蕓妃は、采妃の魂はもうこの世にないと言っていました。入れ替わりは、私と采妃の死が同時だったのと、私が妃に生まれ変わってみたいと願ったのが理由だろう、と……」

「そうか……太史令が言うならそうなのだろう。死と願いが共鳴したのかもしれない」

梓春の答えに、桜煌は神妙な面持ちで頷《うなず》いた。

「初対面で私を庇《かば》ってくれたとき、その勇敢さに驚いたが、あなたは武官だったんだな」

それは梓春に向けた言葉ではなく、自分が納得するための呟《つぶや》きのようだった。

梓春はなんと返したらいいか分からずに、桜煌の視線を追って、月影を見つめる。

「采妃、これから二人の時は梓春と呼んでも？」

「は、はい。お好きなように」

「梓春、うん、なんだかしっくりくる気がする」

桜煌は梓春の名を呼び、満足げに頷く。

梓春はなんだか照れくさくて、「よかったです」とだけ返す。

「そういえば、主上は花が好きなんですか？　先月も花見に行かれたと聞きました」

そして、梓春は動揺を隠すように、別の話題を持ち出す。

梓春が皇帝の帰還の場に居合わせたのは、ちょうど俐尹に襲われた日だった。夏月に皇帝の外出の目的を尋ねると花見だと言うので、のんきだなと思った記憶がある。

「ああ、あの日か。別に遊んでいたわけではないぞ。皇太后の件で近くの領主を訪ねていたんだ。まぁ、花が好きだというのも、その帰りに花を見たのも本当だがな」

なるほど。あのときも桜煌は皇太后の裏について調べていたわけだ。

「そうなんですね。そういえば、私の故郷にも綺麗な花や木があるんです」

花が好きと聞いて、梓春は故郷を思い出す。

梓春の故郷である栗《り》楊《よう》は、玲瓏殿から遠い田舎でとても自然豊かだ。そこには、美しく鮮やかな花々がたくさん咲いており、子供の頃は山で遊ぶのが楽しみだった。

「梓春、家族に会いたいか？　今度、私と共に故郷を訪ねよう」

「いいんですか⁉」

「もちろんだ。気にかかるのだろう？　実は、李家には梓春の月給分の生活費を支給することにしたんだ。これは、皇太后が起こしたことの償いだ」

「そうだったんですね……本当にありがとうございます……」

梓春は驚き、胸が熱くなる。まさか、そこまでしてくれるとは思っていなかったのだ。

それに加えて、二度と会えないと思っていた家族との再会の機会を与えてくれるとは。

「そのときは、私が故郷を案内します！　自然豊かで、私の大好きな場所なんです」

「ふふ、それは楽しみだ」

気持ちが昂《たかぶ》って前のめりになって言うと、桜煌はくすりと優しく笑った。

「そうだ。梓春、あの言い伝えを試してみないか。郭脹が言っていたやつだ」

「花弁を吹くと幸運が訪れるという、あの？」

「ああ」

郭脹が話した言い伝えは、『桜の花弁が綺麗な弧を描き、ひらひらと空を舞う。それを手のひらの上に載せて、そっと息を吹きかけると幸運が訪れる』というものだった。

桜煌は「ほら」と言って、大桜に向かって腕を伸ばす。梓春もそれに倣った。

「主上にとっての幸運はなんですか？」

「国の安寧と……あとは秘密だ。梓春は？」

「じゃあ、私も秘密で」

そう言うと、桜煌は僅《わず》かに眉《まゆ》を上げる。そして、「わかった」と微笑して頷いた。

梓春が采妃と入れ替わってから、まだ一ヶ月と少ししか経っていない。実際に桜煌と話した回数は両手で数えられるほどである。

けれど、そのような日月よりも、桜煌との間には濃い絆《きずな》を感じる。

この人の統《す》べる国の行く末を見たい。この人を支えていきたい。そう思うのだ。

戴冠《たいかん》をこの目で見た時に、いや、采月宮で初めて会ったあの日にはもう、このような感情が芽生えていたのかもしれない。

「来た！」

「おおっ……！」

二人を包むように風がふわりと吹き抜けて、大桜の花弁を散らす。梓春はその花弁が手のひらの上に載るように、目いっぱい腕を伸ばして待つ。

月明かりに照らされる中、ひらひらと舞う桃色の花弁が、梓春の柔らかな手のひらに座った。

「主上！　来ました！」

桜煌を見上げると、彼も花弁を捕まえたようで、「いくぞ」と言って花弁を吹き飛ばした。

梓春は頷き、手のひらを寄せてふっと息を吹く。

すると、梓春の手のひらと桜煌の手のひらから、桜がひとひらずつ舞い落ちていく。

──幻想的だ……これは、まじないの効果がありそうだな。

桜煌も同じことを思ったのか、梓春の隣で感嘆の息を漏らす。

梓春は桜の花弁を見つめて考える。

自分にとっての幸運とは、言葉の通り、生きていて幸せだと感じられること。冬莉にも言ったように、今世の梓春の目標は幸せになることである。第一の人生は悲運にも短いものであったが、その分、第二の人生はうんと長く続いてほしい。

──長寿の次は、そうだなあ……来年もこうして、桜煌と大桜を見に来るってのも、幸せのひとつかもしれないな。

桜煌は花が好きだから、梓春が誘えば一緒に来てくれるだろう。

そのときは、また願掛けをしよう。花弁に幸せを願うのだ。

一生分の幸運を一度に手に入れようとは思わない。少しずつ摑《つか》んでいけばいい。

梓春はそんな未来図を胸に、春風に揺らめく大桜を仰いだ。

参考文献

『中国の科学文明』藪内　清　岩波新書
『中華の成立　唐代まで　シリーズ　中国の歴史①』渡辺信一郎　岩波新書
『中国の歴史（全三冊）』貝塚茂樹　岩波新書
『中国の音楽世界』孫玄齢著　田畑佐和子訳　岩波新書
『中国服飾史図鑑　第二巻』黄能馥・陳娟娟・黄鋼編著　栗城延江翻訳　古田真一監修・翻訳　国書刊行会
『生薬と漢方薬の事典』田中耕一郎編著　日本文芸社

本書は二〇二三年から二〇二四年にカクヨムで実施された第9回カクヨムWeb小説コンテスト特別賞を受賞した「綵月宮は花盛り」を改稿し、改題の上、文庫化したものです。

この物語はフィクションであり、実在の人物・地名・団体等とは一切関係ありません。

采月宮《さいげつぐう》の入《い》れ替《か》わり妃《ひ》

祈月《きづき》すい

令和7年 3月25日 初版発行

発行者●山下直久

発行●株式会社KADOKAWA
〒102-8177 東京都千代田区富士見2-13-3
電話 0570-002-301(ナビダイヤル)

角川文庫 24579

印刷所●株式会社暁印刷
製本所●本間製本株式会社

表紙画●和田三造

ISBN 978-4-04-116039-8 C0193

◇◇◇

角川文庫発刊に際して

角川源義

第二次世界大戦の敗北は、軍事力の敗北であった以上に、私たちの若い文化力の敗退であった。私たちの文化が戦争に対して如何に無力であり、単なるあだ花に過ぎなかったかを、私たちは身を以て体験し痛感した。西洋近代文化の摂取にとって、明治以後八十年の歳月は決して短かすぎたとは言えない。にもかかわらず、近代文化の伝統を確立し、自由な批判と柔軟な良識に富む文化層として自らを形成することに私たちは失敗して来た。そしてこれは、各層への文化の普及滲透を任務とする出版人の責任でもあった。

一九四五年以来、私たちは再び振出しに戻り、第一歩から踏み出すことを余儀なくされた。これは大きな不幸ではあるが、反面、これまでの混沌・未熟・歪曲の中にあった我が国の文化に秩序と確たる基礎を齎らすためには絶好の機会でもある。角川書店は、このような祖国の文化的危機にあたり、微力をも顧みず再建の礎石たるべき抱負と決意とをもって出発したが、ここに創立以来の念願を果すべく角川文庫を発刊する。これまで刊行されたあらゆる全集叢書文庫類の長所と短所とを検討し、古今東西の不朽の典籍を、良心的編集のもとに、廉価に、そして書架にふさわしい美本として、多くのひとびとに提供しようとする。しかし私たちは徒らに百科全書的な知識のジレッタントを作ることを目的とせず、あくまで祖国の文化に秩序と再建への道を示し、この文庫を角川書店の栄ある事業として、今後永久に継続発展せしめ、学芸と教養との殿堂として大成せんことを期したい。多くの読書子の愛情ある忠言と支持とによって、この希望と抱負とを完遂せしめられんことを願う。

一九四九年五月三日